张铁荣 著

灯下录

——谈鲁迅、现代文学及其他

天津出版传媒集团

天津人民出版社

图书在版编目(CIP)数据

灯下录：谈鲁迅、现代文学及其他 / 张铁荣著. --
天津：天津人民出版社, 2014.9
　　ISBN 978-7-201-08692-7

　　Ⅰ.①灯… Ⅱ.①张… Ⅲ.①鲁迅研究②中国文学-
现代文学-文学研究 Ⅳ.①I210②I206.6

　　中国版本图书馆 CIP 数据核字(2014)第 161529 号

天津人民出版社出版
出版人：黄　沛
(天津市西康路 35 号　邮政编码：300051)
邮购部电话：(022) 23332469
网址：http://www.tjrmcbs.com.cn
电子信箱：tjrmcbs@126.com
高教社(天津)印务有限公司印刷　　新华书店经销

2014 年 9 月第 1 版　2014 年 9 月第 1 次印刷
710×1000 毫米　16 开本　14.5 印张　2 插页
字数：250 千字
定　价：49.00 元

序　言

　　将这本小书命名为《灯下录》，原因有二。

　　首先，收录此书中的文章都是在灯下写成的。因为白天在讲课之余就是乱翻书或接待学生和朋友，帮助他们看一些文章、做些杂事；因为我的性格总是有些柔弱，也就是不好意思，大凡学生来找，我总觉得自有他们的道理，也许是对方考虑许久的决定，故他们来谈思想谈读书的也不少，这占去了我的许多时间，对此我当然是无怨无悔。此外还有一个原因就是我们有几位教师总是在夜里11点离开研究室，在校园里散步半个小时才回到家中。从研究室回到家里的书房，我觉得夜晚的感觉真好。室内一片灯火，屋外万籁俱静，推开窗户可以看到凌晨的星星，下雨时的子夜也是别有一番风景。世人皆睡，而我独醒。灯下翻书，每一本书都显得古朴非凡，与白天大不相同，灯下展示着它的独特魅力与灵性。这时候，仿佛整个世界就是为你一个人而存在的。我有时想古人也不过如此吧，可惜他们没有这么好的灯光设备。

　　其次，记得1988年刚到日本不久读到女儿写给我的第一封信，结尾处写着："晓彤于灯下"。这个记忆一直深深感动着我，它将使我终生难忘。那是孩子在完成作业之后的又一次写作，本应睡觉的她在灯下与我笔谈，多少年来我对此总是常记于心，每每想到就涌起一种感动。所以我对于"灯下"这个词有着难忘的记忆与激情。"灯下"还代表着许多勤奋的人们，代表着明天的事业，因为这两个字距离明天最近。

　　这本小书还是谈鲁迅、现代文学及其他，从某种程度上看也可以说是《敝帚录》的续集。关于收录的文章，需要说明的有如下几点：

　　首先，是"谈鲁迅"中的几篇文章。其中《鲁迅杂文中的两个关键词》，是专为参加2013年9月在上海举行的鲁迅研究学术会议提交的论文；《鲁迅小说中的辛亥革命叙事》，是为南开大学举行的"纪念鲁迅诞辰130周年学术讨论会"而准备的论文，在写作过程中刘家鸣教授给予了细致的指导，后又根据刘先生意见进行了修改,发表于当年的《鲁迅研究月刊》上;《鲁迅与周作人女性观之比较》,是在台湾大学举行的第三届东亚学者大会上的报告稿;其他的都是平时写的小文章。由于文章均单独发表过,现集于一处,个别地方难免重复。

其次,关于"谈现代文学"的一组文章,都是平时的积累。《张爱玲和她的小团圆》是应《天津日报》主任编辑罗文华兄之约写成的;《关于"浅草—沉钟社"的作品》是为人民文学出版社编的《"浅草——沉钟社"作品选》写的前言;《舒芜先生的周作人研究》是应方竹女士之约写的文章,当时自己比较忙,只是列了一个提纲,由我的研究生张阳君写了初稿,后经我再次重写改定完成的,也开了与研究生合作文章的先例,这篇文章后来被人大复印资料中心全文转载;《孙犁的文化保守主义思想》是为纪念孙犁诞辰100周年学术研讨会所写的文章,此文还获得了优秀论文奖。在这一组文章中,我比较欣赏的是《现代文学教学杂感》,这是我多年来讲授中国现代文学史的一个总结,用语录体写成,每当新学期给将要上《中国现代文学史》的学生们读一下,大家居然很是欢迎。

第三,"读书偶得"一组均为我写的书评和序言。虽有一些过誉之词,但态度是很认真的。为了完成这些文章我对文本的阅读不敢有丝毫的马虎,所以我很是感谢这些师友,没有他们的作品哪里有我的这些小文章呢?

最后,是"怀人篇"的几篇文章。这里有纪念李霁野先生诞辰110周年的小文,还有追忆周海婴先生、周丰一先生、来新夏先生和我的中学老师,以及韩国的那些帮助过我的好心人们的旧作。我把这些作文收录于此是为了自勉自励,希望自己记住这些人,向他们学习并不断有所进步。

我的自我感觉一贯不是很好,因为自己虽然很努力但天资并不是很聪明,文章的题目与论述也总是平平,不那么吸引人。其中少了大成兄的豪放,也没有老陶的那种深邃。自己也知道这是我的毛病,由于思想总是在一种饥渴中且长期受学院派约束与浸染,我很想跳出来,但因教书时间太长改换风格也很难,好在是以平常心作平实之学问,直来直去有一说一是我的一贯作风,所以就坦荡为之由它去了。

我首先把这本书献给我的女儿,是因为我时常记着"灯下"二字。每当看到这两个字,就即刻想到女儿写给我的那封信,想到许许多多的往事。现在她在国外打拼,事业初成还不忘常去图书馆,对此我甚感欣慰。

我还要把这本小书献给我的师长和朋友们。尤其是刘家鸣教授,他的勉励和以身作则一直是我的榜样;周大成兄有持久的创作热情,常常把新的诗词发送过来,对我是很大的激励;刘运峰兄更是勤奋有加笔耕临池不辍,从不浪费时间;老友陶慕宁教授时常谈及一些古代的经典话题,使我做任何事情都增加了矜持,提前准备而不敢轻易而为。正是因为这些师友们的温情,使得我总有一种前行的动力,是他们促使着我奋发向上。

　　此外"灯下"二字,也是我向大家解释凌晨两三点睡觉早上八九点钟起床的一个借口,以此来证明我不是一个懒散的人。

　　从此以后我将改变自己,早睡早起是大家所期望于我的。

　　是为序。

作者谨识
2014 年初夏,于南开大学文科楼研究室

目 录

谈鲁迅

鲁迅 一八七八年生，一九三六年十月十九日逝世

鲁迅小说中的辛亥革命叙事

　　本文主要以鲁迅的小说为参照物,分析鲁迅眼中的辛亥革命,解析他对于这场革命的形象言说和历史经验的经典之总结。全文分为三个部分:首先,是他看到了革命后社会的上层依然腐败,因为一切都是依旧的;其次,是由于"家变"的缘故,使得他还注意到社会的下层,认为一般的贫民生活并没有因为这次革命而有任何改变;最后,论述了以改造国民性为己任的思想者的情感挣扎历程,鲁迅肩负了一个明知不可为而为之的重担,为全民族摆脱奴隶的地位而呼喊奋斗。论者的基本思路是通过小说追寻鲁迅在上下依旧的社会现实中的上下求索历程,最终解释一个满怀激情的鲁迅,为什么会对于辛亥革命由热变冷;并由此推论,鲁迅承载着以改造国民性为己任的历史重担之缘由,作者认为,所有这些是可以通过小说分析进行解释的。

　　在辛亥革命一百周年的时候,重读鲁迅的小说是非常有意义的事情。鲁迅小说主要描写的,几乎都是辛亥革命前后发生在中国的社会现实。辛亥革命曾给鲁迅带来了很大的惊喜,他再三地支持和肯定这场革命,认为中国男人从此剪掉了辫子,这是非常重要的事情;他颂扬辛亥的英雄们,时常提醒人们不要忘了秋瑾、徐锡麟;他认为孙中山是非常了不起的革命家,一生都在革命。但是不久鲁迅就开始了反思,因为许多现实的反差,使他感觉到无比的失望。他的小说就是对这种反思与失望的形象倾诉,是他文学化的辛亥观。

　　鲁迅是以启蒙主义和"为人生,而且要改良这人生"为宗旨,进行小说创作的。他用自己犀利的笔,刻画上层社会的堕落,描写下层社会的不幸,为的是"揭出病苦,引起疗救的注意"①,这是他改造国民性工作的重要组成部分。可以说从一开始,他就自觉背上了沉重的担子,这是需要不断呐喊、挣扎、并为之献身,而又不能立刻收效的工作;是一个民族需要几代人生生不息、为之奋斗躬行的事业;是一个至今也无法完成、并且是时进时退、甚至是进一步退两步的庄严前

---

　　① 鲁迅:《我怎么做起小说来》,《鲁迅全集》(第4卷),人民文学出版社1981年版,第512页。

行。鲁迅义无反顾地选择了,他像一个战士,从某种意义上说更是一个前驱者,开始了这明知不可为而为之的奋斗。总结鲁迅小说中关于辛亥革命的言说,对于我们认识各种的革命和改革,认识过去和将来的中国,理解一个伟大心灵的思索,应该说是很有意义的。

一、"带兵的也还是先前的老把总"

辛亥革命以后,皇帝下了台不再坐龙庭了,百姓剪了辫子,国号变成了"中华民国",一切都好像是新的了。鲁迅在兴奋之余便从表面的"满眼是白旗"中,看到了"貌虽如此,内骨子是依旧的"①现状。他是一个积极的革命者,我们经常说此时的鲁迅是一个"革命民主主义者",日本的留学生活使他知道所谓国家是怎么回事,官员的尽职与民众的觉悟应该是怎样的等等。因为辛亥革命的成功,也是他为之奋斗的理想。他留日期间,正巧经历了清末革命党为变革计划起事的过程,许多的志士回国献身前的慷慨演讲,他也是在场人之一。

在绍兴他曾和学生们一起去迎接过王金发的部队,但是这些人到来之后,立即被旧势力所包围,"因为还是几个旧乡绅所组织的军政府,什么铁路股东是行政司长,钱店掌柜是军械司长……这军政府也到底不长久,几个少年一嚷,王金发带兵从杭州进来了,但即使不嚷或者也会来。他进来以后,也就被许多闲汉和新进的革命党所包围,大做王都督。在衙门里的人物,穿布衣来的,不上十天也大概换上皮袍子了,天气还并不冷。"②全国的大环境就更是不用说了,民国建立以后,政权被专搞阴谋诡计、擅用权术的袁世凯所篡夺,北京的各个政府部门旧式的官僚和保守人物也是很多的,安徽徐州的驻军都是清代原班人马即张勋的辫子兵。从《鲁迅日记》中,我们可以读出他在教育部工作时的那种苦闷心情。

这种压抑感体现在他后来的作品中,新政治和旧人物的矛盾交叉,真的让人感到无奈。鲁迅在《阿Q正传》中写道:"据传来的消息,知道革命党虽然进了城,倒还没有什么大异样。知县大老爷还是原官,不过改称了什么,而且举人老爷也做了什么——这些名目,未庄人都说不明白——官,带兵的也还是先前的

---

① 鲁迅:《范爱农》,《鲁迅全集》(第2卷),人民文学出版社1981年版,第313页。

② 鲁迅:《范爱农》,《鲁迅全集》(第2卷),人民文学出版社1981年版,第313~314页。

老把总。"①所以在鲁迅的眼中,革命以后的民国骨子里仍然是"依旧"的。因为在基层的"未庄"赵太爷的权势依旧是很大的,革命前他是那里的土皇上,地保跑来跑去地为他服务;革命后他的儿子赵秀才混进了革命党,以"假洋鬼子"为代表的乡县新官僚也还是为他们这帮人服务,所以从社会地位到个人生活,这个赵太爷依旧是没有什么变化的。

鲁迅

鲁迅为什么能够看出"旧"来呢?因为当时的东北仍在清政府统治之下,南方的战事处在胶着状态,皇室与革命派在上海举行议和会谈,皇室派出的是袁世凯的代表唐绍仪。此人完全按照袁世凯的意图,借清朝的势力压革命党,反过来又借革命党之力压皇室;由于革命党的软弱,袁世凯耍弄其惯用的权术和阴谋,经过讨价还价,谈判的结果是达成了一个奇怪的协议:皇帝退位,成立共和政体,同时公布了《关于大清皇帝辞位之后优待之条件》、《关于清皇族待遇之条件》和《关于满蒙回藏各族待遇之条件》等文件,民国终于得以成立,这当然是妥协的结果。最大的赢家既不是皇室也不是革命党,而是袁世凯。当然至少在表面上革命党人取得了名义上的革命成功,清朝皇帝也保住了应有的体面。其最终的结果变成依旧是封建专制统治,保留了一个皇帝,同时又形成了以袁世凯为中心的数个封建军阀各据一方;共同的特点依然是专治、独裁,实行旧的一套。只不过以前是一个皇帝,而现在是数不清的新军阀。

从大的形势来说,当然是人心思变,势不可挡,但是这个胜利毕竟来得太快了。平心静气地想来,当时的革命党及其学生军队和精英分子,毕竟在清政府的国家机器面前显得羽翼未丰,如果不利用以袁世凯为代表的旧军队及其国家机器是不可能迅速成功的,于是便出现了"咸与维新"的局面。到鲁迅去北京教育部赴任的时候,北京实际上同时存在着两个政府,它既是新的所谓"民国政府"所在地,同时又是皇帝的所在地;中南海成了国民政府大总统的办公地,里面住着总统,而它旁边的紫禁城里,住着还坐在宝座上的皇帝;外面用着西历,宫内

---

① 鲁迅:《阿Q正传》,《鲁迅全集》(第1卷),人民文学出版社1981年版,第517页。

用着农历。据溥仪的帝师庄士敦在《暮色紫禁城：洋帝师眼中的溥仪与近代中国》一书中回忆："这一现象在世界上其他任何国家都不可能维持一周。然而，在中国，这种奇怪的现象却维持了十三年之久。"很多人都觉得难以置信，民国怎么会允许一个自称皇帝的人留在首都呢？然而，这就是活生生的现实。这对于富有强烈改革理想的鲁迅来说，当然是一种极大的刺激。他在讽刺与批判中进行着深层次的思考，思考这究竟是一场什么样的革命？毋庸讳言，袁世凯也是清朝的旧臣，一切几乎都没有改变，所以说骨子里是依旧的。鲁迅对于袁世凯的警惕很早批判也是很多的，他认为不能对这些人抱希望，他们的本质就是旧的，所以"费厄泼赖"应当缓行。他从辛亥革命以后就开始反思，到《阿Q正传》的写作时，整整用了十年的时间。因而在鲁迅的小说中，多次显现民国后社会和官场的矛盾与悖论，这是革命党及其先进知识分子内心的一种无可奈何之纠结。小皇帝的存在，终于为以后的张勋复辟埋下了伏笔。鲁迅通过小说形象指出国家名称虽然变了，然而实质根本没有变化，他所向往的民国绝不应该是现在的这个样子。

《风波》写了乡村中的保守势力在精神上对民众的压制。那个乡绅赵七爷"是这三十里方圆以内的唯一的出色人物兼学问家；因为有学问，所以又有些遗老的臭味。他有十多本金圣叹批评的《三国志》，时常坐着一个字一个字的读；他不但能说出五虎将姓名，甚而至于还知道黄忠表字汉升和马超表字孟起。革命以后，他便将辫子盘在顶上，像道士一般；常常叹息说，倘若赵子龙在世，天下便不会乱到这地步了。"①在乡村依旧是封建的宗法统治，像赵七爷这种人是很多的，革命来了他们就将头上的辫子盘起来，革命遇到挫折他们再将辫子放下去，然后就是反攻倒算。在《阿Q正传》中，写了未庄的所谓"革命党"成立之经过，赵秀才"写了一封'黄伞格'的信，托假洋鬼子带上城，而且托他给自己绍介绍介，去进自由党。假洋鬼子回来时，向秀才讨还了四块洋钱，秀才便有一块银桃子挂在大襟上了；未庄人都惊服，说这是柿油党的顶子，抵得一个翰林；赵太爷因此也骤然大阔，远过于他儿子初隽秀才的时候，所以目空一切，见了阿Q，也就很有些不放在眼里了。"②上梁不正下梁歪，从北京到乡下基本都是这个样子。当一

---

① 鲁迅：《风波》，《鲁迅全集》（第1卷），人民文学出版社1981年版，第470页。
② 鲁迅：《阿Q正传》，《鲁迅全集》（第1卷），人民文学出版社1981年版，第518页。

起盗窃案久拖不破时，阿Q被胡里胡涂地抓进了县衙的监狱。同监的另外两个犯人"也仿佛是乡下人，渐渐和他兜搭起来了，一个说是举人老爷要追他祖父欠下来的陈租，一个不知道为了什么事。"①可见所谓新的司法，同以前并没有什么区别，到处依旧都是冤狱。

"民国"当然是民众之国、人民的国家，但是真正的民众是不觉悟的，底层的村民根本不晓得革命，他们只是简单地知道革命就是拿掉了龙牌、剪去了辫子，因而就丧失了话语权和监督权，就是真正的参与权也不是在群众的手里。所以虽然阿Q向往革命，但是"革命"并不需要阿Q，同时这个"革命"也没有给他带来任何的好处。上层社会依然是旧的老样子，鲁迅在《兄弟》中展示给我们的是："公益局一向无公可办，几个办事员在办公室里照例的谈家务。"②《伤逝》里的涓生在双十节的前一晚接到局秘书处的解职通知，究其原因竟是："那雪花膏便是局长的儿子的赌友，一定要去添些谣言，设法报告的。到现在才发生效验，已经要算是很晚的了。"③因为自己的同居女友子君得罪了"雪花膏"，该人利用和局长儿子的关系从中挑唆，所以涓生便失去了职位。可见"民国"的局长仍旧当着封建的官员，小公务员当然没有人权可言。至于教育当局聘请复古派加流氓高尔础出任女校教员④，地方的离婚大事也还是要靠所谓的"七大人"来解决，因为他是"和知县大老爷换贴"⑤的，这七大人的一声"呃啾"的喷嚏，也会把有理的爱姑吓得心脏"突突地乱跳"。这就是当时所谓的上层社会，面子是新的，而里子是旧的，结构从根本上并没有改变。虽然袁世凯这个旧臣做了新的大总统，管理着形式上的国家，但是在当时的县、乡、镇，封建的传统和旧的习俗依然如故。鲁迅用小说的形式，将这一切表现得非常清楚。

二、"阿Q也仍然下了跪"

鲁迅曾经这样说："任凭你爱排场的学者们怎样铺张，修史时候设些什么

---

① 鲁迅：《阿Q正传》，《鲁迅全集》（第1卷），人民文学出版社1981年版，第522页。

② 鲁迅：《兄弟》，《鲁迅全集》（第2卷），人民文学出版社1981年版，第132页。

③ 鲁迅：《伤逝》，《鲁迅全集》（第2卷），人民文学出版社1981年版，第117页，。

④ 鲁迅：《高老夫子》，《鲁迅全集》（第2卷），人民文学出版社1981年版，第75~76页。

⑤ 鲁迅：《离婚》，《鲁迅全集》（第2卷），人民文学出版社1981年版，第145页。

'汉族发祥时代''汉族发达时代''汉族中兴时代'的好题目，好意诚然是可感的，但措辞太绕湾子了。有更其直捷了当的说法在这里——一，想做奴隶而不得的时代；二，暂时做稳了奴隶的时代。这一种循环，也就是'先儒'之所谓'一治一乱'；那些作乱人物，从后日的'臣民'看来，是给'主人'清道辟路的，所以说：'为圣天子驱除云尔。'现在入了那一时代，我也不了然。"①这是他经过许多世变历练以后的人生痛苦总结，他在家落国变中看到了世人的真面目；特别是下层社会的愚昧，给他的印象最为深切。

少年时期的伙伴儿，二十年后再次见面的时候，竟称自己为"老爷"，那个天真活泼的"少年闰土"早已一去不复返，"我"的所见是"他身材增加了一倍；先前的紫色的圆脸，已经变作灰黄，而且加上了很深的皱纹；眼睛也像他父亲一样，周围都肿得通红，这我知道，在海边种地的人，终日吹着海风，大抵是这样的。他头上是一顶破毡帽，身上只一件极薄的棉衣，浑身瑟索着；手里提着一个纸包和一支长烟管，那手也不是我所记得的红活圆实的手，却又粗又笨而且开裂，像是松树皮了。"②生活的凄苦消磨了他的童心，更不要说什么理想之类，闰土要了几样东西，其中包括"一副香炉和烛台"，后来又提出要所有草灰，据说用稻草烧成的灰可以做沙地的肥料，多事的杨二嫂"在灰堆里，掏出十多个碗碟来，议论之后，便定说是闰土埋着的，他可以在运灰的时候，一齐搬回家里去"，这就是"我"少年时代的朋友。

乡间农家的晚饭时间，全家人为"七斤"被革命党剪掉了辫子而恐慌不已，"九斤老太"发着"一代不如一代"的慨叹③，中国的农民大部分不知道所谓的"革命"，他们只知道活着。革命前，华老栓为了治好儿子的肺痨，找刽子手康大叔买人血馒头，给华小栓吃，而这馒头上浸入的正是革命者夏瑜的鲜血。④革命成功后，每到双十节警察便吩咐百姓"挂旗"，脏兮兮的旗子一连挂了好几天，并没有人关心和过问，"他们忘却了纪念，纪念也忘却了他们！"⑤这就是当时中国下层

---

① 鲁迅：《灯下漫笔》，《鲁迅全集》（第1卷），人民文学出版社1981年版，第213页。

② 鲁迅：《故乡》，《鲁迅全集》（第1卷），人民文学出版社1981年版，第481~482页。

③ 鲁迅：《风波》，《鲁迅全集》（第1卷），人民文学出版社1981年版，第471页。

④ 鲁迅：《药》，《鲁迅全集》（第1卷），人民文学出版社1981年版，第440页。

⑤ 鲁迅：《头发的故事》，《鲁迅全集》（第1卷），人民文学出版社1981年版，第461页。

的现实。

最有说服力的当然还是首推《阿Q正传》，作者写到阿Q胡里胡涂地被抓以后，有这样一段描写："到得大堂，上面坐着一个满头剃得精光的老头子。阿Q疑心他是和尚，但看见下面站着一排兵，两旁又站着十几个长衫人物，也有满头剃得精光像这老头子的，也有将一尺来长的头发披在背后像那假洋鬼子的，都是一脸横肉，怒目而视的看他；他便知道这人一定有些来历，膝关节立刻自然而然的宽松，便跪了下去了。'站着说！不要跪！'长衫人物都吆喝说。阿Q虽然似乎懂得，但总觉得站不住，身不由己的蹲了下去，而且终于趁势改为跪下了。'奴隶性！……'长衫人物又鄙夷似的说，但也没有叫他起来。"①这就是革命后的大堂审讯，与以前根本没有什么区别。审判台上坐着的依旧是"老把总"之流的旧人物，审判台下跪着的仍然是无辜的农民，当然现在换上了阿Q，在此演出了一场现代版的"葫芦僧乱判葫芦案"。上下都在糊里糊涂之中，一个无知的农民被"判决"死刑，使阿Q的生命走向灭亡。

鲁迅在谈到这篇不朽的小说创作时，曾经这样说："现在我们所能听到的，不过是几个圣人之徒的意见和道理，为了他们自己；至于百姓，却就默默的生长，萎黄，枯死了，像压在大石底下的草一样，已经有四千年！要画出这样沉默的国民的魂灵来，在中国实在算一件难事，因为，已经说过，我们究竟还是未经革新的古国的人民，所以也还是各不相通，并且连自己的手也几乎不懂自己的足。我虽然竭力想摸索人们的魂灵，但时时总自憾有些隔膜。在将来，围在高墙里面的一切人众，该会自己觉醒，走出，都来开口的罢，而现在还少见，所以我也只得依了自己的觉察，孤寂地姑且将这些写出，作为在我的眼里所经过的中国的人生。"他的创作目的是"能够写出一个现代的我们国人的魂灵来"②。中国人之间的隔膜相对而言是很深的，在那个信息由封建统治阶级独享的年代，百姓只能听到一种声音，彼此之间在各个方面都是不敢乱说的。一句"这大清的天下是我们大家的"③，震撼了多少人？然而当时的一般百姓中，竟然被斥责为"疯话"，其

---

① 鲁迅：《阿Q正传》，《鲁迅全集》（第1卷），人民文学出版社1981年版，第522~523页。

② 鲁迅：《俄译本<阿Q正传>序及著者自叙传略》，《鲁迅全集》（第7卷），人民文学出版社1981年版，第82页。

③ 鲁迅：《药》，《鲁迅全集》（第1卷），人民文学出版社1981年版，第446页。

中的深意又有几个是真正懂得的?起码小说中的茶店和周围的人就没有一人能懂得,这是怎样的悲哀。

在文化生活困乏、信息资源匮乏、"莫谈国事"和暗探特务横行的社会,民众不懂得是正常的。民众的愚昧和无聊是统治阶级的"治绩",这种麻木还表现在他们的"看"上,看华小栓吃人血馒头、看杀头、看游街示众、看一切他们认为有刺激的东西。《阿Q正传》写阿Q被绑入法场的过程,充分展示了民间的这种"看"——一大群的庸众在看、吴妈也在看,阿Q觉得人丛里到处是像鬼火一样的眼睛。最后看客们十分失望,原因是枪毙没有杀头好看,再就是阿Q竟然没有唱一句戏,让他们白白跑了一趟。这就是大众,这就是那个时代的大众心理。

辛亥革命的先烈死去了,乡俗世风还是不能理解,革命前夏瑜的坟在城墙根地面路左边,那里埋着的都是死刑和瘐毙的人,华小栓埋在路的右边,中间是一条歪歪斜斜的细路,这是一条隔阂的路、一条难以穿越的路,当然也是一个厚障壁,这是何等的悲哀?我想任何人读后都会心潮难平。当然在《药》中,鲁迅还是写了夏瑜的坟上有一个花环,"花也不很多,圆圆的排成一个圈,不很精神,倒也整齐"①。鲁迅早期的作品深受俄罗斯作家果戈理和安特莱夫的影响,格式特别且忧愤深广,当然也会有些阴冷。所以他和钱玄同的交流不能不谈到这些,查当时的《鲁迅日记》"晚钱玄同来"、"夜钱玄同来"的记录屡见不鲜,据统计多达近百处。由此可见那时他们之间接触频繁、交谈甚多。由于钱玄同找鲁迅的主要目的是约稿,彼此之间围绕小说的商讨对话是可以想见的。鲁迅说:"我虽然自有我的确信,然而说到希望,却是不能抹杀的,因为希望是在于将来,决不能以我之必无的证明,来折服了他之所谓可有,于是我终于答应他也做文章了"。"在我自己,本以为现在是已经并非一个切迫而不能已于言的人了,但或者也还未能忘怀于当日自己的寂寞的悲哀吧,所以有时候仍不免呐喊几声,聊以慰藉那正在寂寞里奔驰的猛士,使他

《彷徨》封面

---

① 鲁迅:《药》,《鲁迅全集》(第1卷),人民文学出版社1981年版,第448页。

不惮于前驱"。所以鲁迅又这样写道:"既然是呐喊,则当然须听将令的了,所以我往往不恤用了曲笔,在《药》的瑜儿的坟上平空添上一个花环,在《明天》里也不叙单四嫂子竟没有做到看见儿子的梦,因为那时的主将是不主张消极的。"①1933 年出版的《鲁迅自选集》中,《药》和《明天》并没有被收录进去。我想其原因当然是多方面的,可是不应排除:"花环"是"不恤平空添上"去的,为了增加作品的若干亮色,平白无故地在坟上加上一个花圈,以表达对于革命先烈的纪念,这就使作品有了若干亮色,使大家看到了希望。试想如果没有这个"花环",又会是怎样地震撼人心! 先烈慷慨壮烈地牺牲了,愚昧的百姓却吃蘸着他们鲜血的馒头治肺痨,而在那样的中国,人们不但对于先烈忘却了纪念,而且还吃着他们的血,也就是所谓的"吃烈士",小说如果读到此,会在读者中产生怎样的震撼? 又应该产生怎样的悲哀? 鲁迅这样写不仅增加了小说的阴冷与悲哀气氛,而且在思想上也会更有深度。然而为了同当时的前驱者取同一步调,他改变了原来的构思。小说结尾虽增加了所谓的"亮色",但民间真的并没有任何的亮色。我们从鲁迅的小说中读到的,处处尽是灰色与黑色。

无论是鲁镇的祝福时的天空,还是华老栓买人血馒头时的后半夜;无论是"我"离开故乡的黄昏,还是《阿 Q 正传》中那些数不清的暗夜、单四嫂子等待明天的那个长夜,那是何等的压抑啊,下层社会的劳动者只能是如此。再反观读书人呢,就是那些不同层次的知识分子,他们所面临的也是无尽的黑暗。辛苦辗转生活的"我"走着不知远方的夜路,史涓生在自责与痛苦的初春的夜中寻找失去的子君,酒楼上的吕纬甫发出无奈与无望的慨叹,方玄绰在欠薪中度过的那个端午节,都是同样的无奈。人与人之间缺乏起码的同情,大家是不相同的,每个人的心灵上都有一层厚障壁,辛亥革命建立的民国,各地百姓的日子还是依旧的,他们只能在这黑灰的色调中,度过自己平淡的一生。

国旗已经改变,民间没有改变;国号已经改变,上下阶层都没有改变。这就是鲁迅小说写给我们的辛亥后现实。辛亥前后平民的思想依旧,生活与地位依旧,仍然是被压迫、被奴役、被统治,因为革命既没有改变社会制度,又没有改变等级观念;既没有改变人际关系,也没有改变习惯与人情。这一切都证实他那

---

① 鲁迅:《呐喊自序》,《鲁迅全集》(第 1 卷),人民文学出版社 1981 年版,第 419 页。

"内骨子是依旧的"论断,这种观念一直保持到30年代。他有一首诗纪念当时牺牲的青年作家,其中有一句是:"城头变幻大王旗"①。政权的改变,永远是上层的事情,小百姓是无能为力的。鲁迅认为中国人的不觉悟是国情和时代造成的,他曾说:"民国成立的时候,我住在一个小县城里,早已挂过白旗。有一日,忽然见许多男女,纷纷乱逃:城里的逃到乡下,乡下的逃进城里。问他们什么事,他们答道,'他们说要来了。'可见大家都单怕'来了',同我一样。"②所以无论是官是匪,百姓的经验就是"纷纷乱逃",他们既怕官又怕匪,听到"来了"就只有逃一条路。这就是中国的百姓,你说他不觉悟也好、说他愚昧也好,但是百姓有百姓的生活;他们是要活着、要温饱,最后才是要发展,在这之中最要紧的当然就是顺生主义。也就是说官员有官员的事业,百姓有百姓的活法,彼此之间是毫不相干的。

革命如果没有给百姓带来实在的利益,那么群众当然也是要"依旧"的。

三、"我觉得什么都要从新做过"

鲁迅最初对这场革命是欢呼的,对于辛亥的先烈是怀念的。从进化论的角度分析,他也是认为现在比过去好,将来比现在要好。如果以清醒的头脑来仔细考察的话,我们就会发现鲁迅从那时起就感到中国上上下下,到处弥漫着一种奴气。这在他的灵魂深处产生了极大的刺激,因为他有一颗不甘做奴隶的心。

他不赞成到处鼓掌,认为鼓掌是会拍死人的。他曾经说过:"想到敝同乡秋瑾姑娘,就是被这种劈劈拍拍的拍手拍死的。"③对此他是非常警惕的。鲁迅认为,什么都要从新做过,他上下求索的是追求"第三样的时代",也就是没有压迫、不做奴隶的时代。

早在纪念辛亥革命14周年的时候,鲁迅曾总结过一次历史的经验。他说:"我觉得仿佛久没有所谓中华民国。我觉得革命以前,我是做奴隶;革命以后不多久,就受了奴隶的骗,变成他们的奴隶了。我觉得有许多民国国民而是民国的

---

① 鲁迅:《为了忘却的纪念》,《鲁迅全集》(第4卷),人民文学出版社1981年版,第487页。
② 鲁迅:《随感录五十六"来了"》,《鲁迅全集》(第1卷),人民文学出版社1981年版,第348页。
③ 鲁迅:《通信》,《鲁迅全集》(第3卷),人民文学出版社1981年版,第446页。

敌人。我觉得有许多民国国民很像住在德法等国里的犹太人，他们的意中别有一个国度。我觉得许多烈士的血都被人们踏灭了，然而又不是故意的。我觉得什么都要从新做过。退一万步说罢，我希望有人好好地做一部民国的建国史给少年看，因为我觉得民国的来源，实在已经失传了，虽然还只有十四年！"①正是为着不让这民国的来源"失传"，鲁迅才写了这么多的作品，告诉读者革命前与革命后到底是怎样的。在他的小说里，虽说有些光亮是"凭空"添加上去的，是不得已而为之的，但是，细心的读者还是能够找到他的那种苦苦追求的痕迹。

辛亥前的先烈自不必说，狂人和疯子在那时候便有了各自的觉醒和目标，狂人所说的："你们立刻改了，从真心改起！你们要晓得将来是容不得吃人的人……"②这便是一个信号。辛亥革命以后，鲁迅还是在心情上产生了变化，他的小说也就及时地记录了这种变化，虽然这种纪录是零散的，但我们还是感到了一种屈原式的"上下求索"的精神。

他发现所谓国民的思想，在潜意识中有许多的奴性，这种奴性甚至渗透到骨髓里面去了。《阿Q正传》是他给所有的国人立传，他希望这个传记速朽，写作时感到万分的困难，"仿佛思想里有鬼似的"，这是一个思想启蒙者苦恼的寻找和追求，他寻求要创造怎样的时代才会有现代的国民，他是要通过普通人反衬出我们国人的魂灵来。在《一件小事》里，作者说善良的车夫身上所反映出来的人道主义思想，衬托出皮袍下面藏着的自己的"小"来，却于"我"有意义，"叫我惭愧，催我自新，并且增长我的勇气和希望"。《故乡》中的另一个"我"，对于闰土的同情与悲悯，是一种将自己也放进去的反省，希望着孩子们过上一种"新的生活，为我们所未经生活过的"。在《孤独者》中，"我"最后去看魏连殳入殓后，"我快步走着，仿佛要从一种沉重的东西中冲出"，也是有一种自我情绪的流露，那是对于魏连殳被迫害后扭曲形象的一种怒吼和抗争。《在酒楼上》中，"我"听着吕纬甫的谈话，对于他的敷衍与落伍感到无奈，在寒风和雪片中，吕纬甫和"我"的方向正相反，"我独自向着自己的旅馆走"，"倒觉得很爽快"，就是暗示着对于敷衍和落伍的反感。在《伤逝》里，涓生那种上天入地表达悔恨和悲哀的情绪，为

---

① 鲁迅：《忽然想到（三）》，《鲁迅全集》（第3卷），人民文学出版社1981年版，第16页。

② 鲁迅：《狂人日记》，《鲁迅全集》（第1卷），人民文学出版社1981年版，第431页。

的还是"向着新的生路跨进第一步去",这种自省与反思是强烈无比的,在大段的抒情文字中,可以读出字字血声声泪来。

然而,各种"吃人的人""改了"吗？对于《肥皂》中的四铭、《高老夫子》中的高尔础,作者极尽讽刺挖苦之能事,暴露出他们在复古守旧幌子后面,掩藏着的肮脏堕落之丑态。通过形象说明表面上社会制度虽然改变了,但是旧的社会制度和思想所产生的残余并没有去掉。阿Q式的革命、阿Q的"精神胜利法"、阿Q的种种幻想等,依然在统治阶级和普通民众中普遍存在,用周作人的说法,它还是士大夫夸示的情状。

读这些小说的时候,我们当然会想到辛亥以后的社会现实,想到鲁迅对于辛亥革命的失望,其实早在王金发的军队进了绍兴城不久,鲁迅就对他们失望了,他觉得这些人和以前的官员差不多,腐败在不断地增生,他所希望的革命绝对不是现在的这个样子;到了北京以后,更是看到了强烈的反差,昔日的奴才成了新的奴隶主,投机派摇身一变做了新贵,没有改变的东西实在太多了。作为文学家的鲁迅,开始了深刻的思索。特别是他在表现那些人那些事的时候,注意到了中国人的奴性;新来的奴隶主但同时也是奴隶,民众还是保持着不变的奴隶地位,区别就在于是坐稳了奴隶还是做奴隶而不得。他开始对辛亥革命进行全面的反思:"说起民元的事来,那时确是光明得多,当时我也在南京教育部,觉得中国将来很有希望。自然,那时恶劣分子固然也有的,然而他总失败。一到二年二次革命失败之后,即渐渐坏下去,坏而又坏,遂成了现在的情形。其实这也不是新添的坏,乃是涂饰的新漆剥落已尽,于是旧相又显出来。使奴才主持家政,那里会有好样子。最初的革命是排满,容易做到的,其次的改革是要国民改革自己的坏根性,于是就不肯了。所以此后最要紧的是改革国民性,否则,无论是专制,是共和,是什么什么,招牌虽换,货色照旧,全不行的。"①从前认为光明和希望的东西,原来是"涂饰的新漆",现在"剥落已尽",才露出了它的真面目。所以他把"改革国民性"作为自己"最要紧"的工作。

鲁迅曾满怀激情地迎接辛亥革命,非常敬佩孙中山的革命精神。他说:"中山先生的一生历史俱在,站出世间来就是革命,失败了还是革命;中华民国成立

---

① 鲁迅:《两地书·八》,《鲁迅全集》(第11卷),人民文学出版社1981年版,第31页。

之后,也没有满足过,没有安逸过,仍然继续着进向近于完全的革命的工作。"①他赞扬的是孙中山的不满足、不安逸、不腐败的革命精神,这也是他对于革命评价的基本标准。他汲取孙中山的这种革命精神,并将之用到文学上来。他放弃了医学选择了文学,他说:"觉得医学并非一件紧要事,凡是愚弱的国民,即使体格如何健全,如何茁壮,也只能做毫无意义的示众的材料和看客,病死多少是不必以为不幸的。所以我们的第一要著,是在改变他们的精神,而善于改变精神的是,我那时以为当然要推文艺,于是想提倡文艺运动了。"②这是一段看似无情却有情的文字,其中的痛苦、无奈和追求,只有他自己才能更深切地知道。"我觉得什么都要从新做过",他说:"自然,也不满于现在的,但是,无须反顾,因为前面还有道路在。而创造这中国历史上未曾有过的第三样时代,则是现在的青年的使命!"③"从新来过",去追求"第三样的时代",也就是永远不做奴隶的新时代。这才是鲁迅的理想。

为了改造国民的精神,他选择了文艺,并付出了艰苦的劳作;读《呐喊》《彷徨》的篇章,我们时时会感到作者那种像火一样的激情,同时还会感到作者也有像冰一样的冷峻;在这冰与火的相交之中,作家的内心是经历了怎样的煎熬,改造国民性的思想几乎贯穿了鲁迅的一生。他的小说就是在这冰与火煎熬中的形象记录。

(2011年8月25日初稿,感谢鲁迅小说研究专家南开大学刘家鸣教授对于本文的审阅与批评,由于有了他的指点,笔者才产生了提交此文的勇气。9月10日改定。)

---

① 鲁迅:《中山先生逝世后一周年》,《鲁迅全集》(第7卷),人民文学出版社1981年版,第293页。
② 鲁迅:《呐喊自序》,《鲁迅全集》(第1卷),人民文学出版社1981年版,第417页。
③ 鲁迅:《灯下漫笔》,《鲁迅全集》(第1卷),人民文学出版社1981年版,第213页。

鲁迅对新文学贡献刍议

鲁迅对我国新文化运动的贡献是多方面的,仅从五四时期进行梳理,就能总结出惊人的成绩和结论。五四伊始,他是以一个成熟战士的身份出现在我国新文学与新文化阵地上的,他为新文学的提倡者呐喊助威,用"敲边鼓"的精神勇猛顽强地,向着传统的封建文化进行着艰苦卓绝而又毫不妥协的笔战,并以他的实际行动和骄人业绩,为我国的新文化事业做出了独特的贡献。

渐变的作家心境

提起五四新文化运动,大家首先想到的就是《新青年》杂志。然而真正给这个杂志带来重大文学声誉的,应该首属周氏兄弟。但仔细想来,他们兄弟参与新文化运动初期的心境,则是完全不一样的。

鲁迅在五四前后对于所谓的"新文化运动",开始时也并不是很积极。自辛亥革命以后鲁迅的思想十分苦闷,因为他见过中国近现代以来的许多革命和运动,然而高潮一过中国还是老样子,"骨子里是依旧的",这使他感到个人的无可奈何,因此他的心境是很颓唐的,用他自己的话说是:"看来看去看得怀疑起来"①了。因而他一个人除了在教育部上班之外,就是独自躲在绍兴会馆里用抄古碑来麻醉自己,"使我沉入于国民中,使我回到古代去"②。这时《新青年》的编辑钱玄同夹着一个大皮包找鲁迅约稿来了。在《呐喊·自序》一文中,鲁迅详细记录了他与钱玄同的谈话:鲁迅认为写文章也没有用,钱玄同则认为可以唤醒青年;鲁迅认为唤醒青年以后他们无路可走更是痛苦,他还做了这样的比喻,说大家都是在一间铁屋子里快要闷死了,这时有人唤醒大家,众人会死得更痛苦;而钱玄同则认为只要唤醒了众人就有拆掉这铁屋子的希望。鲁迅被说服了,因

---

① 鲁迅:《呐喊·自序》,《鲁迅全集》(第1卷),人民文学出版社1981年版,第415页。
② 鲁迅:《呐喊·自序》,《鲁迅全集》(第1卷),人民文学出版1981年版,第418页。

为他最不愿意扼杀别人的希望,于是就答应为《新青年》写稿。因为他知道,当时《新青年》的编辑们"不特没有人来赞同,并且也还没有人来反对,我想他们许是感到寂寞了",这样就有了《狂人日记》的创作。

小说在《新青年》4卷5号发表以后,获得了极大的反响。用鲁迅自己的话说是:"表现的深切和格式的特别,颇激动了一部分青年读者的心"[①],显示了文学革命的"实绩",被称为五四文学革命的第一声春雷。鲁迅自己也从此一发而不可收,创作了许多震撼人心的小说,所以后来才有《呐喊》的结集。钱玄同也说:"自此以后,豫才便常有文章送来"。主编陈独秀也常常给周氏兄弟写信,希望他们支持自己,多写文章,还特别请求鲁迅多写小说。钱玄同是鲁迅小说的催生者,当然功不可没;但是鲁迅在当时的文学地位

《呐喊》封面

也是一个重要原因。钱玄同曾经这样说:"我认为周氏兄弟的思想,是国内数一数二的,所以竭力怂恿他们给《新青年》写文章。但豫才则尚无文章送来,我常常到绍兴会馆去催促。"[②]

现在分析看来,当时的鲁迅写小说完全是对于《新青年》的支持,因为他有感于"朋友们的嘱托",是慰问"在寂寞里奔驰的猛将"。他的参加新文学阵营,完全是对于五四新文化运动的响应,是对于那时文学革命的主将们的一种支援。他希望借此改变心境,和他们一起坚定砸掉"铁屋子"。由于鲁迅的宽阔视野和知识准备,他的小说"却比果戈理的忧愤深广,也不如尼采的超人渺茫"[③],他一出手就是精品,没有让编辑和读者失望。

鲁迅初期顺势而上,以自己的才华投入到时代的洪流里面去,为五四新文化运动做出了巨大的贡献。直到今天,他的名字也是和"五四"联系在一起的。

---

① 鲁迅:《中国新文学大系·小说二集·序》,《鲁迅全集》(第6卷),人民文学出版社1981年版,第238页。

② 据钱玄同先生手稿,此件现存北京鲁迅博物馆。

③ 鲁迅:《中国新文学大系·小说二集·序》,《鲁迅全集》(第6卷),人民文学出版社1981年版,第239页。

扎实的大学讲义

有人说五四新文化运动最伟大的成就,就是诞生了鲁迅。如果从新文化史和新文学史的角度来看,这话说得当然不错。他写了被称为新文学开山之作的《狂人日记》,成为五四新文化运动中的第一声呐喊,被称为"中国现代文学之父"。

鲁迅是作家,同时他又担任过大学教师。鲁迅于1920年8月被北京大学聘为讲师,此后还担任北京高等师范学校讲师。他是以新文学的参与者和战士的身份走向讲台的,因而非常注重大学的教材建设。教师的工作首先就是要讲好课,要讲好课就要选择好的教材。

鲁迅到北京大学讲授中国小说史前,最初北大国文系是准备请周作人来上这门课的,周考虑自己不是合适的人选而鲁迅比周作人研究得更深,所以向系主任推荐鲁迅并得到同意。鲁迅讲课用的讲义就是他自己编写的《中国小说史略》。

众所周知,在中国古代文学中小说历来被视为不入流,长期被排斥在学术视野之外,是五四新文化运动才使得小说由边缘进入文学的主流。鲁迅在北大的课堂上讲授中国小说史本身,就是非常具有挑战性的除旧革新之壮举,同时也使具有西学背景的学者型作家有了用武之地。鲁迅说:"中国之小说自来无史;有之,则先见于外国人所作之中国文学史中,而后中国人所作者中亦有之,然其量皆不及全书之什一,故于小说仍不详。"①鲁迅写小说讲义开中国人治小说史之先河,表现了五四学人将新的文学理念贯穿到学术中去的实践。鲁迅登北大讲台,是因为他在中国小说史研究领域中有非凡的造诣。他在讲授这门课以前已经研究了许多年。为了给学生扎实新鲜的知识,他作了大量的资料准备工作,鲁迅曾经说撰写文学史要"先从做长编入手"。他根据自己的知识积累,很早就对36种唐前小说佚文进行过收集整理,辑录了《古小说钩沉》②一书,为后

---

① 鲁迅:《中国小说史略》,《鲁迅全集》(第9卷),人民文学出版社1981年版,第4页。
② 鲁迅:《鲁迅辑录古籍丛编》(第1卷),人民文学出版社1999年版。

来的《中国小说史略》写作打下了坚实的基础。

他的小说史讲义最突出的贡献在于,有丰富的史料价值和独特的学术史识眼光。比如他根据中国小说的特点创造了"谴责小说"这一学术概念,他还根据文学作品现象提出了"拟"和"末流"的小说史论断:"拟"就是中断后又盛行的小说创作现象,和缺乏独创精神的模拟前人趋向;"末流"就是模仿他人作品,并因袭其创作态度,且失去原来之精神优长者。这些都成为小说史研究理论的重要支柱。

再加之鲁迅本人就是当时新文学的著名小说家,他的创作经验和他对中国古代小说的自家真实感悟体会,在当时大概无人能够望其项背。《中国小说史略》最初为发给学生的油印本讲义,后来经过鲁迅的反复修改,成为具有学术意义的铅印本,这样就使这本书远远超越了一般的教材功能,一跃成为重要的学术著作。由此奠定了中国小说史研究的基本格局,同时也奠定了他在中国文学和中国小说史研究领域中的崇高地位。胡适对这本书评价说:"搜集甚勤,取裁甚精,断制也甚谨严,可以为我们研究文学史的人节省无数精力。"①

当然鲁迅的编写教材,首先是为了生活取得教职,但是从历史事实来说他又顺应了五四新文化运动,很好地起了启蒙作用;当然也使新文学的第一批作家在中国的大学里站住了脚跟。一种全新的文化理念进入高校,为后来以学生为中心的文化启蒙运动,进行了优秀的人才储备。当然五四新文化运动也成就了鲁迅,他用自己的知识准备参与了历史性的文化启蒙运动,同时也为中国高等学校的教材建设,留下了首批重要的奠基性的文本。

先进的批判理论

大家知道,《新青年》刚刚创刊的时候是一个思想杂志,正是由于鲁迅的实践,才把这个注重政论的思想杂志,用鲁迅的话说,"其实是一个论议的刊物"向文学的方向扭转。正是因为有了周氏兄弟的加盟,才使得《新青年》变得生机勃勃,增加了青年读者,令它的主编陈独秀喜出望外。

---

① 胡适:《白话文学史·自序》,百花文艺出版社 2002 年版。

鲁迅在《新青年》上创造了三个"第一"。这就是：

发表了第一篇白话小说《狂人日记》。这是一篇划时代的小说，最能够代表五四精神，小说对中国几千年的封建文化和封建历史进行了摧枯拉朽式的颠覆；全新的思想、大胆的怀疑精神，再加之全新的表现形式，令当时的文化界和读书界在精神上为之一振。当时和后来的评论充分证明了这一点。用鲁迅自己的话说："算是显示了'文学革命'的实绩，又因那时的认为'表现的深沉和格式的特别'，颇激动了一部分青年读者的心。"这篇小说一扫过去中国小说之习惯与风格，使读者耳目一新，那种"救救孩子"的呼唤，强烈地震动了读者的心。鲁迅对自己的小说当然是有信心的，他自己毫无夸张的说，他的这篇《狂人日记》在思想上要超过果戈理和尼采，因为"后起的《狂人日记》意在暴露家族制度和礼教的弊害，却比果戈理的忧愤深广，也不如尼采的超人渺茫"。这是何等的自信！此后鲁迅又写了《孔乙己》、《药》等作品，他的小说一篇一个样式、一篇一个风格，为《新青年》赢得了众多的读者。陈独秀当然是甚为兴奋，他在给周氏兄弟的信中不止一次的谈到这一点。1920 年 3 月 11 日陈独秀致周作人的信就这样写道："我们很盼望豫才先生为《新青年》创作小说，请先生告诉他。"1920 年 8 月 22 日在给周作人的信中又说："鲁迅兄做的小说，我实在五体投地的佩服。"本年 9 月 28 日陈独秀致周作人的信还这样写道："我希望你和豫才、玄同二位有功夫都写点来，豫才兄做的小说实在有集拢来重印的价值。"①

第一次在《新青年》杂志上发表新诗。鲁迅写的《梦》、《爱之神》、《桃花》、《他们的花园》、《人与时》、《他》等新诗都是首次在《新青年》杂志上发表的。他写这些新诗的目的非常明确，就是为新文学呐喊助威，他自己说："因为那时文坛寂寞，所以打打边鼓，凑些热闹；待到称为诗人的一出现，就洗手不作了。"②他以自己的实践，为后来的新诗发展起到了引路的作用。

第一次将政论的《随感录》改变成为文艺性散文，以《随感录二十五》为标志。在这篇文章中，鲁迅痛心疾首地批判了中国人把孩子当成父母福气的材料，只知生育不知教养的昏聩的国民性；提出不要做孩子之父，要做"人"之父的重

---

① 陈独秀：《陈独秀书信集》，新华出版社 1987 年版。
② 鲁迅：《集外集·序言》，《鲁迅全集》（第 7 卷），人民文学出版社 1981 年版，第 3 页。

要论断。

试想如果没有鲁迅的参加,陈独秀那一班人该是何等的寂寞。

鲁迅的巨大贡献也与陈独秀等一班《新青年》编委有着不可或缺的关系,陈独秀此间给周作人的信最多,如1920年7月9日的信中说:"豫才先生有文章没有?也请你问他一声。"同年8月13日致二周的信中说:"无兴致是我们不应该取的态度,我无论如何挫折,总觉得很有兴致。""随感录本是一个很有生气的东西,现在为我一个人独占了,不好不好,我希望你和豫才玄同二位有功夫都写点来。"当然作为直接找到鲁迅的钱玄同,也是功不可没,正是由于周作人传达陈独秀的来信,再加上钱玄同的不间断约稿,才促成了鲁迅的小说创作,为中国新文学留下了不朽的名篇巨著。

鲁迅的积极参与,为以《新青年》为大本营的五四新文化运动,带来了新的生机和活力。他以自己的努力也为那时的文坛留下了扎扎实实的作品,其中有不少成为他的代表作。直到次年《新青年》风波起来,杂志不得不南迁时,陈独秀也没能忘情于鲁迅,在1921年2月15日陈独秀致周氏兄弟的信中还这样说:"豫才、启明二先生:新青年风波想必先生已经知道了,此时除移粤出版无他法,北京同人料无人肯做文章了,惟有求助你两位,如何,乞赐复。"①字里行间流露出对鲁迅突出作用的依赖,并表达出对他未来贡献的殷殷期待。

犀利的文艺散文

《新青年》创刊自4卷4号始,开辟"随感录"专栏。专门议论社会现象、文化现象,意在启蒙。最早发表文章的是陈独秀、陶覆恭、刘半农、钱玄同等人,文体也是经历了从文言到文半白再到白话的演变过程,毋庸讳言这些文章当然都是政论性的。

从"随感录"二十四、二十五起,开始刊载周氏兄弟的文章,这便是周作人的"随感录二十四"和鲁迅以"唐俟"署名的"随感录二十五"。

鲁迅的《随感录二十五》一文是以严复的话开头,说自己以前曾从严复的

---

① 陈独秀:《陈独秀书信集》,新华出版社1987年版。

书上看到过,严复说他很担心北京的孩子在街上跑来跑去会出车祸。鲁迅将笔锋一转说:"穷人的孩子蓬头垢面的在街上转,阔人的孩子妖形妖势娇声娇气的在家里转。转得大了,都昏天黑地的在社会上转,同他们的父亲一样或者还不如。"①"中国的孩子,只要生,不管他好不好,只要多,不管他才不才。生他的人,不负教他的责任。虽然人口众多这一句话,很可以闭了眼睛自负,然而这许多人口,便只在尘土中辗转,小的时候,不把他当人,大了以后,也做不了人。"接着鲁迅批评了中国的"多子多福"的封建道德,他说:"中国娶妻早是福气,儿子多是福气。所有小孩,只是他父母福气的材料,并非将来的人的萌芽。"这些话在当时可谓振聋发聩,说得是非常深刻的。

他在文中还列举了奥地利华宁该尔《性与性格》一书中的观点,他说根据华宁该尔对女人的分类,"一是母妇,一是娼妇",依此类推将男人也可以分成"父男"和"嫖男",进而推论成"孩子之父"和"人之父"。鲁迅希望中国多一些"人之父",以便在将来把孩子培养成"一个完全的人"!这篇散文继承了鲁迅原来的关于"立人"的思想,与他后来的《我们怎样做父亲》等杂文一样,批判了当时只顾多生不管教育,并且以"人口众多"为自傲的愚昧的国民性。鲁迅的文章一发表,就突显了杂文的特色,鞭辟入里,直击本质;既宣扬了新思想又批判了旧传统,起到了重要的启蒙作用。

鲁迅的最初散文,都是将批判的矛头指向了封建道德、封建文化,表明了强烈的民主主义倾向和毫不妥协的革新精神。

如果将这篇文章与以前的 23 篇"随感录"进行比较,就会发现他不仅思想超前,而且还带有与世界同步的新思想;而且在文章的书写方式上,也突破了前 23 篇"随感录"的框架,创造出一种带有漫谈式的活泼抒情、讽喻深刻、生动清新的文艺散文。

周氏兄弟有目的的将"讲演风"向"闲话风"转化和引领,从而给当时的读者一种全新的文体。也难怪他们后来成为《语丝》散文杂志的主将,创造出一种全新的"语丝文体",为中国现代散文之建立开辟了宽广的道路。

---

① 鲁迅:《随感录二十五》,《鲁迅全集》(第 1 卷),人民文学出版社 1981 年版,第 295 页,下同。

杰出的小说翻译

鲁迅是在我国翻译史上独树一帜的翻译大家,他从事翻译工作是从在日本留学时期开始的。众所周知,日本自明治维新以来就是吸收和传播世界文化的窗口,许多欧洲的先进出版物,都是首先通过日本这个窗口再传到中国来的。

鲁迅一生翻译了许多外国文学作品,在他浩瀚的文学生涯中翻译所占的文字就有 240 万左右,占他所有作品将近六成之多;周作人也是著名的翻译家,他对翻译工作中更是情有独钟,一生的绝大部分时间都在从事翻译工作。

由于历史的原因和个性特征,初期的鲁迅并没有十分注意日本文学作品,他是借助日本的条件翻译和介绍了不少东欧弱小国家的文学作品,以此刺激和启发国人,唤醒他们的爱国热情。因为那时他们都深受梁启超的影响,以为文学可以改造社会,充分反映出鲁迅的那种"我以我血荐轩辕"的赤子情怀。据周作人回忆,鲁迅当时坚定地认为"欲救中国须从文学始",这也是他注重翻译的重要原因之一。

周氏兄弟合作出版的第一本译著是《域外小说集》(一、二两册),分别于1909 年 3 月、7 月出版。署名会稽周氏兄弟纂译,周树人发行,序言和略例由鲁迅写就。这两册书均是在东京印好,由上海广昌隆绸庄寄售。据周作人后来回忆说,《域外小说集》虽然只出了两册,所收的作家也不大全,但是其中有一个趋向,"这便是后来的所谓东欧的弱小民族","凡在抵抗压迫,求自由解放的民族才是"[①]。周氏兄弟提出的这称谓影响深远,一直到后来的文学研究会创办新的《小说月报》时代,还出过专号介绍弱小民族文学。

鲁迅在中国近现代译论史上的突出贡献,是多方面的。

首先在于突破了译学史上的"林译模式"。因为林纾是中国当时最著名的翻译家,鲁迅那一代知识分子基本上都是读着林译小说长大的。但是,当他们一旦到了国外,接触到外国文学作品原版本,特别是用原文或借助另外一种外文重新阅读时,就发现了自己接触的外国小说和林译的完全不是那么一回事。林译的是外国小说的中国叙事,而他们接触的却是原生态的外国故事。正如鲁迅在

---

① 周作人:《知堂回想录》,香港三联图书有限公司 1980 年版。

在日本留学时期的鲁迅

序言中所说他们翻译的这册《域外小说集》:"词致朴讷,不足方近世名人译本。特收录至审慎,意译亦期弗失文情。异域文术新宗,自此始入华土","中国译界,亦由是无迟莫之感矣"①。这是对于中国译界"迟莫之感"的一种挑战,同时也以大胆的直译率先垂范,这是一个影响中国 20 世纪译风的创举。周氏兄弟重视"异域文术新宗",创造性地开辟外国文学资源,给中国读者以原生态的外国文学作品以及这种弱小民族作品所带来的震撼,以此横扫译界的种种弊端,这便是《域外小说集》出版的重要意义。

其次在于创造了属于他们自己的"直译"手法。这是鲁迅和周作人最先提出来的。无论是从当时还是今天看来,这都是翻译手法的一次重要的革新。换句话说,正是周氏兄弟为中国翻译界在"信"字上开了风气之先,他们用自己的翻译实践,为中国译文的忠实可靠性奠定了坚实的基础。周作人最初提出了"为书而翻译"的革新观点,这就是用"白话文"和"直译",他把林译的古文翻译称作"为自己而翻译",放到了新文学的对立面,从而坚持了"五四"新文学的传统。看似翻译方法的不同,而实际上却是对旧文学形式的否定。在翻译方法上周氏兄弟的观点完全一致。鲁迅曾批评《天演论》的翻译"桐城气息十足,连字的平仄也都留心,摇头晃脑的读起来,真是音调铿锵,使人不自觉其头晕"②。周作人则说:"我的翻译向来用直译法,所以译文实在很不漂亮……因为我觉得没有更好的方法。但是直译也有条件,便是必须达意,须汉语的能力所及的范围内,保存原文的风格,表现原语的意义,换一句话就是信与达。"③鲁迅也是再三强调翻译要以信为主,顺是可以慢慢解决的。

从时间发展阶段来看,鲁迅逐渐地扩大了自己的翻译视野。他与周作人共同翻译了《现代日本小说集》,这是提倡人道主义工作的一部分,他们十分看重

---

① 《域外小说集·初版序》,上海群益书社,1921 年版。

② 鲁迅:《二心集·关于翻译的通信》,《鲁迅全集》(第 4 卷),人民文学出版社 1981 年版,第 381 页。

③ 周作人:《陀螺·序》,《语丝》第 33 期,1925 年 6 月 22 日。

这些作品的现代性,仿佛有一种使命感,要借日本的这种"模仿别人"的方式,给中国的创作和翻译带来震撼从而进行"改革",因为那时周氏兄弟都受梁启超的影响,认为文学可以改良社会。在《现代日本小说集》的翻译之后,由于兄弟之间的趣味不同,对于译本选择的区别就明显表露出来。

鲁迅翻译日本小说是借鉴其中的精华成分,为的是使中国的创作出现一些新气象。他喜欢白桦派的清新自然的感染力、人道主义的同情心,以及在创作中带有的那种眷恋凄怆的气息;他在江口涣那里看到了复仇的主题,在菊池宽那里发现了胜利者的悲哀和人间的嗜杀性;在芥川龙之介的作品中又找到那种阴冷和以恶报恶的暗示。鲁迅当时的翻译过程可能思想是非常矛盾的:因为他一方面看到了日本文学家的才智,一方面又看到了一些自傲和他不喜欢的东西;他一方面觉得有不少小说在技巧上出奇制胜,一方面又觉得在描写上存在某种不合理的因素。这种情感只有在我们细读《藤野先生》一文时,才能够体会出来吧。对于鲁迅后来不再翻译日本文学,进而转入苏俄小说和文学理论,虽说法不一,但这种我们也会感觉到的阴影总是绕不过去的。鲁迅的翻译取向是由弱小民族文学转向人道主义文学、进而发展为革命文学。鲁迅一生对苏俄文学的翻译大约占他总翻译文字的百分之六十左右,他的大部头《毁灭》和《死魂灵》的小说翻译堪称绝响,他后来对于苏俄文学特别是苏俄文学理论情有独钟。

鲁迅兄弟从最初的相互切磋、观点一致,发展到中期的各有主张、观点相异,除了他们本身的个性特征以外,当然还有社会与时代的原因。鲁迅总是能够和青年知识分子在一起,关心社会、吸纳新潮,甚至和革命共同着生命;而周作人则追求文学的极至,坚持平民的兴趣和关注杂学的知识,在自己的丰富中游离于纯文学和时代的边缘。

无论怎样评价一个时代的思潮,总是要以它的进步作用和历史的"实绩"来衡量。在"五四"新文化时期鲁迅用自己的翻译实践,在开发新文学的思想资源和文学资源方面,做出了突出的贡献。鲁迅在翻译实践和理论方面,留给我们的遗产是多方面的,"鲁迅风"会使我们受益无穷。

应重视鲁迅的小说史研究

我劝学现代文学的同学们，潜心深度阅读鲁迅的《中国小说史略》，因为除了读原著以外，可以参考的东西并不很多。众所周知，关于鲁迅小说史学的研究的专门论著历来较少。原因是多方面的：首先是研究者历来关注作家鲁迅，而对于学者鲁迅的重视程度不够，大家一味地重史实、重文学作品；其次是一般鲁迅研究者的专业是中国现代文学，对于中国古代文学知识欠缺。因为对鲁迅与中国古代文学关系的研究，所涉及方方面面太多，使得许多人有力不从心之感。

理解鲁迅的小说史研究，就要将鲁迅这些具体细节从资料中钩沉出来，厘清捋顺是非常细致繁杂的工作。这需要做大量的学术准备。必须是从鲁迅的小说史研究入手，进而找出鲁迅写作该书所做的学术准备。此外还要考察版本之流变，这就必须找出《中国小说史略》的最早版本，比照再版本以及近年来的新版本订正旧版的错讹，在具体的小说史论述和资料征引上也存在若干校订工作。据我所知，在关于鲁迅《中国小说史略》研究的过程中，还鲜有人这么做。

长期以来，小说在中国旧文学中历来是被视为不入流的，古典小说研究被排斥在所谓"国学"视野之外。正是五四新文化运动，才使得小说由边缘进入了文学的主流，成为现代意义上的四大文体之一。

鲁迅《中国小说史略》书影

鲁迅曾经说撰写文学史要"先从做长编入手"，他根据自己的知识积累，很早就对36种唐前小说佚文进行过收集整理，辑录了《古小说钩沉》一书，为后来的《中国小说史略》写作打下了坚实的基础。鲁迅到北京大学讲授中国小说史前，最初北大国文系是准备请周作人来上这门课的，周考虑自己不是合适的人选，而鲁迅对此比自己研究得更深，所以向系主任推荐鲁迅并得到同意。鲁迅自己编写讲课用的讲义，就是后来出版的著名的《中国小说史略》。鲁迅说："中国之小说自来无史；有之，则先见于外国人所作之中国文学史中，而后中国人所作者中亦有之，然其量皆不及全书之什一，故于小说仍不详。"鲁迅写小说史开中国人治小说史之先河，表现了五四学人将新的文学理念贯穿到学术研究中去的实践。鲁迅登北大讲台，是因为他在中国小说史研究领域中有非凡的造诣。他在讲授这门课以前已经研究了许多年。《中国小说史略》最初是发给学生的油印本讲义，后来经过鲁迅的反复修改，成为具有学术意义的铅印本，这样就使这本书远远超越了一般的教材功能，一跃成为重要的学术著作。由此奠定了中国小说史研究的基本格局，同时也奠定了鲁迅在中国文学和中国小说史研究领域的崇高地位。胡适对《中国小说史略》评价很高，他说这本书："搜集甚勤，取裁甚精，断制也甚谨严，可以为我们研究文学史的人节省无数精力。"鲁迅在北大的课堂上讲授中国小说史本身，就是非常具有挑战性的除旧革新之举，同时也使具有新思潮背景的学者型作家有了用武之地。

鲁迅的小说史讲义最突出的贡献在于，注重积累丰富的史料和具备独特的学术"史识"眼光。比如鲁迅根据中国小说的特点创造了"谴责小说"这一学术概念，他还根据文学作品现象提出了"拟"和"末流"的小说史论断："拟"就是中断后又盛行的小说创作现象，和缺乏独创精神的模拟前人趋向；"末流"就是模仿他人作品，并因袭其创作态度，且失去原来之精神优长者。这些都成为小说史研究理论的重要支柱。最初鲁迅是将《儒林外史》定位为"谴责小说"，而将《孽海花》归类为"狭邪小说"的；后来他将《儒林外史》从"谴责小说"中分离，作为"讽刺小说"独立成编，而将《孽海花》归入了"谴责小说"。这些表面上看来似乎是概念的界定，而实际上则表现出鲁迅小说史学研究的概括力和科学性。这就是所谓"史识"，从中我们可以深切地体会出鲁迅所下的扎实功夫，还可以看出他对于那种"恃孤本秘籍，为惊人之具"不屑之缘由。

要研究鲁迅的小说史观，必须将其关于小说史的全部资料掌握完整。这就需要走乾嘉学派的苦路，扎扎实实地收集整理第一手资料。要考察鲁迅中国小说史研究的系年，总结鲁迅在清末民初的小说观。鲁迅说："六朝时之志怪与志人底文章，都很简短，而且当作记事实；及到唐时，则为有意识的作小说，这在小说史上可算是一大进步。而且文章很长，并能描写得曲折，和前之简古的文体，大不相同了，这在文体上也算是一大进步。但那时作古文底人，见了很不满意，叫它做'传奇体'。'传奇'二字,当时实是訾贬的意思,并非现代人意中的所谓'传奇'"。鲁迅对魏晋文学有着独到的研究,他认为汉末大畅巫风,故六朝特多鬼神志怪之书,并指出:"若为赏心而作,则实萌芽于魏而盛大于晋,虽不免追随俗尚,或供揣摩,然要为远实用而近娱乐矣。"所以他对于《世说新语》有独特的评价,认为这一流的书后来"仿者尤众",因为那是一个"文学的自觉时代"。因此读鲁迅的小说史略,我们还要细读鲁迅的《魏晋风度及文章与药及酒之关系》等文章,分析其中的学术史意义。进而全面研究鲁迅的《中国小说史略》与中国小说史学的发生。在研究鲁迅小说史观的时候,我们还应该特别注意到鲁迅本人就是当时新文学的著名小说家,鲁迅的创作经验和其对中国古代小说的自家真实感悟体会,在当时大概是无人能够望其项背的。这对于我们研究鲁迅的这部特定作品,也应有着非常重要的作用。

因此我们可以理解为什么《中国小说史略》从最初计划发给学生的油印本讲义,后来经过鲁迅的反复修改,一跃成为重要的学术著作;并由此奠定了中国小说史研究的基本格局,同时也奠定了他在中国文学和中国小说史研究领域中的崇高地位。这样的一个过程是意味深长的。

《中国小说史略》是学者鲁迅的最初形态的著作,也是具有开创性的国学名著。因而研究鲁迅的小说史观,首先需要加强中国古典文学基础的训练,其次还要有对鲁迅的宏观了解,我以为二者缺一不可。

鲁迅杂文中的两个关键词

2013 年鲁迅学术研讨会的总题是《鲁迅与中国社会文化发展》,这是一个很大很宏观的题目。谈到会议的主题时,主办方在《邀请函》中这样说:"当今,中国社会文化发展正面临着空前复杂的众多问题,而鲁迅的思想和经历,给予我们不依靠现成概念而寻找出符合中国历史和现实的出路的宝贵经验,发掘这些经验则是我们解决当下问题的途径之一。"

其实"中国社会文化"是相当大的概念,在网上搜索也不是太容易。我们在《鲁迅全集》检索中也只能查到"中国社会"和"中国文化"而已,因而以此为题作文就相当不容易。为了论述的简便,本文只是选取其中的这两个词语,采用大题小做的方式,回归文本,搜寻鲁迅的有关论述,重温鲁迅的看法,这样可能会有意想不到的收获也说不定。

我以为研读鲁迅对于中国社会、中国文化的论述,对于我们今天不仅是非常必要的,而且也是相当有意义的。

一、鲁迅词语里的"中国社会"

"社会"这个词是相当复杂的,有狭义和广义之分。

狭义的社会,也叫"社群",可以单指人类群体活动和聚居的具体地域范围,比如村、乡镇、城市、聚居点等;广义的社会则是指一个国家、一个更大的地域范围或者一个文化圈,例如中国社会、东方社会、东南亚或美国社会、西方世界,都可以作为广义社会的解释,也可以引申为他们的文化习俗。

经查"社会",汉字本意是指在特定土地上的人之集合。亦指人们以共同物质生产活动为基础,按照特定的行为规范相互联系而结成的有机总体。构成社会的基本要素是自然环境、人口与文化。通过生产关系派生出各种社会关系,构成社会,并在一定的行为规范控制下从事活动,使其得以正常运转和延续。我国在春秋时代就出现这两个字了,唐诗里面也有"社会"这个词。近代这个词最初是因为翻译从日本传过来的。

"社会"一词的定义一般是指由自我发展的个体构建而成的群体,占据着一定的空间,同时具有独特的文化和风俗习惯。由于社会一般被认为是人类所特有的,所以社会和人类社会大都具有相同的含义。

再延伸寻找,在科学研究和科幻小说里面,有时亦可有"外星人社会"。以人类社会为研究对象的学科叫做"社会学"。你看麻烦不麻烦? 还好我们专论的是中国社会,但这也是没有办法的事,只有把概念搞清楚了,问题才能得以展开。

如果在《鲁迅全集》中查找"社会"一词的话,那可就太多了。为便于论述计,我们可以专门找寻"中国社会"或"中国的社会"。发现他分别在《坚壁清野主义》、《我们现在怎样做父亲》、《随感录四十二》、《随感录五十四》、《华盖集?题记》、《六论文人相轻》、《革命时代的文学》、《读书杂谈》、《我的第一个师傅》、《上海文艺之一瞥》、《关于翻译的通信》、《伪自由书后记》、《扑空》、《"小童挡驾"》、《随便翻翻》、《启示一》、《今春的两种感想》、《致江绍原信 19291022》、《致台静农信 19320605》和《阿 Q 正传》等 20 篇文章与书信中,22 次提到"中国社会"或"中国的社会"一词。虽然鲁迅专门论述"中国社会"的言论并不是很多,但是鲁迅一生都在关注中国的社会问题。细读这 20 篇文章,发现鲁迅对"中国社会"的论述有以下几个特点:

首先,他说"中国社会"保守老化变革艰难

鲁迅论述的中国社会都不是专门进行专题讨论的,他基本是在不经意间发一些议论,就是在这娓娓道来中,反映出尖锐犀利的思想家的真知灼见。1927 年 4 月 8 日,鲁迅应邀到黄埔军校演讲,后来经过整理成文为《革命时代的文学》。他在这篇文章中指出中国社会忘性太大,一切几乎没有什么改变。革命前谈文学,革命中就忘记文学,革命后又产生文学。他沉痛地说:"中国社会没有改变,所以没有怀旧的哀词,也没有崭新的进行曲"①,纪念牺牲者的追悼仪式变成了赞美挽联,民间的游行也是在政府的允许下的"奉旨革命"。

鲁迅一进入文学界,就以横空出世的姿态指出中国社会是"吃人",著名的《狂人日记》非常精确地表达了他的这一观点。此后他不断地强调这一社会弊

---

① 鲁迅:《革命时代的文学》,《鲁迅全集》(第 3 卷),人民文学出版社 1981 年版,第 421 页。

病,他说:"中国社会里,吃人,劫掠,残杀,人身卖买,生殖器崇拜,灵学,一夫多妻,凡有所谓国粹,没一件不与蛮人的文化(？)恰合。拖大辫,吸鸦片,也正与土人的奇形怪状的编发及吃印度麻一样。至于缠足,更要算在土人的装饰法中,第一等的新发明了。"①

鲁迅对于中国社会理解之深几乎无人可以望其项背,他谈老人和青年的文章很多,其中有一篇是论及《颜氏家训》的,虽是简单叙述,但在娓娓道来中颇具现代性。他说,"这《家训》的作者,生当乱世,由齐入隋,一直是胡势大张的时候,他在那书里,也谈古典,论文章,儒士似的,却又归心于佛,而对于子弟,则愿意他们学鲜卑语,弹琵琶,以服事贵人——胡人。这也是庚子义和拳败后的达官,富翁,钜贾,士人的思想,自己念佛,子弟却学些'洋务',使将来可以事人;便是现在,抱这样思想的人恐怕还不少"。"假使青年,中年,老年,有着这颜氏式道德者多,则在中国社会上,实是一个严重的问题,有荡涤的必要"。②其实这种"颜氏式道德者"多少年来依然延续着,变换的是朝廷与时代的更迭,不变的是每一时代都是用更为摩登的方式表达出来而已。鲁迅用新的历史观分析当时之中国社会,对此给予历史的解读真可谓入木三分。

鲁迅经过深入的分析,把这种中国社会陋习称为"爸爸类社会",他说:"中国社会还是'爸爸'类的社会,所以做起戏来,是'妈妈'类献身,'儿子'类受谤。即使到了紧要关头,也还是什么'木兰从军','汪踦卫国',要推出'女人与小人'去搪塞的。'吾国民其何以善其后欤？'"③他还说:"中国的社会,虽说'道德好',实际却太缺乏相爱相助的心思。便是'孝''烈'这类道德,也都是旁人毫不负责,一味收拾幼者弱者的方法。在这样社会中,不独老者难于生活,即解放的幼者,也难于生活。"④所以他说:"我早就很希望中国的青年站出来,对于中国的社会,文明,都毫无忌惮地加以批评。"⑤这些话今天读来,在感受其中的震撼与深刻之外,似乎还会增加我们切入实际的联想与思考。

① 鲁迅:《随感录四十二》,《鲁迅全集》(第1卷),人民文学出版社1981年版,第327页。

② 鲁迅:《扑空》,《鲁迅全集》(第5卷),人民文学出版社1981年版,第349页。

③ 鲁迅:《小童挡驾》,《鲁迅全集》(第5卷),人民文学出版社1981年版,第447页。

④ 鲁迅:《我们现在怎样做父亲》,《鲁迅全集》(第1卷),人民文学出版社1981年版,第129页。

⑤ 鲁迅:《华盖集题记》,《鲁迅全集》(第3卷),人民文学出版社1981年版,第4页。

鲁迅还指出，中国社会的大众很少觉悟，他们普遍相信佛教的轮回说。在著名的《阿Q正传》中，鲁迅就写出了阿Q对此道的"无师自通"："'过了二十年又是一个……'阿Q在百忙中，'无师自通'的说出半句从来不说的话。"①当译者询问此句的翻译时，鲁迅解释说："中国社会相信佛教轮回说。人被杀后转世再生，二十年之后又是一个年轻人。（不过，此事我不敢保证。）"他是要通过阿Q这一形象，展示"未庄的社会"，写出我们国人的魂灵，在此对于"中国社会"的失望可见一般。

其次，他说"中国社会"多重事务自相矛盾

鲁迅说过，"中国社会是将几十世纪缩在一时：自油松片以至电灯，自独轮车以至飞机，自镖枪以至机关炮，自不许'妄谈法理'以至护法，自'食肉寝皮'的吃人思想以至人道主义，自迎尸拜蛇以至美育代宗教，都摩肩挨背的存在。这许多事物挤在一处，正如我辈约了燧人氏以前的古人，拼开饭店一般，即使竭力调和，也只能煮个半熟；伙计们既不会同心，生意也自然不能兴旺，——店铺总要倒闭"。"此外如既许信仰自由，却又特别尊孔；既自命'胜朝遗老'，却又在民国拿钱；既说是应该革新，却又主张复古：四面八方几乎都是二三重以至多重的事物，每重又各各自相矛盾。一切人便都在这矛盾中间，互相抱怨着过活，谁也没有好处。要想进步，要想太平，总得连根的拔去了'二重思想'。因为世界虽然不小，但彷徨的人种，是终竟寻不出位置的"。②

在这里鲁迅指出了中国社会的复杂与矛盾，那种新与旧、自我与公益、文明与野蛮、革新与复古等，盘根错节地交织在一起，一切都在矛盾之中艰难而又彷徨地前行。这样的中国社会现状和生活在其中的人要想在世界不吃亏、做出点儿成绩来是相当困难的。

这样的矛盾社会中存在着各种的误解与谣言。鲁迅沉痛地说："中国社会上还很误解，你做几篇小说，便以为你一定懂得小说概论；做几句新诗，就要你讲诗之原理。我也尝见想做小说的青年，先买小说法程和文学史来看。据我看来，是即使将这些书看烂了，和创作也没有什么关系的。事实上，现在有几个做文章

① 鲁迅：《阿Q正传》，《鲁迅全集》（第2卷），人民文学出版社1981年版，第526页。
② 鲁迅：《随感录五十四》，《鲁迅全集》（第1卷），人民文学出版社1981年版，第344页。

的人,有时也确去做教授。但这是因为中国创作不值钱,养不活自己的缘故。"①
鲁迅总是将社会的实情告诉人们,以减少误解、了解真实。他绝不因为自己做小
说就说自己懂得"小说作法"的理论,他也绝不相信会写诗歌的人,就一定能够
讲解诗歌原理。他总是将真实告诉青年,让他们"防被欺"。至于那种自封为"青
年导师"的所谓大人物更是为鲁迅所不齿,他多次强调对于这种人他是绝不相
信他们,同时劝告青年们也千万不要相信,与其找他们不如走自己的路。

鲁迅对于中国社会的解析可谓鞭辟入里、入木三分,他在《启事》中曾经这
样说:"造谣是中国社会上的常事,我也亲见过厌恶学校的人们,用了这一类方
法来中伤各方面的,便写好一封信,寄到《京副》去。次日,两位 C 君来访,说这也
许并非谣言,而本地学界中人为维持学校起见,倒会虽然受害,仍加隐瞒,因为
倘一张扬,则群众不责加害者,而反指摘被害者,从此学校就会无人敢上。"②

这段话说的是 1925 年 4 月 12 日发生在河南开封铁塔前的强奸案。据资料
记载当天是星期天,四名女师的学生出校门后去了开封铁塔游玩,不巧被六个
士兵看见,等女生上了铁塔以后,他们就二人把门,四人上塔调戏,并带有刺刀
威胁,使学生不敢作声,于是进行轮奸,事后还将女生衣裤放置铁塔的最高层。
受辱的女生回校后,有二人自杀身亡。事件发生后舆论哗然,各界纷纷谴责。《京
报副刊》、《妇女周刊》、《旭光周刊》以及当地新闻都报道了这个消息,鲁迅也从
学生的来信中得知了此事,于是就有了上面的那篇文章。中国社会常常出现的
一大怪事就是,发生了案件之后首先是百般掩盖,其次是谴责弱者。事件发生后
开封教育当局对此毫无一点表示,也就是封锁消息,女子师范学校当局则统一
口径,校长为保官禁止职员学生关于此事泄露一字,说什么学校绝无此事、学生
人数不差、没有出现自杀者、课堂一切正常如故等等,可见校长为了保住饭碗,
丧尽天良,他的权力与胆量之大,无以复加。另外是官方传媒集体失声,继之便
出现了与事实相反的文字,指责学生、批评弱者。这就是当时的中国社会现状。
作为普通学生来说,大兵和校长都是惹不起的,尤其是女生。因为在中国社会权
力有着至高无上的地位,官员感受到了权力所带来的巨大寻租资源,在利益的

① 鲁迅:《读书杂谈》,《鲁迅全集》(第 3 卷),人民文学出版社 1981 年版,第 438 页。
② 鲁迅:《启事》,《鲁迅全集》(第 7 卷),人民文学出版社 1981 年版,第 279 页。

裹挟之下,利益集团成了"到处乱摸的手"。两种新闻、相互矛盾的消息,社会不知哪种是真实的,大家都是一头雾水,当局混淆视听的目的就达到了。据说这件事发生以后,军队与学校还达成了某种密约,处理了士兵、慰问了校长,两边都有面子。所以鲁迅说自己最先得到的是矛盾的消息,后来证明了"那确乎是事实",因为他知道"造谣是中国社会上的常事"。他借这则《启事》附加了《备考》的一组新闻消息,向读者全方位地展示了这个事件的来龙去脉。

鲁迅还曾指出中国社会问题很多,但是说真话很难。社会上不能谈压迫与被压迫问题,"在中国做人,真非这样不成,不然就活不下去。例如倘使你讲个人主义,或者远而至于宇宙哲学,灵魂灭否,那是不要紧的。但一讲社会问题,可就要出毛病了。北平或者还好,如在上海则一讲社会问题,那就非出毛病不可,这是有验的灵药,常常有无数青年被捉去而无下落了。在文学上也是如此。倘写所谓身边小说,说苦痛呵,穷呵,我爱女人而女人不爱我呵,那是很妥当的,不会出什么乱子。如要一谈及中国社会,谈及压迫与被压迫,那就不成。不过你如果再远一点,说什么巴黎伦敦,再远些,月界,天边,可又没有危险了"。"我希望一般人不要只注意在近身的问题,或地球以外的问题,社会上实际问题是也要注意些才好"。①一种只准说好不准说坏,不允许出现不和谐的声音,不允许不同意见存在,强求舆论一律的传统,也是中国社会的一大特色;中国社会要求人们说远话,注意自己自身的小利,把眼光收缩得极小,把语言夸张得极大,这是一个病态的社会。鲁迅也曾心情沉重地说:"社会上千奇百怪,无所不有;在学校里,只有捧线装书和希望得到文凭者,虽然根柢上不离'利害'二字,但是还要算好的。中国大约太老了,社会上事无大小,都恶劣不堪,像一只黑色的染缸,无论加进什么新东西去,都变成漆黑。可是除了再想法子来改革之外,也再没有别的路"。②

有人说中国社会要么改革,要么革命,改革总是跟着革命赛跑。社会出现分化就有不和谐的因素,大批的弱势群体是一个不可忽视的存在。他们的不幸是病态的社会造成的。鲁迅的小说大都是以这病态社会的不幸人们为模特,目的

---

① 鲁迅:《今春的两种感想》,《鲁迅全集》(第7卷),人民文学出版社1981年版,第385页。

② 鲁迅:《两地书·四》,《鲁迅全集》(第11卷),人民文学出版社1981年版,第20页。

是揭出病苦以引起疗救的注意。例子当然是很多的,也是大家所熟知的。我们应该记住鲁迅的话,除了改革以外没别的路可走。

二、鲁迅词语里的"中国文化"

"文化"这个词,据说全世界学者给它下了200多种定义,在俄国词典《苏联大百科全书》和英国的《大英百科全书》中有着完全不同的解释。我国从《周易》始一直发展到今天,各种各样的解释更是多不胜数。"中国文化"包罗万象,从传统到现代、从精神到物质,方方面面,一段时间以来似乎什么都是文化。学者林非曾经专门就此写过一本书,名曰《鲁迅和中国文化》,我不想做这么高深的学问。为了论述简便,本文在这里要说的,是鲁迅自己专门谈到的"中国文化"这一个词。

查《鲁迅全集》,鲁迅专门谈及"中国文化"和"中国的文化"这两个词的文章也只有7篇,专门提到这个词的时候仅有13次,并不是很多。分别是在《无声的中国》、《现今的新文学的概观》、《门外文谈》、《中国语文的新生》等文章中各提到1次;在《伪自由书·后记》中提到2次;在《偶感》和《老调子已经唱完》中分别提到过4次。当然鲁迅阐述中国文化的地方是相当多的,我们在此仅仅说的是这一词组的连用。通读这些文章,可以发现鲁迅对于"中国文化"的看法非常精当。

首先,他认为"中国文化"中的积弊根深蒂固。

鲁迅认为中国文化中有很多根深蒂固的东西,长期以来这种东西形成历史的积弊,即使有新的科技到了中国,也改变不了中国文化中的旧东西,旧的东西反而会借助新的科学招摇过市、继续存在。他说:"'科学救国'已经叫了近十年,谁都知道这是很对的,并非'跳舞救国''拜佛救国'之比。青年出国去学科学者有之,博士学了科学回国者有之。不料中国究竟自有其文明,与日本是两样的,科学不但并不足以补中国文化之不足,却更加证明了中国文化之高深。风水,是合于地理学的,门阀,是合于优生学的,炼丹,是合于化学的,放风筝,是合于卫生学的。'灵乩'的合于'科学',亦不过其一而已。五四时代,陈大齐先生曾作论揭发过扶乩的骗人,隔了十六年,白同先生却用碟子证明了扶乩的合理,这真叫人从那里说起。而且科学不但更加证明了中国文化的高深，还帮助了中国文化的光大。马将桌边，电灯替代了蜡烛，法会坛上，镁光照出了喇嘛，无线电播音所日日传播的，不往往是《狸猫换太子》，《玉堂春》，《谢谢毛毛雨》吗？老子曰：'为之斗斛以量之，则并与斗斛而窃之。'罗兰夫人曰：'自由自由，多少罪恶，假汝之名以行！'每一新制度，新学术，新名词，传入中国，便如落在黑色染缸，立刻乌黑一团，化为济私助焰之具，科学，亦不过其一而已。此弊不去，中国是无药可救的。"①他再次指出，中国大部分人是满口新名词，满脑子旧思想。中国社会文化犹如一口大的染缸，一切新的东西进来立即变味。

当然，中国文化自有她博大精深的一面，千百年来成为我们民族精神的精华。有学者说在中国历史上，征战不断军事不全胜是常有的事，但是在文化上我们从来也没有失败过。致力于激进改革的思想家鲁迅，更多地看到中国文化的另外一面，现在看来似乎大有偏激的情绪，甚至会走入逻辑推理的不通境地，带有很强的片面性；其实对于中国文化深有了解的鲁迅，所采用的是另外一种手法，那就是为了保住开窗子的权力就要提出拆掉房子的主张，以此来对付"改革一两，反动十斤"②的社会顽疾。从早期的文言论文中就再三的表达这层意思，他的目的在于介绍世界的新文化，为五四新文化运动呐喊，找出中国的问题和病根在哪里，借以推动社会变革，这也是那个时代改造国民性的一种需要。他也曾这样说："中国的文化，便是怎样的爱国者，恐怕也大概不能不承认是有些落后。新的事物，都是从外面侵入的。新的势力来到了，大多数的人们还是莫名其妙。"③

为了坚持五四新文学的传统，坚持白话文学的正宗地位，鲁迅还对于古文进行了揶揄。在香港的讲演中，鲁迅说作为中国文化最基本的古文，也不是什么可以炫耀的，因为它脱离大多数人。"文言和白话的优劣的讨论，本该早已过去了，但中国是总不肯早早解决的，到现在还有许多无谓的议论。例如，有的说：古文各省人都能懂，白话就各处不同，反而不能互相了解了。殊不知这只要教育普及和交通发达就好，那时就人人都能懂较为易解的白话文；至于古文，何尝各省

① 鲁迅：《偶感》，《鲁迅全集》(第5卷)，人民文学出版社1981年版，第479页。
② 鲁迅：《习惯与改革》，《鲁迅全集》(第4卷)，人民文学出版社1981年版，第224页。
③ 鲁迅：《现今新文学的概观》，《鲁迅全集》(第4卷)，人民文学出版社1981年版，第133页。

人都能懂,便是一省里,也没有许多人懂得的。有的说:如果都用白话文,人们便不能看古书,中国的文化就灭亡了。其实呢,现在的人们大可以不必看古书,即使古书里真有好东西,也可以用白话来译出的,用不着那么心惊胆战。他们又有人说,外国尚且译中国书,足见其好,我们自己倒不看么?殊不知埃及的古书,外国人也译,非洲黑人的神话,外国人也译,他们别有用意,即使译出,也算不了怎样光荣的事的。近来还有一种说法,是思想革新紧要,文字改革倒在其次,所以不如用浅显的文言来作新思想的文章,可以少招一重反对。这话似乎也有理。然而我们知道,连他长指甲都不肯剪去的人,是决不肯剪去他的辫子的。因为我们说着古代的话,说着大家不明白,不听见的话,已经弄得像一盘散沙,痛痒不相关了。我们要活过来,首先就须由青年们不再说孔子孟子和韩愈柳宗元们的话。时代不同,情形也两样,孔子时代的香港不这样,孔子口调的'香港论'是无从做起的,'吁嗟阔哉香港也',不过是笑话。我们要说现代的,自己的话;用活着的白话,将自己的思想,感情直白地说出来。"①

鲁迅在这里并不是全面否定古文,反而因为他懂得所以批之愈烈。他号召青年们说现代的话,保持现代的思想,用现代人的头脑思考问题,面向未来。

对于我们民族劣根性的文化,鲁迅是看得见不掩饰的,他听说杭州教会里英国医生的一本医书的序言中称中国人为"土人",开始自己还觉得很不舒服,后来仔细想想只好忍受了。鲁迅说:"试看中国的社会里,吃人,劫掠,残杀,人身卖买,生殖器崇拜,灵学,一夫多妻,凡有所谓国粹,没一件不与蛮人的文化(?)恰合。拖大辫,吸鸦片,也正与土人的奇形怪状的编发及吃印度麻一样。至于缠足,更要算在土人的装饰法中,第一等的新发明了。"②鲁迅认为"土人"二字称呼当地人本来没有什么恶意,后来专指野蛮民族就添加了一些新意,对于中国人不免有侮辱的意思,但是想想我们现在,除了接受这个名号以外,也实在没有别的方法。他的目的在于以此来刺激国民的自尊心,从而达到改革的目的。与之相反,每当有人攻击新文化的时候,鲁迅总是挺身而出,他号召国人特别是青年在文化上也要脱离旧套、吸纳新潮。

其次,他认为"中国文化"根本不重视人民大众。

---

① 鲁迅:《无声的中国》,《鲁迅全集》(第4卷),人民文学出版社1981年版,第14页。
② 鲁迅:《随感录四十二》,《鲁迅全集》(第1卷),人民文学出版社1981年版,第327页。

当然中国大众都是生活在中国文化之中,他们或多或少都与中国文化有着千丝万缕的联系。鲁迅对此当然是知道的,但是他为了唤醒民众、为五四新文学呐喊鼓劲,对传统文化的批判是有过之而无不及的。在鲁迅那里,中国文化从来就没有重视过国民和大众,因此就与大众毫不相干。

他说:"现在也的确常常有人说,中国的文化好得很,应该保存。那证据,是外国人也常在赞美。这就是软刀子。用钢刀,我们也许还会觉得的,于是就改用软刀子。我想:叫我们用自己的老调子唱完我们自己的时候,是已经要到了。中国的文化,我可是实在不知道在那里。所谓文化之类,和现在的民众有甚么关系,甚么益处呢?近来外国人也时常说,中国人礼仪好,中国人肴馔好。中国人也附和着。但这些事和民众有甚么关系?车夫先就没有钱来做礼服,南北的大多数的农民最好的食物是杂粮。有什么关系?中国的文化,都是侍奉主子的文化,是用很多的人的痛苦换来的。无论中国人,外国人,凡是称赞中国文化的,都只是以主子自居的一部份。以前,外国人所作的书籍,多是嘲骂中国的腐败;到了现在,不大嘲骂了,或者反而称赞中国的文化了。常听到他们说:'我在中国住得很舒服呵!'这就是中国人已经渐渐把自己的幸福送给外国人享受的证据。所以他们愈赞美,我们中国将来的苦痛要愈深的! 这就是说:保存旧文化,是要中国人永远做侍奉主子的材料,苦下去,苦下去。虽是现在的阔人富翁,他们的子孙也不能逃。"①

鲁迅所论及的中国文化是很具体的, 比如锦衣玉食是中国文化中的所谓"精华",但是这些与普通大众根本没有什么关系。大凡赞美中国文化的外国人,都是在中国享福(比如住的舒服)的人,赞美便是他们享福的"证据"。鲁迅的这段话出自在香港青年会的讲演,那个时候社会上有一股强烈的复古思潮,特别是一些外国人也大肆赞扬中国旧文化、旧思想。鲁迅在当时英国统治下的香港,他总结中国历史上的教训,更多地指出中国文化的负面作用,就是要对当局唱一些反调,他主张中国文化要关注大多数人,和民众有一些关系才好,目的还是主张革新。他尖锐地指出中国应该寻找新的道路追寻新的真理,死守封建文化的"老调子"终究是要"唱完"中国的。

---

① 鲁迅:《老调子已经唱完》,《鲁迅全集》(第7卷),人民文学出版社1981年版,第312页。

对于一些读书人鲁迅有这样的忠告,他说:"所以,倘要中国的文化一同向上,就必须提倡大众语,大众文,而且书法更必须拉丁化。""大众语文刚一提出,就有些猛将趁势出现了,来路是并不一样的,可是都向白话,翻译,欧化语法,新字眼进攻。他们都打着"大众"的旗,说这些东西,都为大众所不懂,所以要不得。其中有的是原是文言余孽,借此先来打击当面的白话和翻译的,就是祖传的"远交近攻"的老法术;有的是本是懒惰分子,未尝用功,要大众语未成,白话先倒,让他在这空场上夸海口的,其实也还是文言文的好朋友,我都不想在这里多谈。现在要说的只是那些好意的,然而错误的人,因为他们不是看轻了大众,就是看轻了自己,仍旧犯着古之读书人的老毛病。"①鲁迅在这里还是强调大众语要让大众都能够听得懂,因为启蒙的目的就是要唤醒民众,革命总是多一点人好,不要轻视大众的智商。这一点在鲁迅的思想中是一贯的,他多次强调要了解民众,不要书呆子气,革命是让人活的,教条主义害死人。

对于中国文化,鲁迅的看法常常与众不同。他能在寻常中找出异质,在普通中发现特殊。同样怀抱着中国文化的中国人,因为占有的经济、文化资源不一样,本质就有了极大的差异。他曾经这样说:"中国现在的所谓中国字和中国文,已经不是中国大家的东西了。古时候,无论那一国,能用文字的原是只有少数的人的,但到现在,教育普及起来,凡是称为文明国者,文字已为大家所公有。但我们中国,识字的却大概只占全人口的十分之二,能作文的当然还要少。这还能说文字和我们大家有关系么?也许有人要说,这十分之二的特别国民,是怀抱着中国文化,代表着中国大众的。我觉得这话并不对。这样的少数,并不足以代表中国人。正如中国人中,有吃燕窝鱼翅的人,有卖红丸的人,有拿回扣的人,但不能因此就说一切中国人,都在吃燕窝鱼翅,卖红丸,拿回扣一样。"②我们从表面上看他好像以个别论一般,其实是沉痛的诛心之言。十分之二的人是"特别国民",他们自认为"怀抱着中国文化"的,这一部分人又分成了各个阶层,最上面的当然是利益集团,他们"吃燕窝鱼翅,卖红丸,拿回扣",绝对不能代表"中国人",当然就更不能代表中国文化。

---

① 鲁迅:《门外文谈》,《鲁迅全集》(第6卷),人民文学出版社1981年版,第100-101页。
① 鲁迅:《中国语文的新生》,《鲁迅全集》(第6卷),人民文学出版社1981年版,第114页。

鲁迅的心头一直存在着"两种人"思路,他说过,"世界上有两种人:压迫者和被压迫者! 从现在看来,这是谁都明白,不足道的"[2],而且"这两种人,小康和贫乏,是不同的,悠闲和急迫,是不同的,因而收场的缓促,也不同的"[3]。鲁迅的中国文化观,就是在这不同中矛盾着、纠结着。在这矛盾与纠结中,体现着他从灵魂深处迸发出来的火一样的热情,那就是对于我们民族国家与底层大众有一种深切的大爱,这种与众不同的异质性情感,闪耀着杰出思想家的理性光芒。

"中国社会"和"中国文化"以及"中国社会文化"都是非常空泛而又具体的存在,我们中的许多人都会在这里被埋没、被迷失。在这个世界上社会之宽泛,文化之浩瀚,社会文化之宏大,都使得我们对于这种没有固定形状的存在,难以理解,无法分析,即使用文字来规范它的意义也变得十分困难。正如要把空气抓在手里似的,除了不在我们手里之外,它又无所不在。

对于这样的论题笔者深觉力不从心,只能以两个关键词来寻找和探究一个思想家的心灵路程,犹如在茂密森林中撷取一片枝叶,从树叶的水珠上看到太阳。鲁迅毕竟是一个高超的异端思想家,在他那里对中国社会与中国文化是看得清摸得着的,而且抓住一点论述起来就得心应手、挥洒自如。

细细想来有的时候一个伟人之大,会使得整个世界都变得很渺小。

(2013 年 5 月初稿,8 月 18 日再次改定。)

---

① 鲁迅:《祝中俄文字之交》,《鲁迅全集》(第 4 卷),人民文学出版社 1981 年版,第 460 页。
② 鲁迅:《正是时候》,《鲁迅全集》(第 5 卷),人民文学出版社 1981 年版,第 503 页。

鲁迅与周作人女性观之比较

周氏兄弟是五四新文化运动中思想启蒙的先锋,尤其是在女性的发现这一命题中,他们影响了一代知识分子。首先鲁迅关注的是对于"表彰节烈"的质疑,他还在娜拉走后怎样的命题中关注女性的经济地位问题;其次周作人则更深刻地注意到女性是和男性同样的人而又不一样的人,他时刻提醒人们要克服男性中心主义思想,并且从霭理斯的《性心理学》和《庄子》的"嘉孺子而哀妇人"中启发人们重视妇女问题。

周氏兄弟一直希望从性心理学的观点出发,研究女性问题,由此养成一种良好的精神。研究他们的启蒙业绩,可以寻觅女性解放运动在现代中国的初期发展脉络,进而追寻先行者的足迹、昭示未来。

五四初期的那一代学人为了对思想界产生冲击,在批判中国传统思想中的糟粕的同时,对妇女问题给予极大的关注。为打破中国封建传统中的"男尊女卑",颠覆根深蒂固的传统社会思想,他们作出了很大的努力。《新青年》从一创刊就刊载了很多鼓吹妇女解放的文章,向读者介绍了德国 Maxo,ReLL 作《妇人观》、《欧洲七女杰》、《欧洲女子之选举权》,日本小井光次《女性与科学》等,还开辟了"女子问题"的专栏,集中传播现代西方女性主义理论和女性科学知识,其首推者是陈独秀。在陈独秀之后着力最深者当属周氏兄弟。他们对此问题的执著与探讨问题的深度,以及后来的创作实践,充分证明远远超越了同时代人。

一、鲁迅、周作人女性观述略

(一) 鲁迅的女性观

首先,鲁迅的女性观来源于他个人的生活经历。

鲁迅在《南腔北调集·关于妇女解放》一文中,曾经自谦地说他没有研究过妇女问题。其实在事实上他写过许多关于妇女解放的杂文和小说,他的女性观

朱安像

是与他的个人生活有着极大的关系的。

鲁迅一生中对其影响最大的四位女性是祖母蒋氏、母亲鲁瑞、夫人朱安、爱人许广平；早期是祖母蒋氏，前期是鲁瑞和朱安，后期则是许广平。他的参加五四新文化运动、写出振聋发聩的文章等，除了参与思想启蒙以外，也应是与他自己的生活有着极大的关系。他在小时候受其祖母影响最深，在他的作品里不止一次提到这位祖母，如《论雷峰塔的倒掉》和《狗猫鼠》中都有非常生动的记录。其次就是母亲鲁瑞，她出于好心给他包办了一桩极不相称的婚姻，这对于他的思想和心理都产生过很大的影响。所以鲁迅从日本回国后对一切基本都抱着灰色的失望情绪，这种性格心理影响了他的创作。他最初是准备要陪着旧式妻子朱安和旧社会一起牺牲的，在《呐喊》中表达出无可奈何的悲哀，同时又从进化论的角度希望解放出孩子们。再次就是一位旧式妇女朱安，她与鲁迅维持着一段无爱的婚姻，用鲁迅的话说朱安是母亲送给他的礼物，他要好好地供养她。鲁迅开始是准备陪着朱安做一世的牺牲的，这个事实的婚姻使双方都极其痛苦。最后就是许广平，他们由师生关系的相遇到相互关心，在女师大事件和"三一八惨案"中转化为爱情，最终发展为"十年携手共艰危"①的婚姻生活。鲁迅的一些妇女论相当多的内容是写给许广平的书信，这段事实上的婚姻，对于鲁迅后期的创作产生了积极的作用。对以上的四位女性直接、间接的记录构成了鲁迅创作的一部分，他的女性观颇受这四位女性的影响。

鲁迅谈论女性的第一篇文章是发表在 1918 年 8 月 15 日《新青年》月刊第 5 卷第 2 号上的《我之节烈观》，针对当时社会表彰"节烈"，同时关注妇女的性道德问题，他尖锐地指出，中国几千年来的旧道德是压制女性的，"女应守节男子却可多妻的社会，造出如此畸形的道德，而且日渐精密苛酷的守节论：主张的是男子，上当的是女子"。这种道德纵容男子多妻，却苛求女子守节、殉烈。很显

---

① 鲁迅：《题<芥子园画谱三集>赠许广平》，《鲁迅全集》（第 8 卷），人民文学出版社 1981 年版，第 379 页。

然中国自古以来,在男女问题上的道德标准是双重的、失衡的。鲁迅说:"道德这事,必须普遍,人人应做,人人能行,又于自他两利,才有存在的价值。"①在此他对所谓道德提出了质疑。一个月以后,鲁迅又写了《随感录二十五》发表在下一期的《新青年》上。这篇文章从进化论的角度指出中国人对孩子只注重"养"而轻视"教",大多数的人只配称作"孩子之父",而不是"人之父";所有的孩子只是他父母福气的材料,并非是将来"人"的萌芽,中国人常常以"人口众多"自负,因此大部分人只是制造孩子的家伙,不是"人"的父亲,这个论点可谓惊世骇俗。他悲观地说:"看十来岁的孩子,便可以逆料二十年后中国的情形;看二十岁的青年,……他们大抵有了孩子,尊为爹爹了,……便可以推测他儿子孙子,晓得五十年后七十年后中国的情形。"②在此他对所谓"道德"提出了质疑,这种观点在后来的文章中还有进一步的阐述。

写到这里我觉得当时鲁迅的心情一定是很沉痛的,他根据中国轻视妇女的封建传统,还特别引用了奥地利仇视女性的作家华宁该尔(Otto Weininger)把女人划为两大类即"母妇"和"娼妇"的分法,鲁迅说那么男人也可以分作"父男"和"嫖男"了。由此可知那时的鲁迅认为中国大部分男人都是"孩子之父",而绝对不是"人之父"。

我们了解一个作家,绝对不应当忽视作家本人的生活状态,不能忽视家庭生活给他带来的影响。鲁迅的女性观是和他个人的生活经历密不可分的,尤其是我们读他的第三篇妇女论的文章就逐渐发现了这个问题。1919年1月15日《新青年》第6卷第1号发表了鲁迅的《随感录·四十》。在文章中作者说自己读到了一首新诗,那诗是这样写的:

"我是一个可怜的中国人。爱情! 我不知道你是什么。""我年十九,父母给我讨老婆。于今数年,我们两个,也还和睦。可是这婚姻,是全凭别人主张,别人撮合:把他们一日戏言,当我们百年的盟约。仿佛两个牲口听着主人的命令:'咄,你们好好的住在一块儿罢!'"

鲁迅当时是在家里"枯坐终日",毫无所感之时读到这首诗的,他写道:"这是血的蒸气,醒过来的人的真声音。"毫无疑问这首诗给他带来了极大的震撼,

① 鲁迅:《我之节烈观》,《鲁迅全集》(第1卷),人民文学出版社1981年版,第119页。
② 鲁迅:《随感录二十五》,《鲁迅全集》(第1卷),人民文学出版社1981年版,第295页。

他说:"爱情是什么东西?我也不知道。中国的男女大抵一对或一群——男多女—的住着,不知道有谁知道。""但在女性一方面,本来也没有罪,现在是做了旧习惯的牺牲。我们既然自觉着人类的道德,良心上不肯犯他们少的老的的罪,又不能责备异性,也只好陪着做一世牺牲,完结了四千年的旧账。"这里所表达的沉痛不正是说他自己的现状吗?他接着写道:"我们能够大叫,是黄莺便黄莺般叫;是鸱鸮便鸱鸮般叫。……我们还要叫出没有爱的悲哀,叫出无所可爱的悲哀。……我们要叫到旧账勾消的时候。旧账如何勾消?我说,'完全解放了我们的孩子!'"①读这篇文章之时,我们便可以想见他当时对于自己旧式婚姻的态度,同时也可以理解鲁迅创作《狂人日记》和《呐喊》中的诸篇小说时的心情。

在前期的文章中,鲁迅一贯反对封建传统对女性的种种歧视,他多次严厉批判中国传统中的"女人祸水论",认为凡是失败的事情都是男子做的,但由于男性中心主义作怪,他们大约总是把错误推到女性身上去,在口诛笔伐中自己脱身;他深刻地指出女性地位的不平等是由男人造成的,而痛骂女人的男人在心理上往往是不正常的变态。这是出于他对中国历史的深切了解,从而产生的对于女性命运的深切同情。他在自己的小说、杂文中,多次写到身边发生的各种事情,从爱姑、祥林嫂到子君,从各种的节烈牌坊到上海的阿金,在他的笔下给我们带来的震撼总是令人刻骨铭心、久久难忘。

其次,鲁迅的女性观还来源于其启蒙思想和社会观。

五四新思潮勃兴,特别是易卜生的译介在中国产生极大影响。当时的大学生以读易卜生为时髦,各学校也时常上演易卜生话剧,特别是《玩偶之家》最为有名,"娜拉"为此时最被追捧的新女性形象。一时间女子"参政"或者"出走",成为当时颇为时髦的词语。鲁迅应邀在北京女子高等师范学校作讲演时,专门谈了这个问题,此次演讲后来经鲁迅订正改为《娜拉走后怎样》。鲁迅脚踏实地地指出,妇女解放问题在中国有着广泛的复杂性和特殊性。他认为中国的群众永远是戏剧的看客,而怀有理想或对未来充满希望的男女青年,在现实面前往往要碰壁,特别是女青年就更甚。他说:"娜拉走后怎样?……从事理上推想起来,娜拉或者也实在只有两条路:不是堕落,就是回来。"②鲁迅告诉青年除了觉醒以

---

① 鲁迅:《随感录四十》,《鲁迅全集》(第1卷),人民文学出版社1981年版,第321~323页。
② 鲁迅:《娜拉走后怎样》,《鲁迅全集》(第1卷),人民文学出版社1981年版,第159页。

外,还要带些什么,也就是只身走入社会要使自己有生存的能力,然后才可以发挥作用;依当时的中国社会,鲁迅觉得所有的人都做不到,因为没有经济权大家基本都是傀儡,更何况女青年学生了。所以他沉重地说:"钱,——高雅的说罢,就是经济,是最要紧的了。自由固不是钱所能买到的,但能够为钱而卖掉。人类有一个大缺点,就是常常要饥饿。为补救这缺点起见,为准备不做傀儡起见,在目下的社会里,经济权就见得最要紧了。第一,在家应该先获得男女的平均分配;第二,在社会应该获得男女相等的势力。可惜我不知道这权柄如何取得,单知道仍然要战斗;或者也许比要就参政权更要用剧烈的战斗。"这是一篇很能够反映鲁迅当时思想的演讲,如果通读全文你就会发现,他在文中的一些思想观点,比如人生最痛苦的是梦醒了无路可走,比如中国的群众永远是戏剧的看客,比如中国的改革之困难等等,都是和《呐喊》小说所流露的深意有着惊人的相似之处。

他一贯的观点是鼓励女性走入社会,加入到大时代的洪流之中。但他比一般人深刻的地方在于:就是不断强调进入社会以后,也还是要坚持斗争。因为他从来不完全相信女子参政、受教育就是妇女解放,因为这些仅仅是极为有限的开始;他以敏锐的眼光看到许多的社会问题,指出就是海归回来的女校长也还是可以镇压女学生,而且更狠毒;新式的妇女在社会上依然受流氓和小报狗仔队的欺压,社会对于女演员的流言也是可以杀死人的;他强烈地斥责社会上的种种弊端,把流氓气、寡妇主义和国民性联系起来进行痛斥,呼吁只有在大时代中进行改革才行。他说:"这并未改革的社会里,一切单独的新花样,都不过一块招牌,实际上和先前并无两样。"[①]他认为在真的解放之前是战斗,第一步是为女性自己,然后就是不断地为解放思想、经济等等而战斗,为的是争取地位同等,消除叹息和苦痛。

在此鲁迅非常注重女性的经济权,他强调在社会上女性的经济权非常重要,在家庭内部女性的经济权尤其重要。这种观点完全是基于他将妇女问题放在人生的根本问题的大视野中,他是本着一贯的改造人、造就新的人的革新理念,同时又欣逢五四新的时代精神,他在这个以启蒙为总目标的前提下,从社会

---

① 鲁迅:《关于妇女解放》,《鲁迅全集》(第4卷),人民文学出版社1981年版,第598页。

观、家庭观等总体来考虑妇女问题的。因此尽管他的女性观不够系统,但是在当时那样的社会面前却是扎实的、前卫的同时也是振聋发聩的。

(二)周作人的女性观

周作人的女性观形成比鲁迅更为具体,他早期经常与乃兄讨论各种社会问题,共同关注妇女命运,在时代思潮的影响下以《新青年》为主要阵地,写出了许多关注女性的文章,逐渐形成了他的女性观。但是因为他读书既多又杂、一以贯之,长期进行这方面的探讨,所以他的女性观既有现代的理论深度和科学态度,同时又显得完整而系统。

周作人似乎一生都在关心妇女问题,从1904年在《女子世界》第5期上发表作品,到1967年去世,他写了大量的文字为女性代言,进而形成了他独特的女性观。他的一些思想在现代中国文学史、文化史上是非常值得重视的。直到今天,对于我们仍然有着不可忽视的意义。统观周作人的女性主义思想,有以下几个特点:

首先,他的女性观是饱读中外古今书籍的结晶。

众所周知,周作人的阅读范围是非常宽泛的。随着他的人生经历,他看书买书遍及国内外,就是住在北京期间,也时常通过日本的丸善书店购书,而且根据日记统计周作人每天的读书时间从不低于四至七小时。特别是西方文学及理论的阅读使他茅塞顿开,从初期的希腊神话及各种文学作品,到后来的霭理斯,逐渐形成了他的健全的女性观。

1904年,19岁的周作人就用"吴萍云"的笔名,以女子的口吻写下了《说生死》一文,文中根据当时世界竞争局势,呼吁女子不要消磨意志于秋月春花与米盐琐屑之中;更以女子的心智呼吁国人记住历史、不拍牺牲,加强爱国感,为中国在世界上争一应有之地位。如果仅将此文当做是他早期为发表文章方便,而假借女性之名故不全面,这是他借女性之口表达心志当然也不错,其中的深意还应是他对女性的一种尊重,同时他认为女性之号召力也会给整个社会带来强烈的震撼。

在创作上,他十分注意国外描写女性的作品或是作品中的女性。

青年时代他就翻译了《阿里巴巴和四十大盗》的阿拉伯小说的章节,他将这篇小说的题目特意改成为《侠女奴》,可见其更重视小说中的以女性为主的情节;此外他还将英星德夫人的《南非搏狮记》改译并创作成《女猎人》,并在《约言》中写道:"因吾国女子日趋文弱,故组以理想而造此篇。过屠门而大嚼,虽不得肉,聊且快意耳。然闻之理想者事实之母,吾今日作此想,安知他日无是人继起实践之?有人发挥而光大之,是在吾姊妹。"①他在这篇《约言》中"假定书中主人翁为纂因女士",为的是强调中国"必先无名之女英雄多,而后有名之英雄出"。这是一种呼唤,是一种以女性为主体的英雄呼唤。此外,他还在《女祸传》中代表女性狠批中国传统的"女人祸水论"观点,指出唐宋以来的"女祸"论流毒万祀,破国丧家、人间罪恶均让女性承当是极不公正的,所以女祸论是罗织之词,应该彻底推倒。这种振聋发聩的妇女论在当时有着重要的影响力。

1907年周作人以"独应"的笔名,在《天意报》上发表了《妇女选举权问题》一文。他根据芬兰有19位女人当选为国会议员之事,明确指出:"则吾女子欲有所为,正可知所自勉。顾比者女子为学,仍以物质为宗,冤哉!"其实在周作人看来,女子更应注重在精神方面的觉醒。他还在《妇女商说》一文中强调女子教育之重要,并大赞:"教育大势,趋于实际。今社会之所需者,不在一二女杰,而为多数之贤母良妻,以奠家庭教育之基。窃意今之妇学,当以教养之事为本,辅之技工,以求合于实用。进之艺文,以陶淑其性真,庶其有用。"

回国后不久,周作人即参加《新青年》的编辑工作,在该杂志征集关于"女子问题"讨论的文章时,周作人适时翻译了日本女诗人与谢野晶子的《贞操论》,这是一篇引起很大震动的文章,原文的题目是《贞操有着道德以上的尊贵》。翻译了此文以后,周作人又在同期的《新青年》上写了《贞操论译记》一文,指出:"女子问题,终竟是件重大事情,须得切实研究。"他还说自己确信这篇文章中所表现的,纯是健全的思想,是阳光和空气,对于中国的现状确实有益。但是他同时指出也应看到"那些衰弱病人,或久住在暗地里的人,骤然遇着新鲜的气,明亮的光,反觉极不舒服,也未可知。"②他强调说,翻译这篇文章就是因为《新青年》征集"女子问题"的文章几个月来却寂然无声了,他发表此文为的是引起人们的重视,增加自身的痛切实感,让大家都来关心过问这个当前十分重要的问题。

---

① 周作人:《女猎人·约言》,《周作人集外文》(上集),海南国际出版中心1995年版,第6页。
② 周作人:《贞操论译记》,《周作人集外文》(上集),海南国际出版中心1995年版,第269页。

此后他又在《新青年》第 5 卷第 4 号上发表文章，介绍凯本德(Edward Carpenter)的《爱的成年》，他指出："女子解放问题，久经世界识者讨论，认为必要；实行这事，必须以女子经济独立为基础，也是一定的道理。但有一件根本上的难题，能妨害女子经济的独立，把这问题完全推翻：那就是生产。"①他认为在研究妇女解放的同时，还要注意女性自身特点，并从霭理斯那里找出关于女子生产是应尽的社会义务同时应享有社会特权的理论根据，这种尊重科学知识的介绍在当时应该是意义重大的。同时他还讲了介绍凯本德的初衷，为的是在将来的社会上，能够养成一种以自由与诚实为本的理想的新生活，借以改善两性的关系。

在普及性科学方面，周作人最重视的是英国思想家、科学家、作家和文学评论家霭理斯的理论。霭理斯的理论可以说自五四以来，影响了周作人的一生。他把霭理斯的理论和中国古代庄子的"嘉孺子而哀妇人"有机地结合起来，为社会启蒙宣传，为女性的命运呼吁。

如果把周作人的观点和霭理斯的理论进行比较，可以做出一篇很有深度的论文，我们在此要说的当然远远不止这些。直到晚年他还在《知堂回想录》中说："性的心理，这对于我益处很大，我平时提及总是不惜表示感谢的"，"性的心理给予我们许多事实与理论"，他说霭理斯的话"我顶喜欢，觉得是一种很好的人生观"，霭理斯的文章"独具见识，都不是在别人的书中所能见到的东西。我曾说，精密的研究或者也有人能做，但是这样宽阔的眼光，深厚的思想，实在是绝不易再得。事实上当然因为有了这种精神，所以做得那性心理研究的工作，但我们也希望可以从性心理养成一点好的精神，虽然未免有点我田引水，却是很诚意的愿望。由这里出发去着手于中国妇女问题，正是极好也极难的事，我们小乘的人无此力量，只能守开卷有益之训，暂以读书而明理为目的而已。"②他认为性心理学可以培养向上的人生观，也就是好的精神，以此来普及科学知识，借此坚持五四新文学和新文化的传统。

虽然他的妇女论大部分是从霭理斯那里来的，但因其读书甚多，如弗洛伊

---

① 周作人：《爱的成年》，《周作人文类编·上下身》，湖南文艺出版社 1998 年版，第 6 页。
② 周作人：《知堂回想录》，香港三育图书有限公司 1980 年版，第 692~696 页。

德、弗勒尔、勃洛赫、斯妥布思、弗莱泽、鲍耶尔、凡特维尔特等西方理论家的著述均有涉及,再就是性心理学、文化人类学、医学史与妖术史等科学知识的结合,使他的文章高屋建瓴、如虎添翼,超出了同时代的人。

究其根源,周作人是以人的发现为主,在此基础上又前进一步走入女性的发现的。五四运动以来,中国的思想界一下子前进了好几个世纪。周作人曾说:"西洋在十六世纪发现了人,十八世纪发现了女性,十九世纪发现了儿童,于是人类的自觉逐渐有了眉目"①而中国的思想界是在五四运动以后才开始紧追西方,几乎是同时发现了人、女性和儿童的,在这方面介绍得最多、最著者当数周作人。此外他还根据掌握的各种理论和科学知识结合社会问题,适时地发表各种看法,写了许多文章,在其全部散文中占有相当大的比例,许多文章都是振聋发聩、影响深远。

其次,他的女性观来源于生活经历。

周作人青少年时代的生活经历,和鲁迅几乎相同但又有所不同。他们父亲死得早,兄弟都是在母亲身边长大,其母鲁瑞的刚毅性格与宽厚为人对周氏兄弟都有影响。一个人童年的生活经历,往往是其文化的摇篮。周作人在家的时间比鲁迅要长一些,尤其是他曾去杭州陪同祖父住过一段日子,因此对于家庭生活细节的了解,要比鲁迅为多。对于祖母的记忆、对于母亲的生活与老嫂的间接照顾、对于日本妻子、妻妹的谦让等等,都让周作人的平实生活经历增加了繁杂的内容。

周作人曾记录了祖父对祖母大不敬的一件事,给读者的印象极为深刻。那是他的祖父出狱后不久,家里中年妇人因打牌受人挑唆使祖父大怒,祖父不便当场发作,叫他过去训斥以后,突然提到了祖母。周作人记录道:"至于对了祖母,则是毫不客气的破口大骂了,有一回听他说出了长毛嫂,含糊的说了一句帷隐语,那时见祖母哭了起来,说你这成什么话呢?就走近她的卧房去了。我当初不很懂,后来知道蒋老太太的家曾经一度陷入太平军中,祖父所说的即是那事,自此以后,我对于说这样的话的祖父,便觉得毫无什么威信了。"②这大概是他所

---

① 周作人:《苦茶随笔·长之文学论文集跋》,《周作人自编文集》,河北教育出版社 2002 年版,第68 页。

② 周作人:《知堂回想录》,香港三育图书有限公司 1980 年版,第 67 页。

经历的女性受封建礼教欺压羞辱最为震惊、最为直接的一件事情。他的祖母家乡进了太平军，这期间祖母既没有投河又没有跳井自杀，活着就是她一生的最大耻辱，其表现就是不断地被祖父以此说事、进行羞辱。这件事对周作人影响很大，从此他对于祖父改变了看法。随着年龄的增长他对此认识逐渐加深，在前期的文章中也曾间接提起过，直到1950年5月26日，他还在《亦报》上专门写了一篇散文《祖母的一生》，可见此事对其影响甚深。

他的母亲亲历了周家从小康堕入困顿的全过程，丈夫死后按照遗愿将孩子送往国外读书。勤勉而教子有方、刚毅而有定识，平日喜欢读书自遣，"古今说部，无所不读。又读阅报章，定大小新闻数种读之，见所记多单调虚假，辄致愤慨。关心时事安危，时与儿辈谈论，深以不能再见太平为恨"。这是周作人在《先母行述》中的一段话，他注重其母鲁瑞的性格，将其看成是一个不寻常的女性。在周作人的眼里，母亲是个很有思想和品位的人，这一点与鲁迅的观点完全相同。

周作人曾经写过一篇近似于纪实的散文《初恋》。在这篇文章中，他记录了一个姓姚的"三姑娘"。他当时在杭州陪着祖父和宋姨太住在花牌楼，正处在性的萌发时期，为邻居"姚三姑娘"所吸引，说是初恋，解释成含混模糊的单相思也可以。而宋姨太却与姚三姑娘不睦，曾憎恨地说："阿三那小东西，也不是好东西，将来总要流落到拱宸桥去做婊子的。"一个如此清纯的少女被人诅咒至此，当然对于青少年时代的周作人震动很大，他曾发誓："她如果真是流落做了婊子，我必定去救她出来。"①虽说此时还处于混沌的朦胧阶段，但这可以说是周作人关心女性问题之起始。

奇怪的是周作人很少写和日本夫人羽太信子的恋爱、结婚等生活回忆，我们在他的日记中只是找到一些他在日本初恋的记录，可对象并不是羽太信子。那是一位日本的下女，名叫"乾荣子"，周作人对此人印象极好，不知为何没有发展成为婚姻；他在梦中数次与该人相见，日记中记载了他每每因此"怅然而醒"。1934年7月周作人曾携全家赴日本探亲，这期间他还到位于东京江之岛的乾荣子旧居去过一次；后来他的一些文章发表时使用的笔名是"子荣"，难怪羽太信子有时发病无端吵架，说周作人有外遇。

---

① 周作人：《初恋》，《周作人文类编·八十心情》，湖南文艺出版社1998年版，第28页。

　　此外他对于社会事件的关心也是来源于亲身感受和刺激。比如"三一八"惨案,他的学生刘和珍、杨德群牺牲以后,他写了好几篇文章赞扬中国的女子的英勇,这些我将在下一部分里细谈。

　　对于女孩子的教育,他有着自己的独特想法。他借一篇通信这样写道:"我苦心的教育她们,给她们人生的知识和技能,可以和谐而又独立地生活;养成她们道德的趣味,自发地爱贞操,和爱清洁一样;教她们知道恋爱只能自主地给予,不能买卖;希望她们幸福地只见一个丈夫,但也并不诅咒不幸而知道几个男子。我的计画是做到了,我祝福她们,放她们出去,去求生活。"①这是一种开放的、现代的教育方式,令人惊奇的是,这是他 1925 年 2 月在文章中就提出来了,我们不能不感叹他的前卫。还有更先进的思想,他接着写道:"我的长女是二十二岁了(因为她是我三十四岁时生的),现在是处女非处女,我不知道,也没有知道之必要,倘若她自己不是因为什么缘故来告诉我们知道。我们把她教养成就之后,这身体就是她自己的,一切由她负责去处理,我们更不须过问。便是她的丈夫或情人——倘若真是受过教育的绅士,也决不会来问这些无意义的事情。"这可以看做是周作人的性道德观,也是他一贯强调的那种健全的符合人情物理的性道德。

　　有论者把上面的话看做是周作人真的说的是其长女,我以为这是理解得太坐实了。这是他最为大胆的告白,但是在当时他应该也必须有所顾忌。首先他的这篇文章署名为"鹤生",并不是他常用的笔名;其次他在文中有所遮掩,说自己的长女 22 岁,自己已经 56 岁了,文中说"因为她是我三十四岁时生的",大家知道周作人写这篇文章的时候是 41 岁,并非文中所云 56 岁,而他的长女当时也不是 22 岁。他这样说无非是为了引起读者的重视,让人们尊重科学,养成一种良好的生活观,同时对作者的胸襟产生真实的亲近感。当然这种直抒胸臆的表白,也代表了他那时的思想。

二、周氏兄弟女性观相同处之比较

　　周氏兄弟的女性观有许多相似之处,同时也有不同的方面;将此论题进行

---

①　周作人:《谈虎集·抱犊崮通信》,《周作人自编文集》,河北教育出版社 2002 年版,第 281 页。

比较研究,应该是一件十分有意义的事情。他们兄弟早期合作很多,后来虽互不联系,观点也各有阐释。在精神层面上,我们可以发现他们的观点有许多看似相近却有不同、看似不同而又相近的特点。

早期周氏兄弟先后留学东京,深受进步报刊影响,共同为《天义报》、《河南》等报刊写文章,后来到北京又一起给《新青年》写稿件,因此在思想上有很多共同点。早期的女性观相同之处甚多,总结起来有如下几点。

(一)同情女性命运,关注女性启蒙

早在1904年初,鲁迅就从东京给周作人邮寄书刊杂志,其中就有《生理学粹》。后来鲁迅改学医学,全面系统地接触到现代医学知识,对于生理学、人体组织学理论、解剖学和伦理学都有深入的了解。第二年春天,鲁迅翻译了美国科幻小说家路易斯·托仑的《造人术》,发表于《女子世界》第4、5期合刊上。小说介绍了美国波士顿理化大学伊尼他教授献身学术,在实验室制造人芽以益人利世的故事。当时的周作人也正在把他翻译的《侠女奴》、《山羊图》、《女猎人》先后寄给《女子世界》。他们兄弟都是利用翻译来普及科学知识,在相同的杂志上发表之目的,是向女界普及科学知识和文学兴趣。

1905年年底,鲁迅在东京度过了一个假期,据学者研究,那个假期他听了秋瑾的演说,非常激动,从而加速了弃医从文的步伐;当然他也接触了许多反清革命领袖。1906年再回仙台的时候,鲁迅对上课就开始消极,直到出现幻灯事件后退学(此事下面再作详论)。回到东京他们兄弟开始关心文学活动,有了一起讨论的机会。后来周氏兄弟先后回国,在浙江和绍兴教育界影响与贡献甚大。到了北京以后正值五四新潮,时代给了他们发挥自己的知识与智商的机会,《新青年》又适时地为他们提供了展示才华的阵地。

在女性解放的论题上,周氏兄弟一致的地方是都在为女性争取经济权呼吁,认为女性如果一味地依靠男性就很难有自我的独立和人格。他们在一些回忆文章中还谈到幼年时的长妈妈、祖母、母亲等身边女性,对她们均给予了极大的同情和尊敬。在鲁迅的小说中塑造了各式各样的女性人物,她们的喜怒哀乐表现着鲁迅的观点与倾向。引人注意的是,这些人物都在后来的周作人那里得到了相似的解读,并且进行了观点一致的纵深阐释。

对于封建专制、封建道德和封建文化对女性的压迫与歧视,周氏兄弟都是一致反对并及时给以抨击的。比如对于表彰节烈的虚伪、对于娼妓社会的批判，他们在文章中的观点是非常一致的。只要我们翻开鲁迅的《我之节烈观》、《娜拉走后怎样》、《我们现在怎样做父亲》和一些在《新青年》上发表的《随感录》等，那些脍炙人口的经典论述即刻会跃然纸上；与此同时周作人写的《妇女选举权问题》、《中国小说里的男女问题》、《资本主义的禁娼》等等，也都是与其长兄遥相呼应，许多相同或近似的观点令人感到如出一辙。

关于爱情与婚姻的启蒙，我们能在他们的文章中找到意思近似的话。鲁迅说：在中国，"人人对于婚姻，大抵先夹带着不净的思想。亲戚朋友有许多戏谑，自己也有许多羞涩"，因此他呼吁要加强"爱"，他认为远离了交换关系的爱，才是人伦的"纲"①。周作人则认为："恋爱有官能道德的两种关系，所以一方面是性的牵引，一方面是人格的牵引。倘若没却了他人的人格，只求自己的情欲的满足，那便不能算是恋爱，更不能是自由恋爱了。"②这既是普及科学知识，同时又是一种社会启蒙。

在了解科学知识、理解女性的问题上，周氏兄弟也是相当一致的。鲁迅说："自然，在生理和心理上，男女是有差别的"；周作人则认为：女性是和男人一样的人，又是不一样的人。因为鲁迅有医学知识，而周作人读书无数。当然作为五四时期的那一代人，除了民主的追求以外，他们对于各种科学知识是非常重视的。

周氏兄弟同时又都反对那种表面上的厌女主义的中外伪道学家。周作人说过："曾见一个老道学家的公刊笔记，卷首高谈理气，在后半的记载里含有许多不愉快的关于性的暗示的话"；鲁迅也曾说过："叔本华先生痛骂女人，他死后，从他的书籍理发见了医梅毒的药方；还有一位奥国的青年学者，我忘记了他的姓氏，做了一大本书，说女人和说谎是分不开的，然而他后来自杀了。我恐怕他自己正有神经病。"这种撕下假面还其本相的论述，在文字运用上都相差不多。

对于中国的多妻不良风习，周氏兄弟都持相同的批判态度。鲁迅说："现在

① 鲁迅：《我们现在怎样做父亲》，《鲁迅全集》（第1卷），人民文学出版社1981年版，第133页。
② 周作人：《贞操论·附答蓝志先书》，《周作人文类编·上下身》，湖南文艺出版社1998年版，第432页。

的社会,一夫一妻最为合理,而多妻主义,实能使人群堕落。堕落近于退化,与继续生命的目的,恰恰完全相反。无后只是灭绝了自己,退化状态的有后,便会毁到他人。"①周作人在他论文学的文章中,接着鲁迅的命题这样写道:"如有多数女子仰慕一个男子,本是一件难处理的问题,中国却可以一把抓来,全配给一个人,成一段佳话。"②这无疑是一个封建道德的"大团圆",因此周作人沉痛地写道:"这种道德真可谓绝无仅有了。"

1923 年 6 月《晨报副刊》发表了张竞生的文章《爱情的定则与陈淑君女士事的研究》,提出爱情四项定则:爱情是有条件的;爱情是可比较的;爱情是可变迁的;夫妻有如朋友,离散在所难免。张竞生的文章一发表就遭到普遍非议,由此展开了一场有关"爱情定则"的讨论。周氏兄弟对此一直给予关注,虽然后来他们对张的评价有所变化,但在当时还是给予支持的。鲁迅认为张的文章自己很佩服,如果作文的话也可能和他差不多;周作人则更是为张竞生解围,在关键时刻作文给予帮助,他为此写了好几篇文章,充分肯定张竞生论述的科学性、前瞻性,指出张的《美的人生观》中含有不少好的意思。

(二)对女性爱国热情和牺牲精神的赞叹

鲁迅对于秋瑾一向十分敬重,他钦佩秋瑾的爱国热情。1905 年寒假,鲁迅回东京参加了在富士楼召开的中国留学生抗议日本政府颁发《清国留学生取缔规则》的大会。就是在那次会上,秋瑾主张留学生集体回国。据周作人回忆:"但老留学生多不赞成,以为'管束'的意思虽不很好,但并不限定只用于流氓私娼等,从这文字上去反对是不成的,也别无全体归国之必要。这些人里边有鲁迅和许寿裳诸人在内,结果被大会认为反动,给判处死刑。大会主席就是秋瑾女士,据鲁迅说她还将一把小刀抛在桌上,以示威吓。"③近来有论者研究说,自那次在东京参加的会议并度过了寒假以后,鲁迅再次回到仙台医专,他的医学笔记就不是从草稿誊写到笔记本上,而是随意写画在笔记本上的了,以后出现不交作业甚至逃课,直至发展到最后的退学,可见鲁迅的弃医从文与此次会议也很有关

---

① 鲁迅:《我们现在怎样做父亲》,《鲁迅全集》(第 1 卷),人民文学出版社 1981 年版,第 139~140 页。
② 周作人:《中国小说里的男女问题》,《周作人文类编·上下身》,湖南文艺出版社 1998 年版,第 436 页。
① 周作人:《知堂回想录》,香港三育图书有限公司 1980 年版,第 145 页。

系。[1]秋瑾就义时鲁迅正在东京,他对于秋瑾的死极其震惊,出席了追悼秋瑾、徐锡麟的大会。

在后来的文章中鲁迅反复提到秋瑾,说"秋瑾女士,就是死于告密的,革命后暂时称为'女侠',现在是不大听见有人提起了"[2];"想到敝同乡秋瑾姑娘,就是被这种劈劈拍拍的拍手拍死的"[3];"轩亭口离绍兴中学并不远,就是秋瑾小姐就义之处,他们常走,然而忘却了"[4];"秋瑾女士也有一句,'秋雨秋风愁煞人',然而还雅得不够格,所以各种诗选里都不载,也不能卖钱"[5]。

鲁迅的这些话都是说给当时的中国人听的,批评国人的健忘症,指出要牢记辛亥革命的历史经验,怀念先烈,居安思危,告诫人们不能忘了秋瑾。为此鲁迅还特意写了一篇小说《药》,来纪念秋瑾。

秋瑾在东京演讲时,周作人还在绍兴,他正在办理出国留学的手续。那时22岁的他似乎还不知道这些;1906年秋瑾回国曾到南京,周作人见过秋瑾一面;后来他去日本留学,而秋瑾转年因武装起义失败而壮烈牺牲。周作人在日本似乎没有为此专门写过文章。

40多年以后,周作人在回忆文章和解读鲁迅世家与小说的书籍中,才多次谈到了秋瑾。他说:"我只见过她一面,这是她归国来的时候,当时不从杭州直接回去,却来南京一转,我就在那里会见了她。"此外他解读鲁迅的小说《药》时,再次提到了秋瑾,说:"革命成功了六七年之后,鲁迅在《新青年》上发表了一篇《药》,纪念她的事情,夏瑜这名字很是显明的,荒草离离的坟上有人插花,表明中国人不曾忘记了她。"并再三证实鲁迅的这篇小说即是为纪念秋瑾而作。并在《鲁迅小说中的人物》一书的第十三章中,专门谈到秋瑾,叙述中他强调的是以秋瑾为人物原型的真实性。

1926年3月18日,北洋军阀政府开枪屠杀徒手请愿的爱国学生,女师大刘和珍、杨德群等惨遭杀害,酿成40余人死亡的惨案。"三一八惨案"发生后,周氏

---

① 坂井建雄:《解剖学研究者所看到的鲁迅课堂笔记》,见《第二届厦门大学鲁迅国际学术研讨会"中日视野下的鲁迅"会议手册》,2009年9月厦门大学,第80页。

② 鲁迅:《论"费厄泼赖"应该缓行》,《鲁迅全集》(第1卷),人民文学出版社1981年版,第273页。

③ 鲁迅:《通信》,《鲁迅全集》(第3卷),人民文学出版社1981年版,第446页。

④ 鲁迅:《病后杂谈之余》,《鲁迅全集》(第6卷),人民文学出版社1981年版,第189页。

⑤ 鲁迅:《病后杂谈》,《鲁迅全集》(第6卷),人民文学出版社1981年版,第167页。

兄弟都是非常悲痛；特别是刘和珍、杨德群的惨烈牺牲，对他们的影响和刺激极大。鲁迅写了著名的《纪念刘和珍君》、《可惨与可笑》、《淡淡的血痕中》等文章，表达他的愤怒与悲哀。周作人写了《可哀与可怕》、《关于三月十八日的死者》、《新中国的女子》等文章表示他的沉痛和哀悼。

在鲁迅对于刘和珍的纪念与回忆中，一直反复强调着"始终微笑着的和蔼的刘和珍君"这样的句子。他写道："始终微笑着的和蔼的刘和珍君确是死掉了，这是真的，有她自己的尸骸为证；沉勇而友爱的杨德群君也死掉了，有她自己的尸骸为证；只有一样沉勇而友爱的张静淑君

原北京女子师范大学正门

还在医院里呻吟。当三个女子从容地辗转于文明人所发明的枪弹的攒射中的时候，这是怎样的一个惊心动魄的伟大啊！中国军人的屠戮妇婴的伟绩，八国联军的惩创学生的武功，不幸全被这几缕血痕抹杀了。"在文中鲁迅反复强调刘和珍、杨德群的惨死，给读者以强烈的刺激。同时也表达出他的义愤和沉痛，这种愤怒用鲁迅的表达方式是"尤使我觉得悲哀"，"我已经出离愤怒了"，这"出离"的愤怒，是不仅只能用"愤怒"二字可以表达的，是比愤怒更加一层的愤怒。

他写了这段著名的话："真的猛士，敢于直面惨淡的人生，敢于正视淋漓的鲜血。这是怎样的哀痛者和幸福者？然而造化又常常为庸人所设计，以时间的流驶，来洗涤旧迹，仅使留下淡红的血色和微漠的悲哀。在这淡红的血色和微漠的悲哀中，又给人暂得偷生，维持着这似人非人的世界。我不知道这样的世界何时是一个尽头。"

接着他悲哀慷慨地说："我目睹中国女子的办事，是始于去年的，虽然是少数，但看那干练坚决，百折不回的气概，曾经屡次为之感叹。至于这一回在弹雨中互相救助，虽殒身不恤的事实，则更足为中国女子的勇毅，虽遭阴谋秘计，压抑至数千年，而终于没有消亡的证明了。倘要寻求这一次死伤者对于将来的意义，意义就在此罢。"①鲁迅说，包括他自己在内的"我们还在这样的世上活着"，

---

① 鲁迅：《纪念刘和珍君》，《鲁迅全集》（第3卷），人民文学出版社1981年版，第277页。

他自己向来是"不惮以最坏的恶意来推测中国人的",然而他这一次竟然感到有出于意料的意外:"一是当局者竟会这样地凶残,一是流言家竟至如此之下劣,一是中国女性临难竟能如是之从容。"在此鲁迅还点名批判陈源之类的教授,指出在现实面前,反衬出他们说闲话、播流言的可恶至极。

周作人也是在沉痛中先写出悲惨,他说:"我只见用衾包裹好了的两个人,只馀脸上用了一层薄纱蒙着,隐约可以望见面貌,似乎都是很安闲而庄严地睡着。刘女士是我这大半年来从宗帽胡同时代起所教的学生,所以很是面善,杨女士我是不认识的,但我见了她们两位并排睡着,不禁觉得十分可哀,好像是看见我的妹子,——不,我的妹子如果活着已是四十岁了,好像是我的现在的两个女儿的姊姊死了似的,虽然她们没有真的姊姊。当封棺的时候,在女同学出声哭泣之中,我陡然觉得空气非常沉重,使大家呼吸有点困难,我见职教员中有须发斑白的人此时也有老泪要流下来,虽然他的下颌骨乱动地想忍住他也不可能了。"①评人推己,首先让读者感到一种无尽的悲痛,其次是设身处地的人道主义关怀。

接着他在文章中赞叹:"从种种的方面看来,女子对于革命事业的觉悟与进行必定要比男子更早,更热烈坚定,因为她们历来所身受的迫压也更大而且更久。""但我相信中国革命如要成功,女子之力必得占其大半。有革命思想的男子容易为母妻所羁留,有革命思想的女子不特可以自己去救国,还可以成为革命家之妻,革命家之母。这就是她们的力量之所在。"②周作人在痛斥当局的残忍的同时,还对其帮凶——所谓"流言家"的卑劣一同批判,写出了《陈源口中的杨德群女士》,他还将中国女子与男子进行比较,说中国的男子"不十分有生气,不十分从容而坚韧,那是无可讳言的。"

从行文和情绪上看,周氏兄弟的文章都是非常相似的。在题目上也多有不谋而合处,比如鲁迅写了《可惨与可笑》,周作人则写了《可哀与可怕》;在批判的锋芒上,他们也是如出一辙,比如对北洋政府的传声筒陈源的批判,他们兄弟一起将其批为"流言家"、"下劣"、"阴险的人"、"人头畜鸣"等,仿佛是商量好了似

---

① 周作人:《关于三月十八日的死者》,《周作人文类编·中国气味》,湖南文艺出版社1998年版,第342页。

② 周作人:《新中国的女子》,《周作人文类编·上下身》,湖南文艺出版社1998年版,第329页。

的;难怪陈源等人也常常把他们兄弟两人放到一起来攻击。

虽然此时的周氏兄弟已经不再联系,但是在重大问题上依然保持着原来的一致性。

(三)批判儒家对女性的轻视

对于儒家轻视女性观点,他们也有很一致的论述。

鲁迅对于孔子的"唯女子与小人为难养也,近之则不逊,远之则怨"[①]非常反感。他说,这是女性所受的儒家以及后来的道学先生们"男性的轻蔑"。鲁迅指出:这也是孔夫子的唠叨甚而至于侮辱,同样"这也是现在的男子汉大丈夫的一般叹息。也是女子的一般的痛苦。在没有消灭养和被养的界限以前,这叹息和苦痛是永远不会消灭的"。从孔子的话中,鲁迅读出了一个古老的命题,这就是女子没有经济权,处在"被养"的地位。他深刻地指出:"要别人养,就得听人的唠叨,甚而至于侮辱。"孔子的话对于鲁迅主张妇女一定要有经济权,在某种意义上产生一种反作用也说不定。因此他强烈地呼吁:"一切女子,倘不得到和男子同等的经济权,我以为所有好名目,就都是空话。自然,在生理和心理上,男女是有差别的;即在同性中,彼此也都不免有些差别,然而地位却应该平等。必须地位同等之后,才会有真的女人和男人,才会消失了叹息和苦痛。"[②]

鲁迅向来对于孔夫子不大尊敬,这主要是人生道路的选择不同。孔子一生立志在于做官,通过进入最高统治集团来实现自己的理想;而鲁迅选择的是通过文艺来改变中国人的精神,他曾说过唯有民魂才是最伟大的。他认为孔子是被统治集团捧起来的思想家,而他自己正是绝望于孔夫子及孔门之徒才出国留学的。孔子的治国方略都是给权势者想出来的办法,都是为了治民众的,所以鲁迅对此大不以为然。

在封建道德层面上,鲁迅更是反对孔夫子的忠孝节义那一套,尤其是孔夫子的女性观,是他批判的重点,他时刻警惕自己并告诫其他的中国人,注意不知不觉而变为"奴隶"或者是"奴隶的奴隶"。在小说《祝福》中,他给我们塑造出祥林嫂形象,其揭示得最为痛苦的还是精神层面的东西。他十分精辟地总结说,中

---

① 《论语·阳货》。
② 鲁迅:《关于妇女解放》,《鲁迅全集》(第4卷),人民文学出版社1981年版,第598页。

国人的生存状态一直在这样的圈子里循环,它就是:"一、想做奴隶而不得的时代;二、暂时坐稳了奴隶的时代"。①

为了更形象地有根据地说明问题,鲁迅也是善于从中国古代作品中寻找实例。

周作人虽然也是读孔子之书成长起来的,但是他接受过现代教育的熏陶,在对待以孔子为代表的封建女性观上,他还是强调革新与科学的。他针对中国轻视女性的种种时弊,从西方理论家那里找说法,对于旧的封建道德观始终持批判态度。

周作人经常是将儒教、道教与佛家轻视女子的论调,放在一起来批判的。他在一篇读书笔记中说:"儒教轻蔑女子,还只是根据经验,佛教则根据生理而加以宗教的解释,更为无理,与道教之以女子为鼎器相比其流弊不相上下。我想尊重出家的和尚,但是见了主张有生即是错误而贪恋名利,标榜良知而肆意胡说的居士儒者,不禁发生不快之感,对于他们的圣典也不免怀有反感,这或者是我之所以不能公平的评估这本善书的原因罢了。"②他从《欲海回狂》中找到了古代的性教育之理论,即"不净观"。

周作人以科学的眼光强调指出,古代的性教育是把人的身体看成"一袋粪"和"污秽",这是科学不发达的结果,它的要害是从根本上除掉了爱欲的"倒行逆施"。因此他提倡"净观",就是要用现代的科学眼光、以纯净和干净的心理,来对待恋爱与婚姻。他非常反对视恋爱为游戏的态度,他时常从中国古代的文学作品中找根据,然后再从世界文学中找出人性化的范例,由此形成鲜明而强烈的对照,让读者读了他的文章一目了然。

比如他在《人的文学》中,就把中国的《九尾龟》与俄罗斯作家库普林的《火坑》进行比较,他说要注意著作者的态度,从中可以看出:一个是赏玩的,另一个是同情的,哪个是"人的文学"便不言自明了。

对于中国古代的性道德,周作人是基本是持否定态度的。他对于《白话丛书》里收录《女诫注释》表示反感。指出将来读经潮流到来之时,说不定还会改登《女儿经》,因为这"一定很中那些权威老爷们的意,待多买几本留着给孙女们

① 鲁迅:《灯下漫笔》,《鲁迅全集》(第1卷),人民文学出版社1981年版,第213页。
② 周作人:《雨天的书·读欲海回狂》,《周作人自编文集》,河北教育出版社2002年版,第183~184页。

读,销路不愁不广"。① 当年胡适与梁启超倡导国学的时候,周作人对于女性读书还是有自己的看法,他说:"我们现在不再相信古人的一言一行足以为我们终生的准则。这个准则要我们自己去定才行,而且方法则在参考自然与人生的现象,临时决定。倘若没有这个准则便直撞进文书的宝库里去,虽然见到古人留下的许多绫罗锦绣,却没有拿着尺,慌忙的拿起一件长袍套在身上,不但拖曳可笑,还不免要绊跌斤斗。近来胡适之梁任公诸先生都指导青年去读国学书——凡是书都可以读的,所以我不想反对他们,但是总怀着不相干的杞忧,生怕他们进去了不得出来。"② 他的本意是先让女青年读科学知识,在读书中发展个性。他还说"班昭《女诫》实为《女儿经》之祖母,不值得尊崇"。③

此外,周作人还非常善于借助中外古今的各种书籍,来倡导他的进步女性观。他博览群书,举起例子来犹如囊中取物、信手拈来,显得很有说服力,令人眼界大开。在论及性与婚姻问题上,他所列举的文学科学作品就有:《爱的成年》、《结婚的爱》、《爱的创作》、《欲海回狂》、《呵色欲法》、《香园》、《爱的艺术》、《性教育的示儿编》、《性的心理》、《初夜权》、《男化女》、《刘香女》、《男人与女人》、《情波记》、《双节堂庸训》、《眉山诗案广证》、《秋胡戏妻》、《钗头凤》、《越妓百咏》、《艳史丛编》等等。除了这些专门的读书笔记与评论以外,在其他文章中偶有所涉及的简直就不胜枚举。

三、周氏兄弟女性观相异处之比较

周氏兄弟的女性观相异之处也是颇多的,这来源于他们兄弟的生活态度、读书情况、思想感情和情绪成分,仔细比较起来有以下几点。

(一)对杨荫榆的批判态度不同

1924 年秋,北洋政府任命杨荫榆为女师大校长,由于其强势专横激起了学生们的反感,最终酿成学潮。在女师大事件中,周氏兄弟虽然都站在进步学生一边,批判的矛头也都是对准封建军阀政府、对准章士钊和帮凶教授陈源等,但是每当涉及到女性的时候,比如女师大校长杨荫榆,就表现出了态度的明显不同。

---

① 周作人:《与友人论性道德书》,《周作人文类编·上下身》,湖南文艺出版社 1998 年版,第 55 页。
② 周作人:《女子的读书》,《周作人文类编·上下身》,湖南文艺出版社 1998 年版,第 325 页。
③ 周作人:《关于孟母》,《周作人文类编·上下身》,湖南文艺出版社 1998 年版,第 349 页。

鲁迅对于杨荫榆的了解一是他自己的所见所闻，另一方面是来自许广平的介绍和述说。批判是毫不客气的，他写了很多文章，对杨的批判充满情绪且毫不留情。他虽然尊重女性，但是对于一旦有权有势就欺压学生的教育官僚，无论男性女性他都是坚决批判。他写《忽然想到(七)》是批杨荫榆之始，在文章中他这样说："我还记得中国的女人是怎样被压制，有时简直并羊而不如。现在托了洋鬼子学说的福，似乎有些解放了。但她一得到可以逞威的地位如校长之类，不就雇用了掠袖擦掌的打手似的男人，来威吓毫无武力的同性学生

杨荫榆照片

么？"对于杨荫榆以"整饬学纪"为名对学生横加干涉无情打压的行径，鲁迅怒斥为"寡妇主义"，在此他不惜侮辱杨氏的人格。

他为批杨荫榆，在《寡妇主义》中特意创造了一个词就是"拟寡妇"，他说，所谓"拟寡妇，是指和丈夫生离以及不得已而抱独身主义的"。他批判杨荫榆对学生们的家长式管理是精神不正常，指出："至于因为不得已而过这独身生活者，则无论男女，精神上常不免发生变化，有着执拗猜疑阴险的性质者居多。"他还以欧洲中世纪的教士、日本御殿女内侍和中国历代的宦官为例，说："那冷酷险狠，都超出常人许多倍。别的独身者也一样，生活既不合自然，心状也就大变，觉得世事都无味，人物都可憎，看见有些天真欢乐的人，便生恨恶。尤其是因为压抑性欲之故，所以对于别人的性底事件就敏感，多疑；钦羡，因而妒嫉。"这种批判虽是愤激，但人身攻击的味道可谓至极。在《论"费厄泼赖"应该缓行》一文中，他还将杨荫榆与出卖秋瑾、王金发的"谋主"同等看待。他说"这人(指绍兴地主章介眉)现在已经寿终正寝了，但在那里继续跐扈出没着的也还是这一流人，所以秋瑾的故乡也还是那样的故乡，年复一年，丝毫没有长进。从这一点看起来，生长在可为中国模范名城里的杨荫榆女士和陈西滢先生，真是洪福齐天"。[1]他在这里的这种比喻真是非常厉害的，讽刺起来诛伐过当，而且竟然还把杨荫榆排在陈源的前面，痛斥不可谓不激烈。

他还在《"碰壁"之后》中讽刺杨荫榆的《致全体学生工公启》的文告，因为这

---

① 鲁迅：《论"费厄泼赖"应该缓行》，《鲁迅全集》(第1卷)，人民文学出版社1981年版，第273页。

文告中有"须知学校犹家庭,为尊长者断无不爱家属之理,为幼稚者亦当体贴尊长之心"。其实今天看来这话基本上没有什么错,但由于杨荫榆对于进步学生一向采取高压手段,引起鲁迅反感,所以他就找出理由批判。他写道,自己看了这公启"就恍然了,原来我虽在学校里教书,也就等于在杨家坐馆,而这阴惨惨的气味,便是从冷板凳里出来的"。"坐馆"是指旧时的家庭教书先生,他在此把杨荫榆主持的女子师范大学,比喻成杨氏的家庭私人学校,揭露了杨荫榆以婆婆自居,把学生当成童养媳的凶狠气势,其中的激愤与讽刺意味跃然纸上。

在女师大事件过程中,鲁迅始终态度坚定旗帜鲜明,他把批判的矛头除了对准教育总长以外,就是对准了杨荫榆,正因为她是一校之长,所以就不管她是否为女性。从一个方面来看,我以为这也是鲁迅超越性别的一种胸襟,他对于批判对象往往是不看性别的,这在当时中国独特的国情里,应当被看做是对论敌的一种尊重。鲁迅以他独特的思维模式,常常能够跳出游戏规则,给论敌以致命一击。他所写的不少文章中,许多题目本身就很有针对性,如《女校长的男女梦》、《寡妇主义》等。当陈源等人主张维持所谓"公理"的时候,鲁迅毫不动摇反讽说这些人表面是满口"公理",而实际上则是"满心婆理"。他在给许广平的信中,就将杨荫榆直呼为"杨婆子"。杨荫榆还在《京报副刊》上刊载了《本校十六周年纪念对于各方面之希望》中说:"窃念女子教育为国民之母,久成定论,本校且为国民之母之母,其关系顾不重哉?"鲁迅认为这是她当学生的婆婆之证据。

此外鲁迅还讽刺杨荫榆的古文不通。杨荫榆曾经在《晨报》发表的《对于暴烈学生之感言》中说:"荫榆夙不自量,蓄志研求,学笈重洋,教鞭十载。"杨荫榆在这里说的"重洋",既有出国远渡,又可解为她曾经到过美国和日本两个国家之意,但是用在和"十载"对仗上,就显得不通了。鲁迅在给许广平的书信中对此加以讽刺,他说:"此后不准再来道歉,否则,我'学笈单洋,教鞭十七载',要发杨荫榆式的宣言以传布小姐们胆怯之罪状了。"①这里虽有对许广平调侃的戏言,但对于杨荫榆的不屑与厌烦可谓流露尽致。我以为当时鲁迅虽身在教育部任职,但同时又在女师大兼课,以他的为人和独特性格,当然有同情弱者和支持进步学生的一面;但同时他又与许广平接触颇多、互存好感,逐渐发展感情,正进

---

① 鲁迅:《两地书·三三》,《鲁迅全集》(第11卷),人民文学出版社1981年版,第98页。

入前恋爱阶段或恋爱阶段,而被杨荫榆开除的六位学生之中就有许广平,所以此事引起他的气愤应该是可以想见的。

周作人也在女师大事件中写了不少文章,但他总是把批判的矛头对准章士钊,对准帮闲刘百昭和陈源。就是到了非批判杨荫榆不可的时候,也是有所保留,许多时候都是以章士钊为主打对象,将杨荫榆排在其后。这是一个很有意思的现象。

周作人在《女师大的学风》中,对杨荫榆多有批评,但这种批评显得很冷静,比如他说:"女师大的风潮早已发生,杨先生却不适当解决,始终以为少数人的行动,想用釜底抽薪的旧方法使风潮消灭于无形,这第一步就走错了。其结果当然是自此更为多事,反对者更激愤而直接行动。"这些话都是当然的事实,口气是中性的,随后他这样说:"女师大既有此种趋势,无论实在的原因何在,校长不能不负其责,即不能适当地解决风潮而反使学风变坏之责任,当及时引退,先消除学生会互讦的丑态(目下尚未出现),然后等后任校长对于学校加以适宜的整顿。"这种对于校长杨荫榆的批评完全是中性的,后面的话简直就是给学校当局出主意了。接着他又这样写道:"杨先生因解决自身进退问题不得法而反引起有害教育前途的现象,不能不说是很可惜的错误。为学校计,为学风计,为校长计,我愿对于杨先生上劝退之表,不知能及时容纳否?"这里的话没有多少批判的意思,反而增加了不少的同情之心,至少态度完全是中性的。他还再三强调自己与杨荫榆的进退"毫无利害关系,本无干预之必要"①等等。也就是说他与杨荫榆丝毫也没有个人的恩怨,他完全是站在中间人的立场,因为他自己也是浙江人,并且在女师大任课,并且是站在公正的立场上说话。他写了《勿谈闺阃》一文,这可能是批杨荫榆最为严厉的文章了。杨荫榆开除许广平、刘和珍等六名学生,用的理由不是品性不良而是反对校长,同时又以宣传品性问题为口实,真是双管齐下,把学生搞臭。但周作人批评的主要方面在于"借了道德问题想引起旧社会之恶感以压倒敌人"的做法,他认为"这是极卑劣的行为,若在女子用了这个手段来对付同性,更是言语道断"。进而他指出:"我们怀疑,并不是疑心她们的品行,乃是应怀疑此等流言之未必可靠;并不是疑心某籍讲师,乃是应疑某籍校长之

---

① 周作人:《女师大的学风》,《周作人集外文》(上集),海南国际出版中心1995年版,第699~700页。

言也未必可信。"①周作人最反对用道德的刀子杀人,他看到杨荫榆的这种手段很是反感,但他的批判也还是有节制的,他认为杨荫榆的可恶在于"言语道断",他特别说明,自己实在想不出适当的一个形容词来说,所以才用了这个词的。因为杨荫榆的做法正是与周作人所提倡的自然人性的理论相对,所以他立即给予批评。如果与周作人批判章士钊的用词比较起来,对于杨荫榆简直是宽松多了。

周作人也像鲁迅那样批评杨荫榆的古文不通,他列举了女师大校长《对于暴烈学生之感言》一文,文中有:"不图瓜豆久种前因,河海今且横绝,竟有号称最高学府之女生,甘出化外自同之行径,如本校此次闹潮之异者,夫都门观听昭昭,教部近在咫尺,女生以武力驱除校长,闻者骇矣,校门狂贴布告拳大字形,所言何物则校中内状自可不谈,当下之披猖极矣。"后边又有"梦中多曹社之谋,心上有杞天之虑"。周作人说自己读过以后觉得此文"全体文理欠亨及虚字不中律令之处却亦不可埋没",他指出这篇文章据说是一国文教员的手笔,其中的感是校长之"感",而言乃是国文教员之"言"。紧接着他就说到章士钊的文章"也还多欠亨的地方,更无论那些肉麻的话了"②。他的态度与鲁迅相比区别甚大,尤其是对于章士钊的冷淡、嘲笑与小觑比起杨荫榆来简直是有过之而无不及。

在《女师大改革论》中,他批评杨荫榆的古文不通之时,也还是硬拉上章士钊。他说:"我看了杨先生'荫榆掬上'的大文,觉得这种态度与手段都不好,而文章尤不通,恐怕秋桐先生见了也要摇头,我相信杨先生之不适宜于女师大校长是的确的了。"③他在批杨荫榆的同时,总是指出章士钊逃脱不掉责任,是章士钊有好办法而不用的不作为。然后在《续女师大改革论》一文中,竟然拿章士钊拼命反对白话文说事,指出女师大事件证明章士钊"终于是一个庸人"。④接着他又写了《与友人论章杨书》,从题目看这篇文章应该是对章士钊和杨荫榆一起批判的,但是对杨显然是笔下留情,他说:"对于杨荫榆女士我个人并无什么芥蒂。我在女师大接连过三年兼任教员,末一年便是在杨女士治下,也是颇被校长所优容的。我对于杨女士总当她是位受过高等教育的女子,怀着相当的敬礼,一直到

---

① 周作人:《勿谈闺阃》,《周作人集外文》(上集),海南国际出版中心 1995 年版,第 708 页。

② 周作人:《古文之末路》,《周作人集外文》(上集),海南国际出版中心 1995 年版,第 712~713 页。

③ 周作人:《女师大改革论》,《周作人集外文》(上集),海南国际出版中心 1995 年版,第 735 页。

④ 周作人:《续女师大改革论》,《周作人集外文》(上集),海南国际出版中心 1995 年版,第 737 页。

今年四月,并无什么反对的意思。"还说"我真为杨女士可惜,受过高等教育的女子的影子真是一点都不见了。现在杨女士既已免职,往事本可不必重提"。接着说到章士钊,他则是颇有话要说,从办《甲寅》杂志到出任教育总长,历数章士钊的恶行,包括古文之不通,极尽讽刺挖苦之能事,最后总结是:"这样的教长会得振兴教育,提高文化,我是立誓不敢相信的。"①这种批判文章可以代表那时周作人的一种风格,也是他的一种姿态。

章士钊照片

(二)对女性解放呼吁的内容不同

鲁迅与周作人都是妇女解放的呼吁者。鲁迅一生始终同情弱者关心妇女解放,对此他有许多深邃的思考和精辟的论述;周作人也是有这一整套关于妇女解放的论述,这主要来源于他的深厚的学养。周氏兄弟对此问题在读书和论述上有着异曲同工之妙。

从理论上讲,周氏兄弟对于女性解放的论述有两个非常精彩的论述,这就是:经济的解放和性的解放。

首先鲁迅在关注妇女解放问题上,是非常注意经济的解放的。他再三强调"人必生活着,爱才有所附丽"②。在鲁迅那里女子受压迫的主要原因,是因为她们没有经济权,要靠男人养。所以他在《娜拉走后怎样》一文中说,娜拉出走是容易的,但是要在社会上生活,是要有经济基础的,因此他依照当时的中国社会现状,指出娜拉可走的只有两条路:"不是堕落,就是回来。"③也就是说争取经济权是第一位的,要自己争取到独立的生活资源,才能在社会上立足。

其次,鲁迅的女性观还带有反抗旧传统与社会革命的浓重色彩。他指出中国女性的受压制是传统文化造成的,在中国人分十等,自己被人凌虐,但是不用担心的"便又有更卑更弱的妻子,供他驱使了。如此连环,各得其所,有敢非议者,其

---

① 周作人:《与友人论章扬书》,《周作人集外文》(上集),海南国际出版中心 1995 年版,第 741~743 页。

② 鲁迅《伤逝》,《鲁迅全集》(第 2 卷),人民文学出版社 1981 年版,第 121 页。

③ 鲁迅:《随感录四十》,《鲁迅全集》(第 1 卷),人民文学出版社 1981 年版,第 321~323 页。

罪名曰不安分"①,他再三揭出女性活着身体上的苦痛:剜空耳朵嵌上木塞、剜开下唇插上兽骨、背上刺出燕子、胸前做成许多圆的疙瘩,直至缠足。强调女性的地位是很低的,从早先的殉葬到后来的守节,以及发展到极致的表彰"烈女"等,都是男性压制女性的办法,因为"主张的是男子,上当的是女子"②,妇女永远被压在最底层。就是生活着也还是痛苦不堪。她们被男人驱使,还要为男人伏罪,他总结说:"古时候,做女人大晦气,一举一动,都是错的,这个也骂,那个也骂。"③鲁迅的这些话是很深刻的,大有在《狂人日记》中指出的传统文化"吃人"之味道。

在鲁迅看来,女性的不幸是中国的不幸、是社会的不幸,因此解放妇女应该是随着社会变革一同来进行的。他说:"我只以为应该不自苟安于目前暂时的位置,而不断的为解放思想,经济等等而战斗。解放了社会,也就解放了自己。但自然,单为了现存的惟妇女所独有的桎梏而斗争,也还是必要的。"④鲁迅认为女性应该参加社会工作,取得经济权,也就是为社会服务,提高自己的社会地位。但是由于封建家族制度的影响太深,结了婚还是有问题的,他这样指出:"中国的女性出而在社会上服务,是最近才有的,但家族制度未曾改革,家务依然纷繁,一经结婚,即难于兼做别的事。"⑤因此他再三强调,必须等待男女地位同等以后,才能有真的男人和女人,才会有真正的妇女解放。鲁迅是从历史的角度在看惯了中国的许多现实以后,才提出他的看法的。他始终是一个激进的改革者,文中充满了自己的情绪。他总是说在男女平等以前一切好的名目都是空话,在经济制度改革之前只能是韧性的战斗。

周作人则不同,他始终是一个冷静的读书人,且对于妇女问题有着一整套系统的观念。比如他首先提倡普及科学知识,以科学的妇女论进行启蒙。为此他翻译了很多东西方作家的妇女论,谈人的发现、女性的发现;论贞操问题、妇女教育、恋爱家庭、分娩与儿童、结婚与离婚、娼妓与嫖客等等。此外他从古代的淫书讲到西方的性学,从刘香女说到蔡文姬,从古诗说到儿童书,从医学书到性学

① 鲁迅:《灯下漫笔》,《鲁迅全集》(第1卷),人民文学出版社1981年版,第216页。
② 鲁迅:《题〈芥子园画谱三集〉赠许广平》,《鲁迅全集》(第8卷),人民文学出版社1981年版,第379页。
③ 鲁迅:《逃的辩护》,《鲁迅全集》(第5卷),人民文学出版社1981年版,第9页。
④ 鲁迅:《通信》,《鲁迅全集》(第3卷),人民文学出版社1981年版,第446页。
⑤ 鲁迅:《寡妇主义》,《鲁迅全集》(第1卷),人民文学出版社1981年版,第263页。

理论著作，从笠翁与兼好谈到霭理斯，从杨贵妃谈到孟母。古今中外不一而足，在大量的读书中逐渐形成了他的女性观。在和鲁迅的比较中，总结起来，周作人的女性观最主要的就是："经济的解放"和"性的解放"。周作人这样说："我对于女性问题，与其说是颇有兴趣，或者还不如说很是关切……想来想去，妇女问题实际只有两件事，即经济的解放与性的解放。"①

鲁迅与周作人照片

与鲁迅相比，周作人更强调"性的解放"。周作人所说的"性的解放"当然和西方近世以来的所谓性解放不同。他是强调以女性为本位的生活，因为他从西方医学博士鲍耶尔的《妇女论》中引申来说，现代的大谬误就是一切皆以男子为标准，连妇女运动也逃不出去这个圈子，所以女子以男性化为解放之现象，在性方面更是如此。鲁迅也谈到女性"现在托了洋鬼子学说的福，似乎有些解放了"，但是鲁迅谈得不是很深入。在这个问题上，周作人凭借着他的丰富知识，有着非常深入的发挥。他说男性要有一个正确的科学态度，将女性"当做对等的人，自己之半"才行②。一个民族性道德之科学化非常重要，他这样说："性道德之解放与否尤足为标准，至于其根本缘因则仍在于常识的完备，趣味的高尚，因是而理智与感情均进于清明纯洁之域。"③他说女子会做鸡蛋糕是好的，但是只会做鸡蛋糕并不能说就是尽了做人的能事了，"因为要正经的做人"这就要学习许多的科学知识。他再三说："我希望现在主持妇女运动的女子和反对妇女运动的男子都先去努力获得常识，知道自己是什么，人与自然是什么，然后依了独立的判断实做下去，这才会有功效。"并且特别指出："妇女运动在中国总算萌芽了，但在这样胡里胡涂，没有常识的人们中间，我觉得这个运动是不容易开花，更不必说

① 周作人：《谈虎集·北沟沿通信》，《周作人自编文集》，河北教育出版社 2002 年版，第 273~274 页。

② 周作人：《自己的园地·情诗》，《周作人自编文集》，河北教育出版社 2002 年版，第 53 页。

③ 周作人：《谈虎集·论做鸡蛋糕》，《周作人自编文集》，河北教育出版社 2002 年版，第 271 页。

结实了：至少在中坚的男女智识阶级没有养成常识以前，这总是很少成功的希望的。"①为此，他向读者介绍斯妥布思女士的《结婚的爱》、与谢野晶子的《爱的创作》和须莱纳尔女士的《梦》等著作，进行性的教育和启蒙，目的是让男性懂得女性，更是让女性懂得自己。这些普及现代性科学的书在当时无疑起到了很大的作用。这方面的论述他明显地比鲁迅要多。

鲁迅曾说："女人的天性中有母性，有女儿性；无妻性。妻性是逼成的，只是母性和女儿性的混合。"②有论者说："周氏兄弟认为妇女的解放就是恢复她们的妻性，包括满足她们的性欲。这样一些见解，在当时以至今日都是石破天惊的。"我以为这是一个理解错误，鲁迅的意思是女性的天性中，早年是女儿性，结婚就有了母性；女性从来没有给他人当牛做马被压抑的中国式的"妻"子性格，所以鲁迅特别强调"妻性是逼成的"，也就是被压迫的结果。就是当了妻子诸多不幸，她还是保存着母性和女儿性，所以鲁迅又说"妻性是逼成的，只是母性和女儿性的混合"。这是我反复阅读的一种理解，不知方家、读者以为然否？

鲁迅与周作人的女性观本身就是一个很大的题目，将周氏兄弟的女性观进行比较，更是一个不自量力、自讨苦吃的做法。舒芜先生有《女性的发现》专论和知堂女性观的论文，方方面面十分精当。我以为这篇论文非常难写的道理也正在于此。因为该说的话方家都已经说过了，而且严密至极、经典至极。无奈我只好另辟蹊径，从小处着眼，从细处着手，试着一点一滴，力争有所突破和有所言说。

周氏兄弟女性观的研究，也是一个长久的话题，总结他们的种种观点，可以看出中国自"五四"以来先驱者的努力，看出历史现场的发展轨迹，这对于我们是一个很好的借鉴。如果本文能够对现存的定论稍有补充的话，我的这篇文章之写作目的就达到了。

(本文为作者 2010 年 12 月 10 日在台湾大学举办的"第二届东亚人文学论坛"学术会议上的报告稿。2010 年 10 月 10 日写就，11 月 26 日改定。)

---

① 周作人：《谈虎集·妇女运动与常识》，《周作人自编文集》，河北教育出版社 2002 年版，第 267 页。
② 鲁迅：《小杂感》，《鲁迅全集》(第 3 卷)，人民文学出版社 1981 年版，第 531 页。

关于《野草·求乞者》的通信

缪先生：

您好！

邮件收到，新春将至，先生依然关心学术问题，进行教学研究，甚至不耻下问，对此余深感钦佩。

关于此文的四个问题现奉答如下，请先生指教。

一、"高墙"，表面上是写北京的城墙，实际上指的是当时中国社会；"灰土"，除了表面意思外，主要象征的是古老社会的历史灰尘。"各自走路的人"指的就是当时的中国人。在高墙下、微风与尘土中，这些人无精打采，各走各的路，谁也没有想到要改变这样的环境；他们与谁都不相干，只是各走各的路。正如鲁迅在另一篇文章中所说："人人之间各有一道高墙，大家的心无从相印。"（《热风·随感录二十五》）

二、"布施"，在象征意义上指的是赠品、恩赐，这是鲁迅直接从尼采作品里拿来的概念；"求乞"，就是乞求，无论乞求什么，得到的总是和愿望相反，无论是物质还是精神。在鲁迅的哲学里是不相信别人的"布施"和同情的。以前有解释说，这体现了剥削者和被剥削者的关系，我意是否可以理解为社会上不同经济条件下的人与人之间的关系。

三、鲁迅一向反对低三下四，反对向阔人低头。为了求乞而忘却了悲哀和愤怒，像小丑似的装出种种做态来，是鲁迅尤其不能容忍的。他一向反对奴相、反对"苟活"；他认为苟活就是活不下去的初步，意图生存而太卑怯，结果就得死亡。他在当时的许多文章中都谈到这一点。您一定知道他那时的进化论思想是很严重的，他曾在第一篇小说中提出："救救孩子！"而在这里"求乞者"就是孩子，他认为这代表了中国的将来，就是孩子也不能同情！我想他写这篇文章的时候，是冒着被别人指责的风险的，因此他的内心深处一定是非常痛苦的。鲁迅认为"布施"大多都是表现在口头上的，他在《准风月谈·青年与老子》一文中就举出了一个富人认穷亲戚的故事,并进行了生动的讽刺。他的本意是让中国人增强自信力和自信心,进行艰苦的奋斗,百折不挠、勇往直前。

四、这篇文章除了用长短句诗的形式来叙写以外,基本上采用的都是隐喻和象征的手法,气氛灰色暗淡。但是表现出来的却是一种强烈的愤懑和呼唤改革之心。那个时候他刚刚翻译完尼采的著作,特别是尼采的《查拉图斯特拉》对他的影响很大。其中尼采书中也有一段"知识圣者"(尼采)同一个老人(信仰的圣者)的对话,个别的部分很像这篇文章。因而我们有理由说这是鲁迅读尼采的结果,当然思想是鲁迅的。

以上解答不知可否,欢迎批评,供您参考。

　　　此请

近安!

张铁荣

说现代文学

新青年

LA JEUNESSE

第六卷 第五號

上海 群益書社 印行

现代文学教学杂感

一

中国现代文学一般是指 20 世纪的文学,它是我们中文专业的主干课程。这门在学科建制中占有重要地位的文学课,看似距离我们很近,其实在进入新世纪以后也显得有些遥远了。对于今天的大学生来说,可谓暗淡了流派和思潮的文学论争,远去了阅读原著的热血沸腾,留在他们面前的只是一个个作家的姓名。

二

作为教师,我们的工作就是在五四作家和现代青年之间架一座桥,让今天的青年人和上一世纪作家及其作品中的人物之间,达到某种沟通并进行精神的对话。让他们知道那个时候的人也不落后,他们生活的时空和今天虽有不同,但他们的喜怒哀乐和我们今天的人也差不多,而且有些人的观念比我们还现代、还要超前。这样就使得历史人物重新生动起来,减少了呆板,注入了资料,在课堂上以及阅读中,让学生们脑海中走过的鲁、郭、茅、巴、老、曹等作家更加经典化、生活化,再现他们鲜活的面容。

三

五四作家为国家的兴衰成败呐喊、为个人的生存空间追求;他们有出国求学的困惑,也有恋爱的烦恼、还有冲出家庭的勇气,从亭子间走进研究室,从大学走向社会和战场,"国家兴亡,匹夫有责",是现代作家的主流话语,报效国家是那一代人奏响的时代乐章中的主旋律。

四

我以为五四以来的作家和学问家，最值得久久打量的唯有周氏兄弟，关于他们的为人和作品是说不尽的，他们同时也是不可逾越的精神实体，他们耸立在那里给后人留下漫长的回味。周作人的作品是茶，"知堂风"的散文风格至今难以有人能望其项背，在他的身上有中国新文学史的一半；而鲁迅给我们的则是药，那种对于国民性苦涩的鞭挞至今还震撼着读者，他代表了中国现代文学史的主流。

五

现在的人们越来越爱读散文，读了张中行就发现余秋雨不行了，读了林语堂又发现张中行好像少了点儿什么，林语堂的后面还有名家就是周作人；因此1936年美国记者埃德加·斯诺询问鲁迅有关中国最大的散文家时，鲁迅第一个举出的就是周作人，可谓举贤不避亲，何况那时鲁迅与周作人已经失和多年。对此鲁迅早就总结过，他说五四以来散文的成功是在其他文体之上的。

六

要了解现代文学的全貌，除了读好的文学史以外，我以为还是要认认真真读作品，看改编后的电影和电视剧都不行，特别是不能看电视剧。《人间四月天》把徐志摩糟蹋得不成样子，《我这一辈子》和《日出》之类的泡沫剧简直就是亵渎作者。《鲁迅》中有一个镜头：鲁迅和许广平在夜色朦胧的旧北京，许广平说北平的夜景真美，鲁迅说景美人更美，许说先生你真坏！这样胡乱解构的表演令人喷饭。

七

我最喜欢郁达夫的真实和坦荡，他是单纯的天才小说家，他的旧体诗和文论也很有名。近年来有人将他 1931 年写的《钓台题壁》诗中的名句："曾因酒醉鞭名马，生怕情多累美人"当成唐诗，可惜对此关注的人寥寥。他的牺牲真是令人惋惜。同是创造社中人，我就不大喜欢郭沫若，他是才子但是太做作，在生活中也时常爱追风、演戏。

八

现代女作家中我有三点感悟：

首先，近十数年来最红火的当然是是张爱玲，她是一个具备了才情和实力的作家，"出名要趁早"是她的优势。有人称赞张爱玲是"小说家的小说家"，她的小说是惊世的文学，她本人的经历也像一部小说。张爱玲是成功的作家，过的生活却是失败的人生；也许正因为绝世凄凉的感觉，才造就出超人才华的小说。一个才情奇异的作家，怎能概括为"苍凉"二字了得？

其次，我非常喜爱萧红的作品，她真是一个写小说的天才，大部头和小短篇都写得那么生动、有灵性，从《呼兰河传》中节选出来的《火烧云》，唤醒了多少代少年的文学梦。可惜她遇到的男人都不尽理想，加之生活贫困使她英年早逝，给文学史留下了无尽的话题。

第三，我最关注和佩服的两位作家是冰心和丁玲，她们是两个伟大的极端，性格是完全的不同。我以为冰心是可以言说的大海，面对她本人和她的作品，一切都显得渺小，她的那种大爱让你不感动都难；而丁玲则是说不尽的、一个才情横溢的革命者，一个对于社会人生有着痛苦经验的人，写作使她成功写作也使她遭难，她用坚守使自己变得高洁。现在的青年人往往希望有丁玲的经历和冰心的生活，原因就在于此。我敬佩这两位作家。

九

剧作家中我最喜欢曹禺，他是我们南开的学生当然是原因之一，他简直是一个戏剧的天才，成名很早，我对他没能进中文系而感到惋惜，因此就常常对中文系的学生说："你们要有危机感，看看人家曹禺！"但是，我又深刻地知道中文系不是培养作家的。

十

我赞成同学们阅读名家名著,因为大作家带给你的是永远的丰富。闻一多的名诗很多,澳门回归的时候仅仅《七子之歌》中的一首,就使亿万人热泪盈眶;谈起朝鲜战争的电影有很多,能够在电影史上留下的大概少不了《英雄儿女》,而这个影片的剧本就是根据巴金的小说《团圆》改编的。大家就是大家。

十一

谈到留日时期的鲁迅、成仿吾等人与留学欧美的如胡适、梁实秋等在思想上完全不是一回事。我的粗浅看法是与日本文化受中华文化圈影响有关,日本人从骨子里还是摆脱不了中国古代文化的浸淫,他们有时做事思考会比我们还"中国"。近代第一批留学生不少是反清的汉族铁血青年,是最初的革命一代,他们从日本那里看到了大唐盛世的建筑,因而想到了我们民族、民风的美好一面,自己身在日本反而如同回到了古代中国的唐朝,因此那种因为文化反差而产生的亲切感是难以言说的。只不过有些人后来破灭了如郁达夫,有些人没有破灭如周作人。

十二

在现代中国文学中有不少小说是反映学校生活和师生关系的,20年代《小说月报》发表的小说中,写学校生活的就很多,比如茅盾和鲁迅选编的《中国新文学大系》(小说一集、二集)中就收录了不少,另外作家中专写学校生活的也大有人在,例如冰心的《斯人独憔悴》、庐隐的《两个小学生》;郁达夫的《沉沦》写的是留学生;浅草沉钟社的小说家也有不少是写学校生活的;另外叶圣陶的《校长》、《潘先生在难中》、《倪焕之》,沈从文的《八骏图》、张爱玲的《逸经》、《小团圆》(前半部分)等;40年代写西南联大的小说有《未央歌》等。因为这些小说家基本都是学生出身,他们第一阶段的作品很难跳出自己的生活圈子。

十三

对文学与社会的关系的阐释要注意历史现场。因为30年代是所谓的"红色三十年代",以苏联为首的阵营在全世界革命的宗旨就是强调无产阶级的领导权,当然要"强行剥夺资产阶级的权利",所以在这个意义上郭沫若才说鲁迅是"二重的反革命"。

十四

李初梨和郭沫若的争论,说也是"双簧戏"另一个创举。他们的文章无疑对于无产阶级意识形态的建构起到了推动的作用,但同时也暴露了当时在理解上的幼稚病,这一部分现有的论文似还没有人写出来。

十五

以《文化批判》为中心的研究文章是不够的,我以为除了看《文化批判》杂志的原刊以外,还要注意阅读当时的一些相关资料,比如关于30年代的研究书刊,还要关注鲁迅与创造社、太阳社论争的资料,以及鲁迅的一些看法等。要解决的问题当然是中国国情还是苏维埃模式、革命的目的是什么?对于这个杂志的历史作用和教训等也要进行历史的分析。

十六

在现代中国文学史中比较薄弱的是晚清至民国通俗小说的研究。记得严家炎教授曾经说过,现代文学史不讲通俗武侠小说是"文学生态不平衡"。其实在五四以前,通俗小说早就以白话的形式,风靡于市井书肆,读者群更是蔚为壮观。这个无可掩盖的现实我们不能忽略,所以不能因为提倡主流的精英文化,就埋没或轻视非主流的通俗文化。所以,从这个角度也可以证明"没有晚清何来五四"论点的正确。

十七

现代文学研究者最缺乏的应该是古典文学的修养,我以为这方面的补课必不可少。因为我们的文学有一个从古到今的传承过程,五四那批作家都是读着古典文学长大的,他们批判"桐城谬种,文选妖孽"是因为他们对此太了解;第一代治现代文学研究的教师也都是古典文学很好的学者,所以他们开辟了一个学科,成就也比较大。如果我们对此重视不够的话,就会出现肤浅和底气不足。

十八

现代文学不是主要讲作家作品,还要有理论的分析和历史的眼光,要重视世界先进的理论在中国的传播过程,重视作家本身的师承与影响之关系。正是因为有了《傀儡家庭》才有了中国的家庭剧和以家为题材的小说,易卜生在中国的影响超过了他的祖国。比如研究鲁迅就要知道尼采、知道史密斯;研究胡适就应了解杜威;研究周作人还是要知道一些霭理斯的好。搞教学做研究要力争回归历史现场,注重作品的时代特色,不能以今人的眼光来苛求过去的作家,只有设身处地地为他人着想,才能真正接近作家作品。

十九

要注意各种资料,特别是原始期刊是非看不可的,翻检着那些泛黄发脆的旧纸张,你就会有一种现场感。那些作者的名字和小说散文的题目再加上各种的时代广告,你会有与读后来的出版物完全不同的感觉,也许还能够发现新的题目。除此之外特别是要关注中外研究者的最新成果,看看国内国际的同行们都在做些什么,做到知己知彼。做学问就是要在不疑处有疑,还有用鲁迅加胡适的方法就是:"从来如此便对么?"和"大胆假设,小心求证"。他们都是大专家,我们理应记住他们的话。

二十

我时常有危机感,除了研读学术书刊、参加学术会议和了解各种学术信息以外,还要虚心向学生学习,从青年人身上开掘出新的理念和灵感,在振奋与沟通之中去探究更加人性化的哲学。人有的时候不一定都处在上风,所以要懂得克服困难,分清主次、扬长避短,把最重要的事办好。老师要求严格都是为学生们着想,学生出了校门之后就会知道大学之可贵;外面的世界很精彩,其实外面的世界也很无奈。

读一点通俗文学

我建议研究生要读一点通俗文学,以便了解近现代的天津。因为天津是北派通俗小说创作与出版的中心与大本营。

晚清至民国通俗小说的研究,在现代中国文学史中应该说是比较薄弱的。记得严家炎教授曾经说过,现代文学史不讲通俗武侠小说是"文学生态不平衡"的表现。其实在五四以前,通俗小说早就以白话的形式,风靡于市井书肆,读者群更是蔚为壮观。这个无可掩盖的现实我们不能忽略,所以不能因为提倡主流的精英文化,就埋没或轻视非主流的通俗文化,况且所谓"主流"也是个一时说不清道不明的存在。所以,从这个角度也可以证明"没有晚清何来五四"论点的正确。

近年来情况有了一些改观,出版了一些相关的研究专著。没有大量的史料积累,没有多方面的综合知识,没有几十年的研究功力是写不出这等著作和文章来的。在文化学术界,从弗洛伊德到霭理斯的理论,至今我们耳熟能详;但是对于中国的相关理论家从张竞生到姚灵犀,我们却不予重视,甚至往往从很猥亵的角度来揣度他们。难怪连《缠足史话》这样的著作都要出自日本人冈本隆三之手。

如果我们研究中国武侠小说源流,就很有必要进行从诸子到《史记》,从明清笔记到近现代相关史著,以及其他的研究著作等非常庞杂的阅读与梳理,这些都是做学问时的重要史料和理论支撑。

我国武侠小说的繁荣期始于 1923 年,至 30 年代更是精品迭出。

我经常对研究生们说,要了解现代文学的全貌,除了读好的文学史以外,还是要认认真真地读作品,光看改编后的电影和电视剧都不行,特别是不能受电视剧影响。《人间四月天》把徐志摩糟蹋得不成样子;《我这一辈子》和《日出》等泡沫剧简直就是亵渎作者;《鲁迅》中有这样一个镜头:鲁迅和许广平走在夜色朦胧的旧北京,许广平说北平的夜景真美,鲁迅说景美人更美,许广平说先生你真坏!这样胡乱解构的表演真是令人喷饭。读通俗小说也应该是这样,通俗文学作品改编成戏曲和电视剧存在很多的问题。有许多的小说看似是旧的,但是在潜心阅读之后,聪明的读者会发现许多情节深处隐喻着无限的新意。这也就是那些佚事遗韵,为什么会在今天文艺创作与鉴赏中,仍被人们常常提及的原因之所在。

因此我们也可以说,读通俗文学研究的书既要注意民国通俗小说的微观历史,同时也要看到当今一些文化现象的宏观历史解读。

文学史对于天津作家宫白羽的阐述是很不够的,我以为他是最有武侠气概的通俗小说作家。坐落在天津市河北区中山路的二贤里,是武侠小说圣手宫白羽的故居。那神秘的胡同小院和青砖瓦房,其实距"觉悟社"旧址很近。在那个窗明几净的平房里,宫白羽给鲁迅、周作人等一批新文化的名人写过不少的信,著名的《十二金钱镖》就是在此处诞生的。

近年来一直进行着关于"天津精神"的大讨论,究竟什么是天津精神,成了这个城市市民争论的焦点问题。天津是我国近现代以来一座非常奇特的城市,外界对它的评价林林总总、观点众多、不一而足。它的历史地位是不容质疑的,除了商业重镇、戏剧曲艺之乡、华北工业的摇篮之外,在地域文化上的总结我总以为还是十分不够的。

单从文学创作来看,天津近代以来一直就是众所周知的通俗小说重镇,它前后集中了董濯缨、董荫狐、赵焕亭、潘夗公、戴愚庵、刘云若、还珠楼主、宫白羽、郑证因、徐春羽、朱贞木、李山野、李燃犀、望树楼主等一批重要的作家。以天津为中心的北派作家虽起步较晚,但他们在经受了五四新文化运动的洗礼后,无论从思想境界或艺术手法上,均呈现出勃勃生机与无限新意,也理所当然地为民初武侠小说输入了新鲜血液,使得中华通俗文学的传统得以传承延袭。这批作家支撑了通俗小说的整个文坛。

天津的通俗小说虽然起步稍晚,但是北派通俗小说由北入南以后,迅速风靡海上文坛,并以其质量高出一筹的水准,而使南派作品相形逊色,终将民国通俗小说创作推上了高峰。通俗小说的绝大部分作者都与天津有着密不可分的关系,他们或从天津开始写作、或在天津发表作品、或于天津创办报刊,甚至有些人本身就是地地道道的天津人。因此,称天津为北方通俗小说创作与出版的中心并不为过。

民国时代的天津印刷业、书局报馆、戏剧舞台很发达,并由此生发出许许多多的名人轶事,如果进行细微的史料钩沉,那些从二贤里到大杂院的种种历史记录,便栩栩如生地在我们面前鲜活起来。

在天津主持过《大公报》文艺副刊的沈从文先生曾经说:"天津是个出人才的地方,许多作家、学者都曾在天津生活、工作过。他们的写作也大多是从天津起步,但作品却总是由外地出版,比如曹禺的《雷雨》。解放前天津的文化出版业很不发达。"这个观点一直影响很大,事实果真如此吗?

当时天津有多种报纸副刊,这些副刊都连载过通俗小说,一时间蔚为壮观、令读者眼花缭乱。报馆出版通俗小说更是民国时期天津出版业的一大特征,因此对于通俗小说创作与出版的梳理与评判,要将目光投向当时的新闻业,这种特色正是沈从文先生所没有注意到的,因为他毕竟是外地人。虽然一方面是民国时期天津在新文学创作与出版上"不发达",但是另一方面此时期天津的通俗小说(与新文学相对而言)创作与出版却又是极其繁荣。这是一个非常有意思的吊诡现象。

通俗文学不仅催生了一批天津籍的名家与名作,而且还吸引了许多外地作者在天津发表作品。彼时青年周恩来(1914年)在天津南开中学求学期间,也曾受到过时尚影响,在《敬业学报》上用"飞飞"笔名,连载了侠义小说《巾帼英雄》,对"举国昏沉"的腐朽政府进行深刻抨击。之所以出现这种现象,毫无疑问与近代天津城市的崛起和当时的社会状况紧密相关。

此时天津报刊业纷纷推出通俗小说连载,出现了报纸与小说互动的状况,大量的通俗小说都是由各报连载后,再由该报馆出版单行本,这种状况成为民国时期天津通俗小说创作与出版的一个特征。

近代以来的小说史料,雄辩地证明了天津这座城市的精神:也就是常常被人们提起的,那种海纳百川、正气凛然、侠肝义胆、踏实勤恳、质朴善良、爱乡乐群、利民利国和坚韧卓绝的中国精神。

我以为作为文理科的大学生研究生,都有必要读一点通俗小说。在阅读中我们可以知道通俗文学的机理,了解精英和学院派以外的近现代中国文学的全貌,补充我们现代中国文学史阅读中的不足。特别是对于治新文学的人来说,读一点通俗文学,可以发现和克服新文学中容易出现的极端主义倾向;当然在阅读中,还可以提示我们注意俗文学中容易出现的媚世庸俗心态。

我虽是从事现代文学教学和研究的,但是深感对于清末民初的通俗文学实在是重视不够,因此也就常有好奇的学习渴望,长期以来为补不足,自己也偏重多读一些这方面的作品。对于此项研究当然是关注的,对于研究的专家更充满了尊敬。

舒芜先生的周作人研究

周作人像

舒芜先生的周作人研究始于上个世纪80年代，在他之前我国学术界可以说还没有开展真正的周作人研究，因此他的研究是具有里程碑式开拓性的。通过自己的认真读书大胆探索，他具有远见地指出："周作人的身上，就有中国新文学史和新文化史的一半，不了解周作人，就不可能了解一部完整的中国新文学史和新文化运动史。"[①]大家知道鲁迅被称为中国现代文学之父，通过鲁迅再来研究周作人，就可以全面地统观整个中国新文学的历史。他的研究远见和开拓性的研究实践，为后来的中国现代文学作家研究拓宽了视野，从而为整个现代文学研究打开了另一扇大门。

早在1985年他就发表了《周作人的是非功过应该研究》的重要论文，指出这是一个很值得研究的课题，充分肯定了周作人研究的价值。次年4、5月，他的《周作人概观》在《中国社会科学》杂志上刊载，这是一篇全面论述周作人是非功过以及周作人研究重要性的论文，可以说此文的发表是新时期周作人研究史上的重大突破。11月北京鲁迅博物馆鲁迅研究室根据当时某刊发表的所谓"周作人的一组新材料"，举行研讨会。舒芜先生在会上应邀作了发言，全面驳斥了这组颠倒历史事实的所谓"史料"。由此开始，在后来的20多年时间里周作人研究成了舒芜先生学术研究的重要组成部分，他先后出版了《周作人概观》、《知堂小品·序》、《周作人的是非功过》、《周作人的是非功过》(增订版)、《回归五四》等重要学术著作，把周作人研究推向成熟；此后又不断扶植新人，为后来的研究者的新书作序写评论，一直持续到他的晚年，在这一领域取得的成绩为学界所瞩目。

---

① 舒芜：《周作人概观》，湖南人民出版社1986年版，第3页。

他的周作人研究的精彩论断和基本观点,成为后来从事周作人研究的学者们绕不开的重要参考文献。

统观舒芜先生的周作人研究有以下几个特点:

一、为了更全面地了解鲁迅

鲁迅研究一直是现代中国文学研究的显学,多年来一些研究者虽然不断地利用周作人的《鲁迅的故家》、《鲁迅小说里的人物》和《鲁迅的青年时代》作为重要资料,也有个别文章以批判周作人来弘扬鲁迅精神的所谓比较参照,但是还没有开展真正的文本对比式的比较研究。舒芜先生指出:"鲁迅的存在,也离不开他毕生和周作人的相依存相矛盾的关系,不了解周作人,也不可能了解一个完整的鲁迅。"①很长时间以来现代文学的研究者对于鲁迅的研究几乎都是孤立的、单独的研究,很少拿他的弟弟周作人来作为参照系;而在五四时期则完全不是这样,他们是作为"周氏兄弟"同时出现的,且相互配合、共同承担着启蒙的工作,成为我国新文学史上的双星。但由于周作人后来在政治上的变化,使得长期以来,无论在文学史还是思想史上,都被有意无意的忽略或是回避了。回首"五四"前后,鲁迅和周作人兄弟二人作为新文化运动的先锋,并肩战斗、互相配合,在与封建文化对阵的战斗中打了几次漂亮的大仗,那个时候他们堪称"兄步弟亦步,兄趋弟亦趋"②,正是由于二人同心同德的努力和配合,在那一场场论辩和一次次创作实践中,取得了辉煌的战绩,又同时获得了卓著的声名,然而最终却同出殊归,走上了完全不同的道路,一个充满了明知不可为而为之的进取精神,最终成为了民族英雄;一个遁入苦雨清茶的隐士生活中转而经营"自己的园地",最终沦为了文化汉奸。如此天差地别的对比,留给后人无尽的遗憾和沉思。

在这种情形下,还原那段尘封的历史,将周作人重起于地下,恢复他的本来面目,寻找他与乃兄亦步亦趋的战斗历程,印证兄弟失和前的那段鲜活的历史,进行实事求是的研究,从而映照出鲁迅的那段独特的人生和同胞情谊的经历,是需要极大的勇气和胆识的。舒芜先生的鲁迅和周作人比较研究正是立足于

---

① 舒芜:《周作人概观》,湖南人民出版社 1986 年版,第 3 页。
② 李景彬:《鲁迅周作人比较论》,南开大学出版社 1987 年版。

此，正如舒芜先生陈述到其必要性时提到的那样："我们只有在矛盾的统一中才能更好地研究矛盾的两面，而鲁迅、周作人就是一个统一的矛盾的两面……鲁迅、周作人所走过的道路，其中的经验教训对于我们当前有重要的借鉴意义"①。

毋庸置疑，周作人的研究本身就拓展了鲁迅研究的视野，从而为鲁迅研究增添了一个重要的领域，这就是研究鲁迅与同时代人，而鲁迅与同时代人的比较研究的起点就是从他自己身边的胞弟开始。这一领域的拓宽对于鲁迅研究的丰富性起到了极大作用。何况作为兄弟，周作人与鲁迅出身于同一家庭，有着相似的成长历史、教育背景、读书经历及文化结构，在南京和日本求学的时代，互相督促扶助，回国后又共同历经辛亥革命和投身五四运动，北大教书生活、女师大事件的共同态度，共同的写作生活，这其中最了解此时期鲁迅的人无疑就是他的弟弟周作人。因此周作人的回忆无疑是重要的，当然研究周作人和鲁迅的关系与这一阶段的历史、文章与生活对鲁迅研究的意义非同小可。舒芜先生深切地指出："可惜解放以来……对周作人一生的是非功罪，研究得太少了，结果是自己把自己的眼睛蒙住了一半，致使我们对整个新文学史，对于三十年代的右翼文学，对于鲁迅，都理解得很片面，很模糊"②，这是舒芜先生高屋建瓴的精彩之笔，他不但指出周作人研究有利于我们更深入全面地了解鲁迅，而且还另辟蹊径指出这一研究对于了解中国文学史与中国文化史的独特意义。当然对与周作人的研究不能仅仅着重研究他们兄弟怡怡、紧密合作时期的方方面面；舒芜先生更提醒人们还应该注重研究弟兄失和、决裂之后，在他们二人身上体现出来的异同。他通过对比大量的资料充满信心地指出："尽管他们越来越走上相反的道路，先前的不明显的差异——显现和扩大，在现实的急剧发展中更不断产生新的矛盾和对抗，纵使如此，他们之间仍然有许多相同：相同的回忆，相同的印象，相同的论点，相同的判断，甚至所用的语言也往往不

周作人散文全集书影

---

① 舒芜：《参加鲁迅周作人比较研究学术讨论会的学习心得》，《鲁迅研究动态》1988年第1期，第7页。

② 舒芜：《周作人的是非功罪应该研究》，《读书》1985年第1期，第65页。

③ 舒芜：《鲁迅、周作人后期的相同点》，《周作人的是非功过》，辽宁教育出版社1993年版，第445页。

约而同"③。舒芜先生 1989 年发表的《不为苟异》就是以辩证方法研究得出的成果,这篇论文从九个方面详细论述了二周失和之后仍不自主地表现出种种相同之处,分析了共同经历、知识结构、性格异同等对兄弟二人造成的影响。与一般研究中总是习惯性地着眼于挖掘兄弟失和之后的相悖之处相比,舒芜先生这种目光是独到的,见解也是深刻的。

通常我们只说鲁迅是历史乐观主义者,他相信进化论认为将来总是好的,而周作人是个历史悲观主义者,对于兄弟失和后二周仍然存在的相似之处,几乎鲜有人提及。舒芜先生在《不为苟异》一文的篇末,特别谈及到周氏兄弟有相同的悲观史观他说:"鲁迅虽然同样如此悲观,但是,他又不断地同自己的悲观作斗争……鲁迅的乐观,不是廉价的不解悲观,而正是不断向着大悲观作战的英雄式的大乐观。悲观是外界的反应,英雄则是主动性的发挥。我们只有不讳言鲁迅与周作人有着同样的悲观,方能更明白地看出他们的不同的主动性,如何决定他们的不同道路"①。这种比较研究对于我们更深刻地认识鲁迅、理解了鲁迅式的那种深邃的思维模式无疑是大有裨益。在研究中我们不难见到这种观点:因为后来弟兄二人选择了不同的道路,便简单地认为好的从开始就是好的,坏的从根基上就有腐败的源头,相比这种表面化、空论化、模糊化的结论,舒芜先生的潜心研究就显得格外弥足珍贵,他本着一种严肃的科学态度,注重文本并全身心地投入到研究中,客观看待二周的异同,力求发现历史真实的样貌,这样的研究无疑有助于人们认识到一个立体的、全面的鲁迅。而不是将鲁迅塑造为雕像化、神圣化的符号。舒芜先生自己就曾说:"鲁迅的存在也离不开和周作人的既矛盾又不可分割的密切关系,不了解周作人,也就不可能全面地认识鲁迅"②。以周作人研究为切入点,他探讨了二周失和前的兄弟关系、失和后的间接联系,从文章中找出兄弟的异同,而且更重要的地方还在于他注重文本和资料,特别辑录和评价了后期周作人在各个方面对鲁迅的影射和贬损,从而看出兄弟的异同。周作人眼里的鲁迅是另外的一种视角,但毕竟是兄弟的视角,通过这种视角认识鲁迅,对于长期以来有着固定思维定势的研究者来说,那种启发、借

---

① 舒芜:《鲁迅、周作人后期的相同点》,《周作人的是非功过》,辽宁教育出版社 1993 年版,第 494 页。

② 舒芜:《周作人概观》,《周作人的是非功过》,人民文学出版社 1993 年版,第 4 页。

鉴、清醒与回归当然是不言自明的。当然舒芜先生对于鲁迅的研究是客观的、坚实的，他从鲁迅那里得到的精神遗产都反映在他的研究文章中，比如多本著作中都有精当的研究论文，特别是关于鲁迅的思想轨迹、女性观、人生道路的分析等，较集中收录于《回归五四》一书中。

通过周作人研究，舒芜先生对鲁迅的认识也超出了同时代人，他的研究文章比一般人高出一层也深入一层，与此同时通过周作人的研究，也促使了他对整个五四时代有了更为深刻的思索，这些应是毋庸置疑的。

二、"以愤火照出他的战绩"

对周作人这样的作家到底应该怎样对待，是一批到底还是实事求是，从他身上总结出中国知识分子的个性特征呢？不同的人有不同的方式。有的人认为研究周作人没有任何意义，更有甚者将周作人研究贬斥为"屎中觅道"认为浪费时间毫无意义。舒芜先生不是这样看，他的观点是不应因人废言，也不应该因言废人，这是一种历史唯物主义的态度。他率先在《周作人概观》一书中指出："一些文学史著作中对周作人的全盘否定，也未尝不是历史的正义惩罚之曲折的体现。这当然不是说忘掉他的历史功绩就是科学的态度，不过是说这种不科学的态度仍然曲折地体现了历史的正义罢了。今天已经是新的时期，我们已经能够而且应该把科学的态度和正义的忿怒很好地结合起来，'以愤火照出他的战绩'"[1]这段话道明了他从事周作人研究所本的心态。"以愤火照出他的战绩"是鲁迅在回忆刘半农时说过的话，当时的刘半农被一些人狂捧，而鲁迅却认为刘已经落伍，远不如五四时期的半农，鲁迅尖锐地指出："我愿以愤火照出他的战绩，免使一群陷沙鬼将他先前的光荣和死尸一同拖入烂泥的深渊。"[2]面对有争议的人物，这是一种十分大气、豁达、客观的态度，表现了论者的充分自信，也是研究者最起码的素养，作为清醒的研究者必须首先具有这种对史实尊重、对民族负责，实事求是的心态，当然还要警惕鲁迅所说过的所谓"陷沙鬼"，借周作人而抹杀掉现代文学历史的另一面，轻而易举地将周作人的功绩和罪行一同否

---

① 舒芜：《周作人概观》，湖南人民出版社 1986 年版，第 5 页。
② 鲁迅：《忆刘半农君》，《鲁迅全集》(第六卷)，人民文学出版社 2005 年版，第 75 页。

定,这种思维定式不是我们今天所需要的科学研究态度。

必须承认,如果想深入研究中国现代文学、现代思想史,周作人是绕不过去的人物之一,正如舒芜先生的评价:"对周作人先前的历史功绩,我们要实事求是的给以肯定,要肯定个够,不怕承认他在五四新文学新文化运动中作出了多方面的贡献,都是当时最高的水平,没有人超过他,没有人能代替他。"①这样的评价并没有过度拔高之嫌。鲁迅在和周作人绝交多年以后,依然向1936年来访的美国记者埃德加·斯诺介绍周作人为中国新文学史上最大的散文家,阿英、郑振铎、郭沫若、冯雪峰等也曾对周作人在文艺理论、文艺批评、文学翻译、小品文创作等方面的贡献给予了极高的评价。舒芜先生认为对周作人的成就估量尚未完整,除此之外还应全面认识到周作人在文化思想和文化建设上的贡献:"他的各个方面的历史功绩,正因为都具有文化思想上的意义,才高出于当时一般的水平,也才能够成为我们不该拒绝的遗产。五四以来的新文学家很多,文学家而同时还是思想家的,大概只有鲁迅和周作人两人,尽管两人的思想不尽相同,各人的思想前后也有变化,但是,他们对社会的影响主要是思想上的影响,则是一样的。"②舒芜先生正是以这种宽广的眼界和深刻的认识为本,对周作人进行全面研究的。

《周作人概观》(以下简称《概观》)最初于1986年刊载在《中国社会科学》4、5期上,当时的周作人研究仍然停留在表面,多是将周作人作为一名成就较高的散文家来对待,或是将其与鲁迅比较异同,或是比较其前后期的差距,而没有得到整体、深入的研究,舒芜先生此文一出,则将思想史、文化史意义的视野引入了周作人研究,确有开先河的胆识和眼光,无怪曾被研究者评价为"改革开放后周作人研究进程中的第一座里程碑"③。在《概观》中,舒芜对周作人在文学作品译介、小品文创作、文学理论及批评、思想体系、精神结构、文化学上的贡献做了探讨和评价,涉及了二周的对比研究、周作人前后期转变等方面的研究,强调了周作人研究在中国现代文学研究中不可取代的重要地位,以如此全面的体系和丰富的内容为基础,以及作者缜密的论述和独到的观点,代表了当时周作人研

---

① 舒芜:《周作人概观》,《周作人的是非功过》,人民文学出版社1993年版,第5页。

② 舒芜:《周作人概观》,《周作人的是非功过》,人民文学出版社1993年版,第6页。

③ 何亦聪:《近30年来周作人研究综述》,《河南社会科学》2010年第2期,第153页。

究的最高水平。《概观》中的观点是有着开拓意义的,如当时普遍认为周作人的成就主要在于前期,后期则退回书斋远离社会去经营"自己的园地",思想与创作都变得狭窄化了。舒芜先生却认为,周作人在译介外国文学、文学理论和文学批评、思想革命、新诗理论和创作、小品文文体建立上的成就,确乎都是前期的贡献;唯有小品文是不一样的,"因为思想固然从根本上决定了文章,但又并不是那么机械的'同步的'关系,并不是思想一走下坡路,文章立刻就坏了。周作人的小品文的真正大成就还是在他的后期,我们检视和举证的时候,无法硬性断开。而且我们正好把小品文作为一座小桥,从周作人的前期跨到他的后期去"[①],周作人前期的散文当然是现代中国散文的经典,有着绝对的不可替代性,用钟敬文的话说周作人的散文是前无古人后无来者的,在周作人那里白菜萝卜比玫瑰花还要可爱。而舒芜先生则指出周氏散文不可替代的地方还在于"只有他后期用小品文画出整个世界,代表着一大部分彷徨苦闷的知识分子的最深刻的情绪,而这些知识分子谁都没有把适合他们的看法的整个世界画出来,在这里周作人才是唯一的一个。阿英说'我要申说,就是周作人的小品文,在给读者影响方面,前期的是远不如后期的广大。'当时实际情况正是如此。我们研究周作人的问题,也要有勇气承认这个事实。"[②]。通过周作人小品文这座"桥",舒芜先生提出了周作人思想除了上升期和下降期之分外,在中间还应该有 1924-1927 年这个"过渡期"的观点,他认为在此期间,周作人并未完全消极,依然有着可贵的"战士余风",这些见解是颇具有创新性和理论勇气的。

对周作人的小品文风格,在"冲淡平和"公认评价之外,舒芜先生还发现周作人对平和冲淡的追求,他细致地指出我们看到的是周作人文章所表现出来的平和冲淡,而周作人自己追求的是他尚未达到的平和冲淡;对于作品的细读功夫由此可见一般。此外他还率先以"清淡而腴润"来概括知堂小品,他认为"周作人的小品文的清冷苦涩,并不是'郊寒岛瘦'那一流,相反地,这种清冷苦涩又是腴润的"[③],不管是从内容、笔法、心境都使文章不枯槁而充满了腴润之美。在周作人散文素雅的表象之下,他认为其特殊意趣是在于雅中有俗、俗中见雅、化俗

① 舒芜:《周作人后期散文的审美世界》,《中国现代文学研究丛刊》1987 年第 1 期,第 5 页。
② 舒芜:《周作人概观》,湖南人民出版社 1986 年版,第 45 页。
③ 舒芜:《周作人后期散文的审美世界》,《中国现代文学研究丛刊》1987 年第 1 期,第 16 页。

为雅:"这不是传统的士大夫式的雅,而是化俗为雅,其思想体系是属于现代的民主主义的范畴,"①他另外还从周作人散文中总结出了对读者的亲切温暖与无限的意匠经营,这样的深入分析就从单纯的文学鉴赏上升到思想和文化观研究的层面了。对周作人后期散文中备受争议的"文抄公体",他还有不同以往的见解:"周作人这样'百中得一,又于其百中抄一'而成的文章,最难得的是所引古人文字简直就像周作人自己写的,可以证明他确是用了他自己的标准,凭着敏锐的感觉挑选出来的……这是周作人的真功夫,不是一般学步者轻易学得到的"②。对"文抄公体"体现出的作者的学识、文章和摘引的功夫都做了非常恰当高妙的评价。

舒芜先生对与周作人的研究是有一个逐渐深化的认识过程的,他在开始阶段认为周作人是右翼文学的代表,这一观点在后来的研究中没有再出现;其次他在 1987 年的"鲁迅、周作人比较研究学术研讨会"上,有一个作为总结的"学习发言",他说自己的《周作人概观》谈到周作人思想发展比较笼统,而那次学术会上有论者把周作人的思想的分期划为两个阶段,即以"四一二"政变为界限。说"政变前是战士加绅士而以战士为主,政变以后是战士加绅士但绅士逐渐占主导。这个分法比我的说法具体多了"。舒芜先生当时似乎对于这个观点是同意和肯定的,他曾说这个观点比自己的更明确云云。但是后来他改变了这个观点,他在为《周作人平议》写的序言中对于这种说法进行了修正。所有这些都充分证明,舒芜先生对与周作人的研究是与时俱进、尊重事实和资料的,同时也可以看出他对于新进的研究者观点与文章的密切关注。

舒芜先生对周作人的小品文,也并非一味的赞赏而不加以客观的评价,例如周作人小品文中所体现和倡导的那种"以自我为中心,以闲适为格调"、"冲淡平和"美学的过分张扬等,在文章写作和鉴赏中当然都是对的。但是周作人所处的时代是应当注意的,在那个饥殍遍野炸弹满天的时代,过分强调小品文而不注意实事就很不应该了。他严厉的批判道:"第一,周作人所领导的小品文运动,在中国最危急最黑暗的时代,宣传一种对人生对文艺的倦怠和游戏的态度,这

① 舒芜:《周作人后期散文的审美世界》,《中国现代文学研究丛刊》1987 年第 1 期,第 20 页。

② 舒芜:《两个鬼的文章——周作人的散文艺术》,《周作人的是非功过》,人民文学出版社 1993 年版,第 334 页。

是一切悲观主义中最坏的一种。第二,它在中国最危急最黑暗的时代,用一种'闲适'的美来陶铸青年的灵魂,其实践的效果只能是消磨他们的斗志。"①这种研究态度正是"以愤火照出他的战绩"立场的体现。毋庸讳言,周作人曾是活跃在新文化运动的前沿阵地的重要思想家之一,他将文学革命引导为思想革命,为现代文学理论的建立开辟了道路,身先士卒进行白话文创作,并奠定了现代小品文的创作高峰和理论机制。这些都是应该肯定的,但是作品离不开时代,就是周作人的小品散文艺术再好,也应该将其镶嵌在他所处的时代框架里。在感时忧国方面,舒芜先生的骨子里流动的是鲁迅的血液。

而舒芜先生对于周作人投敌的史实是从不讳言的,从他对周作人附逆前后的研究中,我们亦能窥见一斑。

三、历史本来是清楚的

舒芜先生作为一个严肃的学者对与周作人的研究是实事求是的,他经常说严肃的研究应该是让研究对象没有话说,也就是起周作人于地下他也应该对于我们的批评无话可说。这就是说坚实的研究应该是可以和周作人进行精神的对话的。

1986年某刊披露一组"关于周作人的史料",这组"史料"大致表达了这样的意思:周作人不是汉奸;他出任伪职是由中共地下组织授意;他在附逆期间基本上贯彻了"在积极中消极,在消极中积极"的中共指示。该"史料"一出,便传播开来,在学界产生了极大的影响,甚至由于流往海外,被一些海外刊物拿出来作为攻击我国文化开放政策的理由。由此"周作人不是汉奸"的说法不胫而走,造成了认识上的混乱,影响十分不好。该年11月,在北京鲁迅博物馆召开了首届"敌伪时期周作人思想、创作研讨会",会议围绕周作人出任伪职问题、周作人在敌伪时期的思想和创作问题进行了研讨,舒芜先生在会上作了重要发言,后来整理为《历史本来是清楚的》一文。

在这篇文章中,舒芜先生以科学态度和翔实的史料为根据、进行严密的逻辑推论,反驳了周作人附逆是受中共派遣其打入敌人内部的这一说法,并描述

---

① 舒芜:《周作人后期散文的审美世界》,《中国现代文学研究丛刊》1987年第1期,第31页。

了周作人这一时期逐渐堕落的具体过程,痛斥和批判了他的附逆行为。在文中,舒芜先生分别从逻辑可能、外部论据、主观变化三个大的方面证明了周作人的附逆是他自己个人气节的堕落,并列举了周作人下水前后的生活、交往、日记等重要材料,用铁的事实来证明周作人的附逆非有什么高尚的目标,也并非是受到了哪方面的派遣。文中详细解读和剖析了这组"史料"的具体语言并与其他相关资料进行比较,特别是辅引周作人日记、回忆录和其他相关研究成果为证,十分有力地驳斥了"周作人不是汉奸"的说法。

他首先从逻辑上分析,揭示了这组"史料"的三大疑点并逐一反驳,认为周作人"之出任伪督办,并没有得到中国抗战力量方面的什么劝告和委任"[①],将他的附逆称为"共产党的意思"更是缺乏根据的了。其次舒芜先生从周作人日记入手,重点研究了日记中透露出的周作人附逆前后的社会活动、交际范围、当事人心态等,论证了这组"史料"的可疑性,得出了"所谓'周作人不是汉奸而是中共派遣打入伪政府的'的惊人新说,并无根据"[②]的结论。除此之外他还深入地探索了周作人这个时期的日记和作品里传达出来的各种复杂信息,包括思想、情绪、行为、生活上的种种改变,从一开始的辞不出任、心态苦闷,到后来的接受伪职、亲善和赞同敌伪政府官员、生活奢靡,一个享誉文坛的大作家是如何堕落为文化汉奸,在舒芜先生笔下被毫不留情的勾勒出来。这篇文章的精彩之处在于,舒芜先生是从周作人身上寻找"内证":首先是周作人对于华北汉奸汤尔和、大汉奸汪精卫等人的态度,其次是他出任伪职以后家里究竟过着什么样的生活,最后是周作人用什么样的心情和态度对待他担任的伪职的地位。他从大量的日记、书信和研究成果中列举许多事例,在铁的事实面前说明"历史本来是清楚的"!由此舒芜先生严肃地指出:"决定周作人出任伪'教育总署督办'的,主要是他自己的这种思想状态,而不是别的什么。"[③]

---

① 舒芜:《历史本来是清楚的——关于周作人出任华北教育督办伪职的问题》,《鲁迅研究动态》1987年第1期,第25页。

② 舒芜:《历史本来是清楚的——关于周作人出任华北教育督办伪职的问题》,《鲁迅研究动态》1987年第1期,第32页。

③ 舒芜:《历史本来是清楚的——关于周作人出任华北教育督办伪职的问题》,《鲁迅研究动态》1987年第1期,第35页。

除此之外,舒芜先生还多次的批判过周作人附逆的行为。他在"鲁迅、周作人比较研究学术讨论会"上发言时就曾公开评价:"周作人是个文化汉奸,没有杀人放火,从政治上来说是这样的……但是作为文化人来看,周作人在道义上文化上所犯的罪过比这一切都大。那就是'丑'。这个丑在当时给整个中国文化都丢了脸……(他)把全国知名的清高的苦茶庵主人的形象变成一个丑恶的汉奸,这是周作人对于民族欠下的道义上的债,是永远也还不清的。"①

他最有代表性的对周作人的定论是在《周作人的是非功过》一书中的第一篇《概观》,该篇的第十五、十六两节,就专门论及周作人的的叛国投敌,他尖锐地指出:"周作人自己将自己从英勇的战士和高雅的隐士的形象,变成这么丑而又丑的汉奸形象留在中国文化史上,他当然也就永远对国家民族欠下了这笔债,不是他自己的种种辩解和别人帮他辩解所能抵折的。"

正因为周作人曾经有着那么大的成就和名声,他附逆的行为不仅不因此得到抵偿,反倒更见其丑、影响更加恶劣。这样意思的话自舒芜先生从事周作人研究以来强调过多次,他的周作人研究是在具备这种清醒认识的基础上扎实进行的,周作人既已投敌,从此就是欠下国家民族重债的千古罪人,如此有悖于道德良心的行为谁都不能为之翻案,这个案铁证如山是谁都翻不了的。因为历史本来是清楚的。

但是研究不等于翻案,把研究对象和研究者等同起来的观念是非常有害的。以舒芜先生为首的研究者的诸多著述对于周作人的种种丑行,包括专搞大批判的武断者们知道和不知道的,都没有超出他们的研究范围和所举的资料,因为周作人研究者并非对这些一无所知,才研究周作人;也不是以为读者一无所知,可以替周作人掩护隐讳的。从各种的文章中可以找出舒芜先生的周作人研究充满了一种既痛惜又悲凉的沉重情感,他一贯反对偏狭独断和苛酷之风,提倡宽容精神与理论思辨勇气,这是很令我们感到深长思之的。

舒芜先生的周作人研究对中国现代文学研究的健全和发展功不可没,他给研究界开拓了新的思路,那便是从鲁迅研究和其他作家研究转到或者重新开启

---

① 舒芜:《参加鲁迅、周作人比较研究学术讨论会的学习心得》,《鲁迅研究动态》1988 年第 1 期,第 8 页。

了周作人研究，使得现代文学研究变得丰富也避免了单打一的惯性思维模式，其意义十分深远。舒芜先生的周作人研究从另一角度拓宽充实了鲁迅研究，与此同时对于与周作人相关的其他作家的研究也相继展开，对于以往不提或被忽视的那段尘封的历史和那些作家又重新引起重视，有利于全面认识现代中国文学史，特别是有利于抗战期间沦陷区文学的发掘，也给我们提供了一个不同以往的宽阔视角，去全面认识现代文学史中的作家作品、文学现象、思想论争及其他方面全貌，促进形成一个实事求是丰富多彩的文学研究环境。

舒芜先生以一种宽广、公正的学术胸襟从事周作人研究的业绩是不应该被遗忘的，他的那种开放态度更值得后人学习。他对于自己的研究对象一点也不袒护，在各种压力和误解中，他始终不为所动，坚持自己独立知识分子的独特立场，从而为现代文学研究打开了另一扇大门。因为他始终知道历史本来是清楚的，对于各种现代作家的客观公正的评价和研究，既是对历史的尊重，也应该是留给后人的警示。

张爱玲和她的《小团圆》

张爱玲照片

张爱玲的自传体小说《小团圆》发表以后，许多人都把它当成了信史。

难道不是吗？里面的人物都是各有所指：盛九莉分明就是作者自己，二婶蕊秋是她的母亲，二叔盛乃德是她的父亲，盛楚娣是她的姑姑，邵之雍则是胡兰成，小康是护士小周，巧玉是范秀美，荀桦是柯灵，燕山是桑弧，虞克潜是沈启无……

如果真是这样看小说还有什么意思呢？记得张爱玲在《烬余录》中说过这样的话："我没有写历史的志愿，也没有资格评论史家应持何种态度，可是私下里总希望他们多说点不相干的话。现实这样东西是没有系统的，像七八个话匣子同时开唱，各唱各的，打成一片混沌。"文人将零星的、凑巧发现的和谐联系起来，便造成艺术上的完整性。"历史如果过于注意艺术上的完整性，便成为小说了。"张爱玲自己说："这是一个热情故事，我想表达出爱情的万转千回，完全幻灭了之后也还有点什么东西在。我现在的感觉不属于这故事。"

《对照记》出版以后，在照片的最末一张最后的一句话，张爱玲是这样写的："我希望还有点值得一看的东西写出来，能与读者保持联系。"这"值得一看的东西"应该就是《小团圆》。她写了，然而由于当时胡兰成正在台湾，朱西宁也准备根据胡兰成的活动写张爱玲的传记，宋淇觉得此时出版《小团圆》会被胡兰成这个"无赖人"利用。种种的原因和顾虑，便使《小团圆》的出版遥遥无期。

今天我们读《小团圆》，也就是张爱玲笔下的历史，应该在注意作者自己对历史的解读的基础上，更注意艺术上的完整性。我以为小说的看点重要之处有二：

首先是母女感情。女儿对于母亲的厌恶嫉妒与憎恨绝情，在现代文学作品的人物长廊中,张爱玲的小说中的母女关系简直是举世无双。

从《金锁记》中曹七巧的儿女到九莉之于蕊秋,尤其是主人公"九莉"对母亲"二婶蕊秋"的态度,我们越读越是难以理解。她的妈妈常年在国外游学,每次出去都携带很多的箱子,因此九莉在香港上学的时候,连暑假都不回家。面对来港看她的妈妈,九莉首先发觉的是她的发式与衣着;当蕊秋把英国讲师安竹斯给她的"小奖学金"八百块港币拿去赌博输掉的时候,九莉竟然顿生这样的感觉:"就像有件什么事结束了"、"一条很长的路走到了尽头"。按照张爱玲对女性的描写规律,小说中的人物发展脉络常常是从媚俗开始而最终走向骇俗。

她们母女在一起的时候几乎永远是行李,作为环球旅行家的母亲,传授给她唯一的本领就是整理箱子。九莉在学校里读的是考瓦德的剧本和劳以德的小说,因此她和母亲的关系有许多是西方家庭模式的,这里面有着西方小说的心理探讨和道德关怀。九莉生病的时候榻边有一个呕吐用的小脸盆,蕊秋见了生气走过来说:"反正你活着就是害人!像你这样只能让你自生自灭。"快人快语的西方语言,当然一点也不幽默,而"九莉听着像诅咒"。蕊秋难得单独带九莉上街,过路口时方才抓住她的手,一到人行道上立刻放了手;这"唯一的一次形体上的接触",让她"也有点恶心"。这是怎样的一个古怪女孩,这是怎样的一对母女!

更有甚者,九莉作为编剧的电影放映有了稿费以后,她竟然问过姑姑,母亲为自己"大概一共花过多少钱?"最后她居然将这笔钱合成二两金子还给母亲,低声笑道:"那时候二婶为我花了那么多钱,我一直心里过意不去,这是我还二婶的。"在争执中蕊秋流下泪来,说道:"你也不必对我这样,虎毒不食儿,嗳!"小说接着这样写道:"从前的事凝成了化石,把她们冻结在里面。"原来就感情并不深厚的母女此刻更是形同路人,九莉反而觉得"时间是站在她这边的",她对自己说:"反正你自己将来也没有好下场。"读来真是令人身心俱凉,她母亲去世以后留给她的一副翡翠耳环,她也终于决定拿去卖掉了。其实那时候她并不等钱用。这样的描写正如她自己所说是"虚伪中有真实,浮华中有素朴"。这真是一种别样的阴冷!

其次是情感生活。九莉遇到了邵之雍,小说里面很有张爱玲与胡兰成相恋的影子,但这是继胡兰成《今生今世》之后张爱玲的另外一种解读。

邵之雍先是为九莉写一篇书评,后来是见了面,再后来是"他天天来"。在张爱玲笔下的邵之雍是"文笔学鲁迅学得非常像",有时眼里闪出"轻蔑的神气",他太自信了,面对一个女作家竟然这样说:"你这名字脂粉气很重,也不像笔名,我想是不是男人的化名。如果是男人,也要去找他,所有能发生的关系都要发生。"这是什么话?一个有知识再加上有匪气(或者说是无赖气)的男人,大概最能征服有虚荣心的女孩子的心。小说还写了九莉坐在邵之雍身上所引起的对方生理反映,一段象征性的想象描写,在收敛中有大胆,在写意中写实,暴露出邵之雍的真实。他说:"我不喜欢恋爱,我喜欢结婚。"以一纸婚帖就得到了九莉的爱情,然后是把事情做实,当着九莉的面说他们的事已经说给谁谁听了、已经写信告诉谁谁了。果然是情场高手,邵之雍的目的达到了。

他一下子把你拴在他的战车上,再就是邵之雍给九莉讲所谓"和平运动","不便太实际,也只好讲拗理",九莉虽不注意听,"但是每天晚上他走后她累得发抖,整个的人淘虚了一样",楚娣也不大说话,"像大祸临头一样"。这大概也是对汉奸理论的批判吧!

邵之雍的猎艳手法是:第一显示自己的文采,说话作文都有所本,与众不同;第二赞扬对方的才情和美貌,评论女作家的小说并赞美她的长相;第三向女方坦白自己的婚事,而且对前妻充满感怀之情,让女方知道这个人还是有情有意的,而自己永远是最后一个;最后就是花女方的钱,再去进行新的猎艳。

張愛玲·小團圓

·08·

小团圆书影

《小团圆》采用纪实、自然、毫无脸谱化的手法,写出了生于乱世的这个无耻文人,对于传统伦理价值的缺失及风流成性的个人特质。在政治方面他投靠汪伪追求荣华,在感情方面他随处生情寻找快乐。"他太耐不住寂寞",在逃亡中还和日本房东主妇、护士小康、乡妇巧玉等人都发生了关系。用楚娣的话说:"他也是太滥了!"而他的理论根据是《左传》齐桓公做公子的逃亡经历,并希望有出头露面那一天时,最少来个"三美团圆"。

在张爱玲笔下,这位邵之雍是一副道貌岸然下的无耻小人形象,自己本来别有用心反而说对方"自私自利",平时一副既饱读诗书又可怜虚伪之相。张爱玲以她特有的女性视角总结出来:在邵之雍身边的女人都是数学上的一个点,一种是只有地位,没有长度阔度;另一种是九莉,"她只有长度阔度厚度,没有地位"。这段话张爱玲在其他小说中也写到过,这就是可悲的现实。

作家的生活无疑是创作的源泉,有人称赞张爱玲是"小说家的小说家",她的小说是小说,她本人的经历也是一部小说。张爱玲是成功的作家,过的生活却是失败的人生;绝世凄凉的感觉,造就出超人才华的小说。

张爱玲4岁离开母亲,青年赴港留学,几乎没有享受到任何的家庭温暖和亲情;中年乱世成名,第一次婚姻就走进了一个怪圈,仿佛是黛玉嫁给了贾琏,从此倍受屈辱。由于汪伪时期举行的"第三次大东亚文学者大会"报纸上登出了她的名字,虽然没去参加但是嫁给了胡兰成也是一生中的耻辱,长期受到非议,晚年还受到过台湾的排斥;也难怪在《对照记》的54帧照片中,胡兰成的一幅也没有。所以她写《色·戒》,在小说中易先生杀了救过他的王佳芝,在现实中胡兰成在政治、感情和精神上杀了她。"就是我傻!"她要把这股气抒发出来,作为她的小说的终止,就是到了晚年也还是力争要说。

由于《今生今世》的出版,大家对她的那段生活都是出自"胡说",她自己"欲说还休"当然是非常痛苦,她一定想要补充张说的,这便成了《小团圆》的创作初衷。

勿庸讳言,小说家许多时候都会把自己的影子嵌在故事的进行中,像《小团圆》这样的小说,故事中更多的都是作者的阴影。有论者说张爱玲的小说就像她的照片,会出现一种变体的虚像。她开始用的是巴洛克式的装饰变体,然后再用古典写实的赋格不断去整修,使之成为一部令人信服而又喜爱的作品。但是,《小团圆》毕竟不是《对照记》,这也许就是张爱玲为什么要说,"《小团圆》小说要销毁"的意思了。

一个才情奇异的作家,怎是可以概括为"苍凉"二字了得?

邓颖超早年诗文简论

邓颖超早期写的《竟肯》、《感怀》和《答友》三首新诗与《错误的恋爱》一文，最初发表在 1923 年天津《新民意报》文艺副刊《朝霞》3 月第 3 册和该报副刊《女星》同年 4 月第 2 期上，署名"颖超"。这些诗文是 80 年代初期被发现的，当时我写了两篇短文分别发表在天津的《八小时以外》和淮阴的《活页文史丛刊》上，至今算起来也已经过去 30 多年了。而邓颖超的诗文写作时间距今也过去了整整90 年。

《八小时以外》杂志当年的主编丛林先生曾写文章回忆了邓颖超文章刊登的经过，他这样写道："1980 年一天，我记得是位张铁荣友人来到编辑部，热情地对我说：有一篇邓颖超同志早期写的精彩短论，请你一阅，似应发表在《八小时以外》上，很有教育意义。我捧来一看，是 1923 年出版的《新民意报》第二期副刊《女星》登载的署名'颖超'的《错误的恋爱》。老张还写有一篇读后感，也给了我，有史实，有评说，很有可读性。"丛林先生还说，邓颖超的《错误的恋爱》发表在 1981 年第 1 期《八小时以外》上，"赢得读者的热烈响应"。并举例说当时收到了很多全国各地的读者来信，新疆和田一位名叫"红柳"的青年和山东莱芜县一个名叫"李来笃"的青年读了这篇《错误的恋爱》，大为猛醒，彻底觉悟，打消了要寻短见的念头，重新振作起来。

这是我所没有想到的。现在从旧日记中将它整理出来，重新发表。我想可能会产生全新的意义也说不定。

一、关于邓颖超的三首新诗

《竟肯》、《感怀》、《答友》这三首新诗，最初发表于天津《新民意报》文艺副刊《朝霞》1923 年 3 月第 3 册上，署名"颖超"。该刊每月 1 册，随报纸发行，共出版了 7 册。此刊现藏天津图书馆。

1923 年，正是帝国主义列强全都对中国虎视眈眈，国内各种矛盾此起彼伏，希望和挑战并存的时候。当时"觉悟社"在国内的部分社员邓颖超、李峙山等人经过商议，创办了《觉悟》、《觉邮》、《女星》等刊物，和国外的觉悟社社员周恩来等保持联系，宣传进步理想，揭露社会邪恶，掀起妇女解放运动。他们的想法得到了天津进步报纸《新民意报》的支持。在此期间邓颖超写了很多文章。《朝霞》是当时《新民意报》的文艺园地之一，以刊登文艺作品为主。这三首新诗，是目前所能看到的邓颖超当时公开发表的诗作，应该说是十分珍贵的。

1916年，邓颖超在天津直隶第一女子师范学校读书

　　《竞肯》这首诗，是有感于同阵营的女青年误入恋爱的迷途而作的。本来是一个"努力不停的向上"的"有希望的"女青年，但是却"不自爱、不自卫"，堕入情网而不能自拔，向"伪诈的蜂儿"似的追求者"呈媚欣笑"，还"自以为得到伴侣幸荣"。作者与身边的人都为她感到痛心。诗中有一种强烈的呼唤，呼吁青年不要掉入盲目的恋爱圈子，而忘记了理想，作者希望她猛醒。当时的邓颖超还是个青年学生，不过她思想非常活跃，她曾在一篇题为《错误的恋爱》的文章中写道："两三年来，两性的结合很多是基于恋爱的。但走入迷途的，却也不少。据我所见所闻的，多是属于一时情的、性的、物质的冲动，两性很急促的便跳入恋爱的圈里；结果感受痛苦，竟至破裂的，很多很多。这种迷误的恋爱，在起初，虽然多能感到快乐，但后来，不但不能令人们得到幸福，且沮丧人们的志气，或竟驱使着人们去自杀。真是痛苦之魔啊！"[①]（见《新民意报·女星旬刊》1923年第2期，后面我还要专门提到这篇文章。）《竞肯》诗的中心思想与当时的这篇文章十分相似，诗中流露出对于女同伴不觉悟的惋惜，号召青年们蓬勃向上，永远进取，追求进步，树立正确的恋爱观，绝对不能被眼前的恋爱所迷惑，决不能向伪诈的恶势力妥协。诗中的"伊"，即"她"，是女性第三称在当时的通常用法。据觉悟社谌小岑回忆，当时觉悟社的几位女性社员反对把第三人称写成"她"字，她们主张用"伊"字来代替。这可能很有一些古典气，其实刘

---

① 此刊现藏天津图书馆。

半农发明了女性的第三人称"她",对于五四以来的语言贡献实在是不小。不过这也确实反映出觉悟社女性一种与众不同的独特个性特质。

《感怀》是一首同情社会底层弱势群体、痛恨社会腐败势力、向往光明未来的诗歌。五四运动过后,中国社会依然是"阶级重重"、"人情无常",到处都可以听到"被压迫者的惨痛呼号"。曾经参加过五四运动的邓颖超和其他青年学生,深感世态炎凉,他们过着有家归不得,饱尝了爱国流浪的矛盾生活,痛感社会不公,自己满腔热情的心态和当时的社会冷漠形成了极大的反差,仿佛一下子从夏季进入到"冷过十二月的寒风"[①]的严冬。作者面对冷酷的社会现实,感慨万千,于是乎从心底发出抨击黑暗社会的愤怒心声。诗中以"明月"为意象,表达出对于光明与正义的追求。她以朴素的学生情感,盼望不分贫富贵贱、没有剥削压迫、实现社会公正的新社会早日到来。全诗充满了对于社会底层劳动者的深切同情。

《答友》是一首鼓动诗,用诗歌语言鼓励战友努力奋起,勇敢地投入到斗争中去。作者为战友"毅然驱逐了烦闷苦恼之魔,活泼泼地努力奋起"而感到无比欣慰,她激励友人在今后的道路上奋然前行、自强不息、勇往直前,为人类做出自己应有的贡献。全诗洋溢着一种积极向上的澎湃激情。南羲,觉悟社女社员,当时经常为《新民意报》的《朝霞》和《女星》等副刊撰稿。

统观这三首新诗,我们可以看到作者学生时代青春洋溢的激情,她总是鼓励自己的同学,做有志青年,不要落伍,热情勉励她们关心人民和社会疾苦,关注国家命运,警惕掉进自己个人生活的小圈子,为改造中国社会而活泼泼地努力奋起。

邓颖超早期的这三首诗歌,朴实无华,节奏鲜明,语言流畅。在艺术上明显地反映出深受五四以来新诗歌的影响,善于比喻,不受韵律束缚、表达思想直接明快等特点。今天读来依然亲切感人。

二、关于邓颖超的文章

邓颖超的早期写的《错误的恋爱》一文,最初发表在 1923 年天津《新民意

---

① 邓颖超:《漫话五四当年》,见《新华日报》1941 年 5 月 4 日第 3 版。

报》副刊《女星》第 2 期上,署名"颖超"。

1923 年初,在天津的觉悟社社员邓颖超、李毅韬等人,除了与在国外的周恩来保持联系、创办出版《觉邮》杂志、从事宣传工作以外,还联合了当时在天津的几个同学,成立了"女星社",并征得天津《新民意报》的支持,出版《女星》旬刊。她们以揭露社会黑暗、批判封建礼教、宣传妇女解放为宗旨,积极引导和支持妇女解放斗争,在社会上产生了一定的影响。

这一年的 3 月 24 日,觉悟社社员张嗣倩,因受旧家庭中恶势力的迫害摧残而悲惨死去。张嗣倩曾无奈接受家里安排,嫁给了有癫痫病的丈夫,在夫家过着屈辱的生活,且因生产后还要照顾家庭,终因没有在病中得到好的医治而死。张嗣倩病逝的时候年仅 21 岁,她的英年早逝在社会上产生极大震撼。为此,觉悟社特为张嗣倩的死发表了宣言,女权同盟直隶支部为她举行了隆重的追悼会。由邓颖超执笔的《宣言——为衫弃的死》中指出:"婚姻为现今许多男女青年所切盼求得圆满解决的问题。因他们大半处在顽固家长压迫之下,缺乏奋斗的机会,以致终屈服于父母代办,往往发生极为恶劣的结果比比皆是。我们今特郑重宣言:我们很愿就我们的能力所及,给他们以相当援助,使他们能享受真正恋爱的愉快,增进他们对于人生的乐趣与努力打破恶势力的勇敢心。"[1]"衫弃"即觉悟社社员张嗣倩,她在觉悟社的内部编号是三十七,"衫弃"是她编号的谐音。

与此同时,邓颖超还奋笔疾书,写了《错误的恋爱》、《张嗣倩传》、《姊妹们起哟!》等一系列文章,号召青年学生们"猛醒"、"革新",做一个真正的"人"。她特别指出要打碎封建牢笼的锁链,树立正确的恋爱观的重要性,呼吁全社会关注妇女命运,对青年要进行恋爱的指导。

《错误的恋爱》这篇文章是写给全体青年的。作者把那些由于"金钱的诱惑,情势的逼迫,色相的喜好,感情的冲动"而形成的男女接触,斥为是"痛苦之魔",是"错误的恋爱"。针对封建礼教的卫道士们把青年之间没有"父母之命媒妁之言"的恋爱诽谤为污浊神秘的接触之谰言,尖锐地指出:"两性的恋爱,本来是光明正大的事,并不是污浊神秘的",她接着列出正确的恋爱应该具备的条件是"纯洁的友爱,美的感情的渐慢浓厚,个性的接近,相互的了解,思想的融合,人

---

[1] 载《新民意报副刊·觉邮》1923 年 4 月 6 日第 1 期。

周恩来与邓颖超

生观的一致"等，她告诫青年朋友千万不要"被情感驱使，将理智掩没起来"。"在选择恋人的时候，总要详细的考察，总要经过理智的判断。万勿冒失的，就跳入恋爱的圈里，而陷入迷途。"同时也希望两性能够在交往中"觅得共同的学与业来维系着有移动性的爱情，以期永久"。

邓颖超的这篇文章也是写给整个社会的。她呼吁父母们要"真爱"自己的子女，要给予他们追求婚姻自由的权力，还要对他们给予恋爱的培养与指导。她呼吁学校的老师们，要对青年学生给予"做人的训练，恋爱的指导，性的教育"，不可漠视教育家的责任，千万不能"使青年堕入恋爱的迷途，丧失人生的幸福"。她还呼吁热心研究社会问题的专家，希望他们注意这方面的研究，"要有良好的贡献"，引导青年男女走向光明大道。

邓颖超写这篇文章的时候正值19岁的花季年龄，她说这篇文章是"凭着我的直觉写出来的"，"拉杂谬误不周的地方，是在所不免"。这是一种纯真的谦虚，其实那时的她正与周恩来进行交往。他们不是一所学校的青年男女，由于学生运动经常接触且互存好感，可以说那时正处在前恋爱期。面对社会现实，邓颖超是很知道自己要什么的。众所周知她不是一个美女，但她是一个淳朴聪慧高雅的智者。另一方的青年周恩来才华横溢倜傥风雅，正在法国勤工俭学，将来更是前途无限。当时正是邓颖超选择周恩来的时候，当然她的思想也会反映在这篇文章中。

年轻的邓颖超深知她与青年周恩来有共同的"学"与"业"，有"纯洁的友爱，美的感情的渐慢浓厚，个性的接近，相互的了解，思想的融合，人生观的一致"。特别是还有在共同参与的学生运动中的"详细的考察"和"理智的判断"。邓颖超青年时代最为难能可贵之处在于，她深切地知道男女结合还会有"其他应有的成分"也要顾及，而且她不断强调爱情是有"移动性"的。一个年仅19岁的学生，此时就考虑到这一点真是非常的了不起。她和周恩来半个世纪的恩爱是众所周知的，但她那个时候打下的坚实爱情基础，又不是谁都能够体会得到的。如果我们用今天女性主义理论分析，当时的社会的主流还是相当进步或者说是前卫的，而邓颖超的思想也足以跟得上时代的步伐，她的一些语言比起今天的某些理论家来，也显得既接地气又有深度。

邓颖超 90 年前的分析，今天依然值得我们进行认真的思考。新世纪以来，各种恋爱的陋习、父母之命媒妁之言、封建残余思想依然长期存在于中华大地，各种各样的纠结仿佛难解难分，想从中解脱出来都难。记住她的话，分析其中的思想内涵，对于我们今天依然有深刻的现实意义。

附录：邓颖超诗文原文

竟肯

一朵红色的玫瑰花，

栽植在春天美丽的花园里。

伊呈艳含笑的开着。

温和的日光笼罩着伊，

愈显得伊美丽。

伊也很喜悦，努力不停的向上滋长着！

伊是可爱的哟！

伊是有希望的哟！

但伊不自爱，不自卫，不自量，

甘任伪诈的蜂儿卧在伊的纯洁的心房，

锦绣的怀里，

任意的恋着……

伊亦愈呈媚欣笑，

自以为得到伴侣幸荣！

但伊邻近的朋友们对着伊，

只有充满感慨的心琴滴出这样的调子：

"唉有希望的伊哟！竟肯……

哦！人的变啊，

事的变啊，

物的变啊，
都是不堪思忆的啊！"

感怀

黑暗的社会里，
到处呈现着，
倾轧、纷乱、利诱、掠夺……的景象。
这是令人何等的痛恶啊！

阶级重重的社会，
到处听着，
被压迫者的惨痛呼号。
到处渲染着，
劳动者的斑斑血汗。
这是何等的令人悲愤啊！

世态炎凉的社会里，
人情的无常，
确似大海的波澜一样。
这是何等的令人难堪啊！

哦！痛恶悲愤难堪啊！
只有那蔚蓝色的天空，
镶着亮晶晶的一轮明月，
伊充满着博爱晶莹皎洁的波光，
照耀着宇宙一切众生。
伊是光明的使者，
伊是爱之神。
从来不分什么温寒贵贱啊！

答友

是这般第枯冷的社会，

是这般第虚伪的人请。

我们，直率诚挚的我们，

除了互相慰勉外，

更有谁人？

我向你们畅诉从我心路滴出来的调子，

确是对你的恳切希望，

确也是我所要勉力的！

但难当你的光明的导线的赞谢呢！

哈！

好了！

你竟毅然驱逐了烦闷苦恼之魔，

活波波第努力奋起！

我相信你今后必日近无已！

你给我许多的欣慰，

我要更为你的前途祝祷！

南羲！

化学室的药瓶不和你接吻了，

但你要使它和人类之魔接吻啊！

床上的剪刀不和你握手了，

但你要使它和"杀你者""杀人者"握手啊！

南羲哟！奋起！

错误的恋爱

两性的恋爱，本来是光明正大的事，并不是污浊神秘的。但他的来源，须得要基础于纯洁的友爱,美的感情的渐慢浓厚,个性的接近,相互的了解,思想的融洽,人生观的一致……等成分上面。此外,更须两性间觅得共同的"学"与"业"来维系着有移动性的爱情,以期永久。这种真纯善美的恋爱,是人生之花,是精神的高尚产品,对于社会、对于人类将来,是有良好的影响的。

倘两性恋爱,如不基于上述的几点,只是因着金钱的诱惑,情势的逼迫,色相的喜好,感情的冲动……而来的,就很危险。一旦目的物变迁或丧失的时候,则对他们的爱恐也不能保持没有变更、或破裂的现象。我们欲使两性生活愉快,社会上充满温和活泼的情景,则必须力求避免这种不良的现象才好。对于男女青年,当予以恋爱的指导和培养,使他们了解恋爱的真谛,走向恋爱的光明道上。

但在几千年婚姻专制的中国,两性的结合,几乎完全由于"父母之命","媒妁之言",买卖包办或强迫罢了。因之许多男女青年,恋爱的思想非常简单,只要感情可以勉强相处,也就将就过去,一切不好的生活状况,概归诸天命。唯自民国八年学潮后,至今三四年间,时代的思潮,像洪水般地流入中国,素来陈腐固陋的思想界,受了这种新的激荡和灌溉,也奔向新生的道上,较前进步了许多,而尤以青年所爱的影响最大。对于昔日一切不良的旧制和压迫,都思有以铲除与反抗。于是两性的结合,也有从买卖包办的束缚里解放出来,建筑于恋爱的要求了。但在从来不许男女交际的中国社会里,青年男女没有受过恋爱生活的培养与训练,对于恋爱,自难明确的了解认识。往往双方甫经相识,交友不久,便因性的作用,生了浓厚的感情,而急谋结合。一任感情的盲目冲动,或是因性欲的临时要求,遂不待理智的熏陶,详细的观察,严格的批评,便走到恋爱的圈里。更有许多男女青年,仅因着金钱色相……等关系,便贸然结合;对于其他应有的成分,全不顾及。故结婚后,相处日久,不融洽的地方,渐渐发露出来,就成了痛苦的源泉了。因此社会上,也要增添许多失宠痛苦的青年,呈现一种沉闷凄惶的状态。

两三年来,两性的结合,很多是基于恋爱的。但走入迷途的,却也不少。据我所见所闻的,多是属于一时情的、性的、物质的冲动,两性很急促地便跳入恋爱的圈里;结果感受痛苦,竟至破裂的,很多很多。这种迷误的恋爱,在起初,虽然多能感到快乐,但后来,不但不能令人们得到幸福,且沮丧人们的志气,或竟驱使着人们去自杀。真是痛苦之魔啊!

活泼的男女青年们,你们愿意得到恋爱的生活和人生的幸福吗?我很希望你们,不要被感情的驱使,将理智掩没起来。你们选择恋人的时候,总要详细地考察,总要经过理智的判断。万勿冒失的,就跳入恋爱的圈里,而陷入迷途!

爱子女的父母们,你们果真爱你们的子女吗?你们果真愿你们子女享幸福吗?那么,你们不但要予子女以婚姻自由权,你们还有一种迫切的责任,对于你们的子女,要予以恋爱的培养和指导,使他们不致得不好的结果。

教导栽培青年们的各校先生们!你们负着教育的责任,负着为将来社会,训练出许多优秀分子的责任，我恳切地盼望你们在学校里做一个好先生。要为将来延续人类生命的男女青年计，要为你们学生的前途计，做人的训练，恋爱的指导，性的教育，这几种重要的责任，是教育者应负的。断不可漠视，致使青年堕入恋爱的迷途，丧失人生的幸福。

热心研究社会问题的诸君，我希望你们对于男女青年间的恋爱问题，要特加注意研究，要有良好的贡献，引导着男女青年们走向恋爱的光明道上！

我本是个很幼稚而又缺乏文字工具的人。对于这种问题又素乏研究，上面的一番话，纯是凭着我的直觉写出来的。拉杂谬误不周的地方，是在所不免，我唯有请读者指教和原谅！

一九二三年四月

孙犁创作中的文化保守主义思想分析

由于不间断的所谓"革命"以后,保守主义被固定模式化了,在概念上一直以来也是含混不清,仿佛凡是提到保守就是负面的。其实保守主义是世界三大意识形态之一,即自由主义、激进主义和保守主义。近年来,在理论界关于文化保守主义的研究非常盛行。

有研究者认为,保守主义在文学家当中体现的气质最为鲜明。这是一种对于本民族文化的坚定自信和坚守,传承和保持本民族文化的固有心态,不断向往高贵生活品质的精神追求,是一种充满高雅、大度、节制、从容的精神特质。从孙犁的早期创作到后来的芸斋小说,都有一种雍容大度、自信满满的贵族气质。这可以归结为一种保守主义思想的支配。孙犁无论从为人还是为文,都能体现出这种保守主义的气质。

一、对中华民族习俗、传统和历史文化的守护

孙犁的保守主义思想主要表现在他对民俗和传统文化的守护。他出生于冀中的一个小康之家,家庭经济环境使得他能够在安国上小学,在保定上中学,可以说他从小受教育的路还是很平顺的。如果按照正常的方式走下去,他很可能与现在的普通人一样,受到良好的教育、过正常的知识分子生活。这样的家庭背景是产生先天保守主义作家的精神土壤。

抗日战争爆发了,他和不愿做奴隶的人们一起走上了革命的道路。在革命的大家庭中,他受到了教育不断地成长,成为一名革命者,具体说来是党的文化工作者。但是他的骨子里仍然是一个安分守己的庄稼人,是一个柔弱的书生,他的直觉使他遵循着为人做事的一贯原则,这就是要做一个充实自己同时为他人进而为中国的厚道人。他的为人和他的作品都反映出这种老实厚道人的心态。除了对敌人之外,他从来也没有想到过去整别人,去占别人的便宜,他认为革命就是为了大多数人,他对革命充满了忠厚的解释。这也许就是鲁迅所说的"革

命是并非教人死而是教人活的"。生活中的人们习惯、特性、气质和样式是五花八门千变万化的,正是由各种各样的人才组成了我们的国家和社会。从这个角度说,将人描写成千篇一律当然是可笑的。

由于孙犁的保守主义思想,和他独特的写作习惯,在他的作品里时常流露出一种所谓的"小资情调"。这其实就是对于传统、历史和习俗的有意维护。大家都知道他的长篇小说《风云初记》,在那里他写了一个出身于剥削阶级家庭的女县长李佩钟。李在忙乱的工作和战火中还抽时间养一盆花,经常给放在窗台上的花浇水,因而还受到工农干部的嘲讽。孙犁说:"这也是一种难能可贵,我们不应该求全责备,她参加了抗日战争,并在战争中牺牲了她的生命,她究竟是属于中华民族优秀儿女的队伍,是抗日战争中千百万烈士中间的一个。"生活中的孙犁就是一个好静、有洁癖、喜欢古董和爱买书的人,所以他写李佩钟并不奇怪,那是一种高贵的雍容,就是在抗日最艰苦的阶段,中华民族的儿女们,通过表现出来的这种从容不迫,从另一个角度体现出我们民族的不可战胜。此外在最普通的民间,孙犁也还是注重这种看似闲适的高贵。大家耳熟能详的《荷花淀》与后来的《嘱咐》所写的水生嫂,作者特别注意描写面对作为游击组长和战士的水生离家前夜,水生嫂的细微心理变化,被芦苇眉子划破手指头的细节描写,那种在赞扬后面的埋怨话语,和带泪的回答,以及"无力的仄在炕上"过了半天才说"明天我撑着冰床子去送你",这些对话和动作表现出她的复杂而又丰富的内心世界。就是来自民间的一种真实生活的记述,表现了一种很自我的小家过日子的平常百姓妇女的内心世界。在抗日战争的最艰苦阶段,生活在敌后的妇女们也很自然地透露出一种柔美的情怀,反映出一种唯美的情调,那是对家人、山河与土地的深情。小说没有写铁姑娘似的剽悍展示与满嘴革命口号的宣传,但是那种画外音却反衬出我们伟大民族保卫家乡的自觉与战争必胜的自信。

此外,他还写了以一些善与恶、君子与小人为题材的小说,最有代表性的可能就是《石榴》。《石榴》是写工作组撤出以后,作为记者的

《孙犁全集》书影

作者再回乡村看房东女儿小花的故事。作者有这样一段回想颇耐人寻味,他说:"大娘是个寡妇,孩子们又小。她家是什么成份,说来惭愧,我当时也没问过,可能是中农。我住在她家,她给我做好饭吃,叫小花给我做针线活,她希望的是,虽不一定能沾我的什么光,也不要被什么伤。她一家人,当时的表现,是既不靠前,也不靠后,什么事也不多讲,也不想分到什么东西。"这就是一个普通的农民家庭的最朴实的生存状态。作者理解他们,所以他写起来自然贴切。工作组离开后村里有闲言,小花用跳井来抗争,作者看到养伤中的小花,"她穿一身自己织纺的浅色花格裤褂,躺得平平的,胸部鼓动着,嘴唇翕张着,眉上的那块小疤痕,微微跳动着。她现在美极了。在我眼前,是一幅油画,一座铜雕,一座玉佛。"同时小花的另一种柔美得到了提升,也是别样的对我们民族美德的赞颂。如果从以往的理论来分析,小花的投井当然是对封建思想道德的抗争,而作者的归来也是另一种挑战。但孙犁的小说情节并没有向着个简单的方式发展,而是没有任何绝对的对立面,那是鲜活的人物对无处不在的传统道德所进行的抗争,在生与死的边缘表现的是一种平静,平静的后面则透露着柔美。这种清风月朗、明净自然,完全可以与保守主义思想合拍,用文化保守主义来解释可能是合适的。

二、对激进主义厌恶、对政治斗争毫无人性抵触与反感

孙犁的为人及价值判断都深受五四以来的人道主义思想影响,他虽然投身在革命的大潮漩涡中,但从深层次上看却缺乏强烈的政治意识,而那种本分、忠厚、规矩、守信等传统美德,和保持个性、喜爱高雅情趣、注重个人风格等品格,却长期留在他的思想之中,这些都必然会表现在他的文学创作上。那种唯美唯真的东西和儒家思想一直根深蒂固指导着他的创作,稍不留神就自然而然地表现出来。所以在孙犁身上存在着作为干部的不幸,这样的脾气秉性很难在职务上有大的的"进步";而作为小说家,这又是一个很大的有幸,因为它具备了社会的良知,和推己及人面向大众的普世情怀。孙犁的保守主义思想所表现正是这种对政治斗争的反感,和对激进主义的不屑。

在早期的中长篇小说里,孙犁就流露出对于政治斗争的抵触和过激主义的不满。如短篇小说《秋千》写土改时女青年大娟家庭被划为富农以后的心灵痛

苦,《春歌》写中农出身的双眉处处不被重视。当然这些作品后来都有了光明的尾巴,大娟家的富农成分属于错划,后来终于得到了改正;双眉以苦干与聪明的成绩证明了自己的能力,作品也表现出明亮的色彩。但是作品中对于这两位女性心理刻画的细节描写,无时无刻不在刺痛着读者的心。重要的是孙犁这些小说的写作过程,他没有过多地责怪谁,善的力量在民间是永存的。我们在阅读中体会出的是作者的那种对于人性的赞美,和对于青春、美好以及理想的人道主义追求。《铁木前传》写得最好的地方,也是人性的那种自然流露,虽然政治的运动笼罩着小说氛围,读者一般比较注意看六儿、小满儿的恋爱,但作者对于黎老东那种安于本分,一心一意奔小康的保守心态却写得最好,当然孙犁在人物刻画上也不是完全肯定他的,他把铁(傅老钢)、木(黎老东)作为对立的农村两种思想人物来展示,但在无意间黎老东这个形象成为了一个很有代表性的时代人物。现在看来,孙犁写起这种人物来一定是得心应手,因为在他的内心深处,就存留着我们民族的那种朴实的东西,无论是什么政治运动,都改变不了他的那种来自乡土并融化到血液中的情感。

在他的许多作品中都注入了自己的影子,特别是后来列入"芸斋小说"的诸多篇章,大部分是对于逝去的日子的追怀,留恋于追寻旧梦。这些小说,集中表现出他对政治斗争的毫无兴趣和对于过激主义的反感。他"文革"后恢复工作去的最多的地方就是机关,在那里接触最多的人就是传达室的值班人员。小说《鸡缸》写了一个姓钱的值班室人员,此人造反以后态度大变,常常对着作者住的台阶大吐其痰,指挥"牛鬼蛇神"专横霸道。一个性格扭曲的小人突然得志,当然后来也大出其丑。再有一篇是《言戒》也是写传达室值班员,此人被称为"中年人",作者去机关洗澡受其嘲笑和冷淡对待。更有甚者该人的大声提问却很有深意:"听说你们写了稿子,在报上登了有钱,出了书还有钱?""改成戏有钱,改成电影还有钱?"这完全是一种小人之心的集中表演。作者回答说:"是的。"并随口又说了一句:"你也写吧。"结果"文革"爆发,此人果然小人得志,对作者大加报复。在他的小说里不但写了"文革"使得人性扭曲,而且表现了过激主义正是令那种心理有病之人展示其病态的最好兴奋剂。

对于改革开放,孙犁当然是很兴奋很拥护的。但他看到一些灯红酒绿、急功近利的腐败现象,和对于金钱的极端追求的社会现状,即刻表现出本能的不满,作家那种流淌在血液中的清高自然反映在他的作品里。他在系列的《芸斋小说》中，几次谈到自己的初恋和婚姻以及后来的续弦生活。特别提到一位追求者，写出了她的贪图虚荣、爱钱如命和庸俗不堪的人生追求，表现出作者对于那种世俗的芸芸众生之不屑，后来这些人物都活灵活现于他的笔下。

他不是那种追求时髦的人，对于飞速变化的政治经济形势，似乎也不感兴趣。对于那些很现实的人当然没有好感。同时在小说里也并没有将自己神圣化，他也如普通的俗人一样，注重人品也看长相，他对于长得太黑、太矮、太胖的女人不大喜欢，对于要房子的人进行反讽，对于大有所图的人最终也是选择放弃。

但是在走进新生活前他对自己总是显得信心不足，他说："我太老了，脾气又太怪，过去有过感情的人，现在恐怕也相处不来了。爱情和青春同在，尚且靠不住。老了，就什么也谈不上了。"就是这样，他在回忆起初恋时还说："因为她对我的关心，我也不断想起往事，并关心她晚年的生活，像这样宽厚待人的人，一定会幸福无量的。"我们还是可以看到他对于人性和保守主义的坚守。

近年来，对于文化保守主义的研究十分盛行，并取得了一些可喜的成果。长期以来对于文化保守主义多持批评和否定的态度，认为这是以封建主义来反对资本主义、压制社会主义；其实文化保守主义基本上是在强大的社会变革面前，坚守本民族的传统思想方式，坚守传统的民间价值，具有迫切的民族正义感，我想以这个理论来解释孙犁的小说，也许会使我们得到意想不到的收获。

关于"浅草—沉钟社"的作品

"浅草—沉钟社"成员的创作,据我们今天说来已经显得很遥远了。鲁迅当年曾经赞扬他们的作品内容是:"将真和美歌唱给寂寞的人们"。那还是在五四过后不久,他们是中国新文学第一个十年中最年轻的群体,从事文学活动的时候还都是在学的大学生。文学是他们业余生活中的一部分,学习才是他们的正业。而就是这样一群青年学生,他们以对文学的热情,书写了中国现代文学史的一个阶段,同时也留下了自己辛勤耕耘的痕迹。今天当我们重新走近他们的时候,我们还是感到现有的各种文学史对这一社团的评价是十分不足的。

一、关于"浅草—沉钟社"

《浅草》与《沉钟》均是 20 世纪 20 年代的文学杂志,前者创刊于 1923 年 3 月,后者创刊于 1925 年 10 月。先是出版周刊,后来到 1926 年 8 月 11 日出版半月刊。由于人员上的一些渊源关系,在文学史上一些人常常把他们这个团体称作"浅草—沉钟社"。

说"浅草是沉钟的前身",从人员上来讲这话是有一定根据的,比如林如稷、陈翔鹤、陈炜谟、冯至等都是《浅草》的编辑或成员,后来这几个人加上杨晦又开始编辑《沉钟》;从刊物的性质内容来讲,这话又是有欠缺的。《浅草》注重的是发表创作,而《沉钟》则是创作与翻译并重。按照冯至的说法:"浅草是沉钟的前身,这句话有一定的根据,但也不完全符合事实。"①但是不管如何,这两个刊物的基本成员相同是不争的事实。

浅草社成立于 1922 年,它的发起人是当时的在校大学生林如稷,他 18 岁时就在《晨报副刊》上发表文学作品,早有文名。他会同上海与北京的同学朋友陈翔鹤、陈炜谟、冯至等成立了"浅草社"这一文学团体。于 1923 年出版《浅草》

---

① 冯至:《影印〈沉钟〉半月刊序言》,见上海书店版《沉钟》。

季刊,在《卷首小语》中他们表示自己愿意做农人,以培育荒土里的浅草,来对抗这苦闷世界里的沙漠。这也许就是他们的办刊宗旨吧。杂志的封面是由13岁的一位小朋友胡兴元题写的,文字既嫩绿活泼又质朴厚重,与刊物相得益彰,十分协调。后来这两个字被书局方面遗失了,改由刻字先生随便刻字二枚,变得俗不可耐了。《浅草》在"编辑缀话"中数次说明该刊"不登批评别人作品类的文字",表示不愿意受到文人相轻的习俗的熏染。《浅草》当年印刷出版了3期,初创《浅草》时,编辑是前面说的林如稷,1、3期都是由林如稷编辑的,后林如稷计划赴法留学,第2、4期则由陈炜谟编辑。据说第4期也已编好,但被承印出版的上海泰东书局将稿件积压了1年以上,直到1925年春季才得以出版,也就是说《浅草》仅出版了4期。此后由于林如稷的赴法留学和人员上的变化,该刊就没有了踪影,浅草社即停止了活动。

1925年10月《沉钟》杂志出版,先是周刊后改为半月刊,由杨晦、陈翔鹤、陈炜谟、冯至等人编辑,后来林如稷自法归国也参与了编辑工作。这些同人经常谈起德国戏剧家霍普特曼1896年写的童话象征戏剧《沉钟》,这是一部表现生活与艺术冲突的戏剧。铸钟人亨利以极大的毅力造出了一口大钟,在运往山上教堂的路途中,大钟被狡猾的山林魔鬼推入湖底。于是亨利在绝望中奋发走到山上,与林中仙女罗登德兰相爱,并立志再造新钟(此处象征着艺术的追求);但他还是想念家中的妻子,下山探视时却遭受到世俗的嘲弄(此处象征现实生活),待亨利再次上山时,仙女罗登德兰因喝了魔浆被水怪俘获,亨利于是也喝了魔浆。这是一出在西方很有名的悲剧,他们非常钟情于戏剧中所反映出的亨利的那种追求精神,认为从事文艺工作也必须在生活上有所放弃,要从亨利那里吸取勇气和精神。于是当他们在北海公园讨论刊物名称的时候,由冯至提议将刊物定名为《沉钟》。另外值得一提的是,《沉钟》的每一期都在刊头或首页上引用著名作家特别是外国作家简短的名人名言,并成为一种规范从没间断过。

《沉钟》杂志共出版了34期(不包括1927年7月出版的翻译专号"特刊"),在时间跨度上一直坚

《浅草—沉钟社作品选》

持到 1934 年 2 月 28 日。当然这两个刊物除了人员上的渊源以外,在作品上也还是有一些相似之处的,不同的是前者注重创作而后者则更注重翻译。

沉钟社还以"沉钟丛刊"的名义出版了十几种著作,其中有陈炜谟的小说集《炉边》,冯至的诗集《昨日之歌》,陈翔鹤的小说集《不安定的灵魂》;陈炜谟翻译高尔基的《在人间》(译为《在世界上》)、《我的大学》,冯至译的莱蒙托夫著《当代英雄》,以及杨晦翻译的法国罗曼罗兰著《贝多芬传》、《普罗米修士和约伯》等著译多种。

《沉钟》杂志最初是由北新书局代为出版的,后来曾委托过创造社代为出版,但是由于创造社的拖延随后又改回北新书局出版。为此他们曾在第 1 期和第 12 期上先后两次发表启事进行说明,并引用了《创造社出版部为〈沉钟半月刊〉启事》,因为创造社耽误了他们的出版事宜,所以在第 1 期上发表了《沉钟半月刊为〈创造社出版部启事〉》因为年轻率性在这个启事中竟然写出了本刊物不好意思"出尔反尔"、"所以终于'节产',不曾'创造'。"还表示自己和创造社"一点没有关系",这就在事实上得罪了创造社,为此当然与创造社产生某种隔阂。周全平曾在《洪水》第 2 卷第 33、34 期合刊上发表文章,对沉钟社进行批评,认为沉钟社的启事与事实不符,并表示创造社"因为本钱小,所以不能如大书局之从红利中匀出一滴残汁来收买的名人的名文;因为经验少,所以不能如他书局之东欠账、西欠债来敷衍一般文坛的健将。……于是,我们便得罪了不少的友人,增加了不少的敌人。无论如何,浅草社同人和北新掌柜合作在一起,在我们虽树了敌,但在我们恰因此而解了宿怨,岂不大积阴德!"周全平的这篇文章显然在泄愤的同时刺激了沉钟社同人,于是陈炜谟在 1926 年 9 月 26 日出版的《沉钟》第 4 期上,发表了《无聊事——答创造社的周全平》进行批驳,文中讲了刊物委托创造社出版的来龙去脉,并且表示沉钟社同人并不是什么"文坛健将",也没有收到北新书局老板的回扣等,大家只是想以一种认真精神忠实地去做一些文学上的事情而已。这是唯一的一次论争和解释,此后该社没有开展和介入文坛上的任何论争。不过从周全平的文章来看,他还是把浅草社与沉钟社等同起来看的。

由于他们的编者与撰稿人的关系,人们便把《沉钟》杂志的编者称为"沉钟社"的成员,同时又考虑到两个杂志人员的前后大体一致性,便把他们称之为

"浅草—沉钟社"。

　　非常有意思的是,这两个文学刊物先后受到了鲁迅的重视。鲁迅认为《浅草》使自己懂得了许多话,这本刊物是"丰饶"的[①];同时鲁迅还认为"《沉钟》就在这风沙澒洞中,深深地在人海的底里寂寞地鸣动"。直到1927年9月25日鲁迅即将离开广州的时候,他在致李霁野的信中还这样写道:"看现在文艺方面用力的,仍只有创造,未名,沉钟三社,别的没有,这三社若沉默,中国全国真成了沙漠了。"[②]1935年鲁迅应邀编辑《中国新文学大系·小说二集》撰写导言,特别提到这一文学团体时说:"一九二四年中发祥于上海的浅草社,其实也是'为艺术而艺术'的作家团体,但他们的季刊,每一期都显示着努力:向外,在摄取异域的营养;向内,在挖掘自己的魂灵,要发见心里的眼睛和喉舌,来凝视这世界,将真和美歌唱给寂寞的人们。韩君格,孔襄我,胡絮若,高世华,林如稷,徐丹歌,顾,莎子,亚士,陈翔鹤,陈炜谟,竹影女士,都是小说方面的工作者;连后来是中国最为杰出的抒情诗人冯至,也曾发表他幽婉的名篇。次年,中枢移入北京,社员好像走散了一些,《浅草》季刊改为篇叶较少的《沉钟》周刊了,但锐气并不稍衰。"鲁迅还指出:"但在事实上,沉钟社却确是中国的最坚韧,最诚实,挣扎得最久的团体。它好像真要如吉辛的话,工作到死掉之一日;如'沉钟'的铸造者,死也得在水底里用自己的脚敲出洪大的钟声。然而他们并不能做到,他们是活着的,时移世易,百事俱非;他们是要歌唱的,而听者却有的睡眠,有的槁死,有的流散,眼前只剩下一片茫茫白地,于是也只好在风尘洞中,悲哀孤寂地放下了他们的箜篌了。"鲁迅还将"浅草—沉钟社"7名成员的12篇小说选入其中,并在《导言》中给予很高评价。

二、关于"浅草—沉钟社"的作家作品

　　"浅草—沉钟社"的成员当时几乎都是在校的大学生,由于喜爱文学他们走到了一起。在第4期的《编辑缀话》最后还刊登了"本社出版物长期担任文稿者

---

① 鲁迅:《野草·一觉》,《鲁迅全集》(第2卷),人民文学出版社1981年版,第224页。
② 鲁迅:《书信270925致李霁野》,《鲁迅全集》(第11卷),人民文学出版社1981年版,第581页。

姓名"，除我们所熟悉的人员以外还有：王怡庵、孔襄我、季志仁、夏亢农、陆侃如、高士华、陈学昭、陈承荫、游国恩、张皓、邓均吾、韩君格等。不知怎的这些人最终也没有给后来的《沉钟》杂志投稿。林如稷与陈翔鹤等都是复旦大学的学生，不久林如稷赴法国留学，陈翔鹤转到北京大学英语系专门研究外国文学，而陈炜谟、冯至当时则是北京大学德文系的学生，此外还有北京的李开先、罗青留；当时在天津的赵景深以及南京的党家斌等人。《浅草》在出版了4期以后，终于没有坚持下来。

杨晦是冯至的好友，后来成为《沉钟》的实际主编，而林如稷则参加了从《浅草》到改为半月刊的《沉钟》的编辑工作。这两个杂志基本上就是这几个人写作这几个人主办的，当然作者的队伍总是比较宽泛的。作者中以较为接近的同学和教师为多，如当时北大中文系的修古藩、北大英文系的顾绥昌、左浴兰等。冯至还告诉我们在《沉钟》杂志上的署名除一般的真名以外，杨晦的笔名是"楣"、"晦"；冯至的笔名是"君培"、"琲琲"；罗石君用过"罗青留"；蔡仪即"南冠"；顾随即"葛茅"；程侃声即"鹤西"；张皓即"流沙"；韩君格用过"莎子"的笔名等。此外，北大教授张定璜（凤举）、杨丙辰（震文）都给他们投过稿件；冯文炳（废名）在该刊发表过散文；姚蓬子曾短期来北京，也在《沉钟》上发表过译文和诗歌。

"浅草—沉钟社"的小说创作成绩巨大。在风格上他们是介乎人生与艺术之间的，他们在追求艺术的同时非常关注人生问题，也可以说是人生派与艺术派的有机融合。他们都是读中国书长大，因为天时地利进入大学学习外语和西方文学，时势造英雄，在中西文化大碰撞和大交汇中，他们如鱼得水颇有作为。林如稷、陈炜谟、陈翔鹤等都是小说的多产作家，就是身为诗人的冯至也写了一些小说。

林如稷的《将过去》、《流霰》写的都是青年知识分子的浮动心态，特别是前者所展示的的主人公周若水的那种在五四退朝以后的精神苦闷与心理压力，写出了他过着的是一种无意识和性本能相交错的颠倒错乱的生活。故事是陈旧的，视野是眼前的，而手法却是全新的。有人认为可以用弗洛伊德的精神分析理论对其进行研究。

陈翔鹤的《不安定的灵魂》、《西风吹到了枕边》、《See!》、《命运》都是很重要的作品。他借鉴继承了郁达夫式的自传体方式，用第一人称写作，表现青年不安定的灵魂,使小说引人入胜,同时那种伤感的情调却是现代的。

陈炜谟的小说《狼筅将军》、《破眼》、《夜》、《炉边》、《寨堡》等都是好小说。他的小说表现家乡四川人民饱经忧患的苦难,有一种在痛苦中追求光明的力量,今天读来还是感人至深的。鲁迅对其作品评论说:"陈炜谟在他的小说集《炉边》的'proem'里说——'但我不要这样;生活在我还在刚开头,有许多命运的猛兽正在那边张牙舞爪等着我在。可是这也不用怕。人虽不必去崇拜太阳,但何至于懦怯得连暗夜也要躲避呢?怎的,秃笔不会写在破纸上么?若干年之后,回想此时的我,即不管别人,在自己或也可值眷念罢,如果值得忆念的地方便应该忆念……'自然,这仍是无可奈何的自慰的伤心之言,但在事实上,沉钟社却确是中国的最坚韧,最诚实,挣扎得最久的团体。"他的小说是鲁迅选入《新文学大系·小说二集》中"浅草—沉钟社"小说最多的作家。

除上述作家以外,还有不少创作今天读来仍会给我们以震撼,在表现手法上他们的小说很有特色。鲁迅举出的作家是:韩君格、孔襄我、胡絮若、高世华、徐丹歌、顾、莎子、亚士、竹影女士等,"都是小说方面的工作者;连后来是中国最为杰出的抒情诗人冯至,也曾发表他幽婉的名篇"。

纵观这一派小说创作我以为有如下几个特色:

首先,这些小说普遍表现真挚的情感,在强烈的艺术追求同时,有比较强烈的为人生态度,同情被压迫与被迫害者始终是作品的中心主题。那种离家的惆怅、逃婚的苦楚、都市的无情、生活的疲惫和厌倦,故乡给予他们的除了亲情以外即是愚昧,在一种矛盾与复杂的痛苦中展现他们的情思。

其次,这些小说充满了清纯如水的童真。除了个别篇章直接书写儿童以外,我以为这些小说的作者大约都有一颗孩子般的童心,他们的那种忆旧、故乡情结、亲属记忆和生老病死的记述,都是孩子式的,是一种清新纯洁的青少年眼光,这就增加了真实与亲切,读来丝毫没有那种世故老人的味道。

第三,这些小说普遍反映出一种对于爱与自由的追求。不论是走出乡关去寻找知识、真理与爱情,还是看待社会生活、战胜寂寞,在对待世界、社会和各类人等中,都有着民主与科学的思想洗礼,无不带有一种五四青年的新鲜气息。因此我们有理由说这些小说是新的文学,是青年血管里喷发出来的青春的激昂的热血。

但是由于年龄、阅历以及时间的制约，总体来看这一流派作家的小说还是显得视野有些狭窄。他们的作品所表现的多是政治时事、故乡往事、都市杂事、恋爱情事和身边琐事；生病、读书、同学、课业、恋人、书信、家长和亲属是主要的书写内容。这也是浓烈的时代色彩的真实反映，是不可避免的第一个十年小说创作的通病。

"浅草—沉钟社"的诗歌也很有特色。这一派崇尚西方特别是德国诗歌，涌现出以冯至为代表的一些优秀诗人。《浅草》初创时期的诗歌多数以《诗汇》的形式出现，总体读来感觉还是稍有些稚嫩，比如《浣花溪的女郎》、《小孩》、《夜步黄埔》、《黄昏》、《寻梦》等，大多离不开写实遣意；到了《沉钟》中后期诗歌逐步走向成熟，出现了《最后之歌》、《冬天的人》、《是谁》、《情歌》、《佩剑——项圈》、《寺门之前》等象征色彩与现实结合的新诗，读来就颇有意境；特别是十四行诗的引进和尝试，使这一派的诗歌自成体系，有所追求，遂出现大家气象。

散文在"浅草—沉钟社"的创作中显得薄弱。这当然与这批人初期的学生身份关系极大，其次当然还有文化修养与生活历练。在这方面他们比起"语丝社"来说，所差者就不是一星半点的问题了。鲁迅曾经说过，五四新文学的成功主要是散文的成功，在这方面"浅草—沉钟社"只是进行了初步的尝试。《浅草》时期有《交织》、《踽踽》、废名还为他们添上一篇《寄友人 J.T.》；进入《沉钟》时期就有了缪崇群的《散文两篇》、林如稷的《归来杂感》、《晞露集序》、《随笔一则》及陈翔鹤的《悼朱湘君》等。散文是介乎诗与文之间的桥，它需要极其丰富的内涵与阅历，在语言上也需要白话、古典、外国与民间口语的多项结合，做起来是很难的。当然我们不能以今天的要求来苛求当时的这些年轻人，不过我们可以从文章中看出他们的奋斗与努力的痕迹。

"浅草—沉钟社"发表的剧本相比较并不是太多，但这不多的篇什也颇有特色。五四以降演剧在国内大中学蔚然成风，因而时代呼唤着好的剧本创作。早期有发表在《浅草》第 1 期上罗青留的《新婚者》、陈竹影的《浔阳江》、李开先的二幕剧《祖母的心》以及第 4 期上陈翔鹤的四幕剧《沾泥飞絮》等，都是很有特点的作品。当然，这些剧本还都是停留在说教语言和紧凑故事的层次；到了《沉钟》创刊后，所发表的剧本就更多，其中最有代表性的我以为当推杨晦的《磨镜》，该剧写的是《金瓶梅》小说中的一个情节，今天读来还是很有特色的。如果论及中国现代改写古代小说进行戏说再创作尝试的话，这一篇可谓是较早的作品，其中的现代性也表露无遗。此外，还发表了杨晦翻译的新犹太作家阿胥的独幕剧《夜》，此剧也是很有特色地在幽默的语言中表现人间苦涩的佳作，读来令人精神感到震撼。

"浅草—沉钟社"最为辉煌的成就是翻译。原因当然是和这些人所学的专业是外文有着极大的关系。特别是《沉钟》半月刊一出版，他们就在首页上刊登了19世纪美国著名小说家、诗人、文学评论家埃德加·爱伦·坡的照片，另外还刊登了 Harry Clarke 作的德国作家 E.T.A.霍夫曼的画像。以此表现他们对于独一无二的西方魔幻风格与神秘怪诞色彩的艺术追求，他们无疑追寻着当时的世界文学新潮流。在《沉钟》上发表的翻译作品极多，其中涉及到许多西方著名作家的著名作品。这与他们的阅读不无关系，正如他们所引用的著名作家吉辛所说的："我要你们一齐都证实……我要工作啊，一直到我死之一日。"这同时也是他们的理想。用鲁迅的话说他们用"摄取来的异域的营养"进行文学工作。从英国、法国到北欧的俄罗斯，王尔德、尼采、霍普特曼、契科夫、安特列夫、波特莱尔、海涅、莫泊桑、史特林贝尔格、高尔基、里尔克、梅特林克以及新犹太作家阿胥等都是他们的阅读与翻译对象；虽然在日本文学和理论上的译介上稍有不足，但恰巧北大的张凤举、杨丙辰两位教授补充了这个空白，使得《沉钟》杂志显得丰富多彩。1927年7月28日他们还专门出版了一期《沉钟特刊》，全册共184页，全是翻译作品，以显示他们在翻译上的成绩。

统观"浅草—沉钟社"的作品，我们可以深切地感到在中国新文学初期那批年轻人的呼声与实绩，理解这批人年轻的心。走进他们的作品，可以更深切地体会出那种不懈的追求和自强不息的努力。

中国新文学的舞台是因为有了许许多多人的苦心孤诣、实践奋斗才显得丰富多彩的，他们也是那文学百花园中的重要的一支奇葩；是现代中国文学史滚滚长河中，夹杂流淌的一部分激流。

三、关于《"浅草—沉钟社"作品选》

我编辑这部作品选是在通读了两种杂志以后，又读了一些资料和研究文章的基础上开始工作的。鲁迅是我国现代文学之父，早在七十五年前总结五四以来第一个十年的文学创作时，他就对"浅草—沉钟社"的小说给予极高的评价。他既是小说家又是著名学者和出色的评论家，对于文学作品的评论应该说基本都是定评，因此他的意见很值得后人去体会和消化。所以在选择小说中，我在重读这些作品的同时，还将其与漏选小说进行了比较，最后还是尊重了鲁迅的意见，把他所选的小说都包括其中。为了扩大视野更好地了解这一流派，还选择了主要作家的有代表性的其他作品，以便大家在阅读时对他们有一个总体的印象。再有还适当地选出了创作较少的作家作品，让读者知道在这两个杂志上小说创作的全貌，达到窥一斑而知全豹的效果，就是没有机会读杂志也知道其创作的大致轮廓。

诗歌和散文在选择上是很难的，因为早期的新诗太稚嫩，在白话与古典之间缺少象征的意境，而引进西方诗歌形式以后又是个别诗人一枝独秀，其他的创作群体跟不上来，所以在读诗选诗的过程中力求做到既注意艺术特色又考虑时代氛围；在散文方面应该说作品相对是太少了，选来选去只有放宽一些标准，注意他们的表现方式；遗憾的是这批人太重视小说、诗歌和翻译了，散文当然还需要阅读、生活历练与形式技巧，比较许多才成了现在的这个样子。

为了显示这一社团的全貌，本书还选择了两个剧本和两篇翻译。剧本就是杨晦的《磨镜》和罗青留的《新婚者》，可以说是很有代表性的创作，聪明的读者可以从《新婚者》中看到当时的新风气，以及在《磨镜》里找到重新走进古典时所反映出来的现代性；翻译方面是最费思量的，如果不选就不能反映出该社团的特色，选得太多太长又非编者的初衷，于是我在小说里仅选了有熊译的《大城》，这是一篇名家小小说，不过从中可以寻找出"安特莱夫式阴冷"，这个概念是鲁迅提出来的，可惜今天的鲁迅研究者和现代文学研究者，真正看过安特莱夫小说的人并不是很多，所以这也是很有意味的吧；另一篇译文是杨晦翻译的犹太作家阿胥的独幕剧《夜》，该作家虽然现在已经进了西方文学史，郑振铎先生也多次提及该人，但是目前在国内尚无该作者的译著，这可以说是一个补缺吧，从中可以看出当时中国青年人的那种开放的眼光和选择的努力，这个剧本的影响也是很深远的。

这本书的从编辑到完成，都是由人民文学出版社王培元主任的督促和催促,他数次打来电话提出要求,事无巨细处处叮嘱,我的努力工作完全是受了他的敬业精神之感动,因此在完成编辑工作写这篇前言的时候,我要对他说:培元兄,谢谢你!

南开大学文学院传播学系的系主任刘运峰教授慷慨帮助,从网上代我订购了《浅草》杂志,并在第一时间未经拆包就送给我,为加快进度争取了时间;南开大学文学院本专业的博士研究生宋声泉君在北京大学研究期间,专门到国家图书馆分数次为我下载了全部的《沉钟》杂志,这就免除了我每天在南开图书馆翻检之辛劳。在这本书即将完稿之时,我的心里充满了对这些友人的温情与谢意。

在纪念辛亥革命百年的时候,编辑这样一本书应该说是很幸运的。我愿意和尊敬的读者一起以此走进民国文学,汲取五四以来我国新文学的精华,在阅读中丰富自己。同时也希望专家和广大读者对于编选工作多多批评指证。

(本文是编者为《浅草—沉钟社作品选》一书所写的序言,该书由人民文学出版社于2011年11月出版)

再谈周作人与罗念生的往事

孙玉蓉先生有《周作人与罗念生的往事》一文，为《罗念生全集》补遗，读后很有收获。由于玉蓉先生谈的是上世纪 1949 年之前的周罗往事，我想就这个题目再谈谈 1949 年以后的交往。

周作人与罗念生都是我国希腊文学屈指可数的翻译大家，在国内影响甚大。

1949 年以后周作人回到北京，受新闻出版署委托专门从事翻译工作。其实他的关于希腊文学的翻译早就开始了，此前他翻译了《希腊的神与英雄》，经巴金校勘帮助在文化生活出版社刊行。郑振铎替他从中法大学图书馆借来《伊索寓言》托废名带给他，周作人自己说"这就是我给公家译书的开始"。

1950 年 10 月 18 日，罗念生受人民文学出版社委托，带来 3 册希腊《欧里庇得斯悲剧集》，希望周从下月开始翻译。周作人半个月以后就开始工作，他在翻译过程中发现了一些问题，根据自己的理解写成文章，比如《名从主人的音译》、《译名问题质疑》等，陆续发表在《翻译通报》上。他很会调节自己，一边翻译一边也写了不少的小文章，但是翻译速度还是不慢的，1951 年他向出版社连交了两批译稿。1952 年 4 月，周作人写了《在奥里斯的伊菲格涅亚》译序，他说自己翻译所据的版本"由罗念生先生替我借来，我这里要谢谢他"。因为这项工作太过于庞大，也可能是周作人速度太慢，出版社决定罗念生也加入进来，他们分别来翻译并交换译稿互校，这项工作从 1953 年上半年就开始了。

在交换译稿互校的过程中，周作人的狂狷之气就表现出来了。1953 年初为了翻译方便，罗念生特意给他送来一本《希英大字典》。三天以后，他读了人民文学出版社经罗念生校对的《安德洛玛克》译稿校阅意见书后，很生气地认为罗的意见"多庸俗"。周作人不是一个谦虚的人，他对罗念生的意见很不以为然，说罗"所提意见多庸俗粗糙，只可选择采用之"。对于罗念生关于音译依照英美读法的意见，也不以为然，感到"可笑甚矣"。罗念生对此也许是知道的，为了统一专名的英译，还特意给周作人寄来了《英汉综合字典》，供他参阅。

从往来的情况记录看，罗念生还是坚持自己的主见的，他仍然提意见，周作人不断在日记中记下罗念生所提意见"庸俗，殊多可笑"。

同时周作人也校阅罗念生的译稿。罗念生这期间经常送译稿往访，同时还有信来主动请周作人校阅。直到1954年秋天，周作人校阅完成罗念生的译稿后，他才松了一口气说："令人厌恶的苦差事才算完毕了"。因为周作人比罗念生年长19岁，严格说应该算是两代人，所以周还是有些自负吧。

我看到的多是周作人的一面之词，罗念生对于知堂大概也不是很满意的，可惜没有见过罗念生日记。不过罗念生给周作人的信中提了一些意见，如建议周作人在译文中减少注释，我以为这是很对的，但周作人对此并不接受，他说："殊乏理解，当去信解说，亦未知能否懂耳。"罗周还是不断送交译稿，周作人曾一度在校罗译《莫德亚》时"因庸俗可厌而终止"。

周作人在《知堂回想录》中说："我译欧里庇得斯悲剧到了第十三篇《腓尼基妇女》就生了病，由于血压过高，脑血管发生痉挛，所以还有一篇未曾译，结果《酒神的伴侣》仍由罗念生君译出了。"看来为工作计，罗念生还是很配合的。

周作人这一病就是两年，1957年2月周作人罗念生合译《欧里庇得斯悲剧集》第1卷出版，1957年底2卷出版，1959年2月第3卷出版。这是他们合作的大项目，为我国的希腊文学翻译做出了巨大的贡献。

我所收藏的"周作人"

我的藏书中，与周作人相关的占有很大的比重。下面说的就是我所收藏的"周作人"

我是由于教书和写文章才买书的。记得上大学的时候，李何林师曾说过学生要多借书少买书，买的书一般就有一种占有欲，反正书是自己的，想什么时候看就什么时候看，结果就是看不完或不看；借的书就不同了，记着快些看完好还给人家。对此我一直是牢记心头。

我是从20世纪80年代初期开始进行周作人研究的。那时中国社会科学院文学所，负责组织全国各大学编辑一套中国现代作家的研究资料，其中的《周作人研究资料》就交给了南开大学；当时我刚好从北京鲁迅博物馆进修回来，于是刘家鸣教授就把任务交给了张菊香老师和我。这是我走入周作人研究的开始。

《周作人研究资料》出版以后，我又跟张菊香老师一起编写《周作人年谱》，从此就正式走入了周作人研究的领域。那时候是以北京为中心在全国各地跑资料，上海、浙江、南京的各大图书馆都是一去就十天半个月的安营扎寨，因此倍感原始资料的可贵；当时自己一狠心，就用一个多月的工资购置了一套上海文艺出版社影印出版的"中国现代文学史资料丛书(乙种)"的《语丝》杂志。

那时由于是最先开始进入周作人研究，南开大学在国内外同领域就很有名气。日本的周作人研究专家木山英雄教授，于1986年9月专门访问了南开大学。正是那时木山先生赠送了我一本书，就是他写的《北京苦住庵记——日中战争时代的周作人》，在本书的扉页上木山先生写着："张铁荣先生批正，一九八六年九月，木山英雄敬赠。"签名的左下角还盖了一枚刻有"几夜满"的红印章，后来到了日本我才知道这个"几夜满"就是木山日文发音的中文汉字。

1988年9月末我到日本讲学，到学期末正好赶上日本的新年假期，我便往东京去访问木山先生。记得那天还有尾琦文昭先生，我们在木山先生带领下走访了鲁迅、周作人在东京生活过的地方。当时正值日本昭和天皇病故，晚上东京都因"自肃"许多高楼的灯火都不开,而木山先生带我到帝国大厦去喝酒,他说我们不要管什么天皇不天皇,什么时候知识分子都不要失去个人的自由空间。这对我的震动很大,当时令我非常感动。当天就住在位于神奈川县横滨市的木山先生家里。在他家洗过澡后我们边喝啤酒边谈周作人,他取出早已准备好的一本厚厚的中文杂志送给我。仔细一看是早已在国内绝迹的《骆驼草》和《骆驼》杂志的合订本,写着"《骆驼草附骆驼》,伊藤虎丸编,亚细亚出版社出版",伊藤虎丸是东京女子大学的教授,日本中国现代文学研究的专家。木山先生在这本刊物的扉页上写上了:"张铁荣先生惠存,一九八九年正月,木山英雄。"《骆驼草》是一套散文性质的周刊,创刊于 1930 年 5 月,共出版 26 期,主持人是周作人,他在这个杂志上发表了很多文章,编辑是废名;而《骆驼》则是周作人、徐祖正、张定璜、沈尹默等人以"骆驼同仁"的名义编辑的一册小开本杂志,于 1926 年 7 月出版。这册合订本是研究周作人的重要资料。此外,木山先生还将他翻译的周作人关于日本的文章集结送给我,这本书题名为《论日本文化》。

作者编著的有关周作人书籍

2004 年,木山先生的《北京苦住庵记》再版,改名为《周作人出任伪职始末》,他托人把这本新书专送给我。这部新的著作,是在前书出版四分之一世纪以后,特别是"文革"结束、大量的周作人研究新资料新观点出现的基础上,重新改定并增加了"后日编"五篇文章和一个附录。后来赵京华先生把这本书翻译成中文,2008 年 9 月我便收到了三联书店叶彤编辑寄来的中文版,叶彤先生在信中写道:"张老师:您好! 遵木山先生嘱,奉寄《北京苦住庵记》一册,请查收。敬祈,秋安! 叶彤拜 9 月 8 日。"当时真是非常感动,连夜认真通读全书,后来还写了一篇发言稿,参加了在北京鲁迅博物馆举行的该书研讨会。

在日本讲学期间,我还经常去位于东京神田的神保町,那里是著名的书店街。著名的内山书店、东方书店、鹤本书店和许多卖中文书的店铺都在那条街上,在这条街上淘书是我人生的一大乐趣。在这里我买了 1936 年出版的《一个日本人的中国观》,内山完造著,尤炳圻译。价格是 1700 日元,相当于人民币 120 元,按说不算太贵的。此外买了一些有代表性的日本浮世绘特别是哥磨的作品以及研究的书,还有一些日文书都是按照周作人在《我的杂学》里面的书目买的;再就是港台版的《周作人晚年书信一百封》、《知堂回想录》、《抗战时期沦陷区文学史》、《抗战时期文学资料》、《中国新文学作家资料索引》、《中国新文学作品书名资料索引》以及许多台湾版的研究著作。

周作人和鲁迅是相辅相成相互作用的。知堂是丰富的,研究周作人一定要懂得鲁迅。当然不了解周作人也不可能知道一个真实的鲁迅。记得舒芜先生曾经反复强调过这一点。研究作家一定要以他们的著作文本为基础。因此回国后,我即购买了《鲁迅全集》、《周作人自编文集》、《周作人文类编》和后来出版的《周作人散文全集》、《周作人译文全集》等。所有这些,为今后的中国现代文学研究特别是鲁迅和周作人研究,打下了坚实的资料基础。

写到这里不能忘记的是我的南开大学同事:李锡龙教授帮助我从网上下载了齐全的《新青年》杂志,宋声泉博士帮助我从国家图书馆下载了全部的《沉钟》杂志,刘运峰教授帮助我购买了《浅草》杂志。

再就是我的朋友们的赠书,其中最重要的有王世家兄赠的《鲁迅著作编年全集》、人民文学出版社赠送的 2005 年新版《鲁迅全集》,孙玉石先生赠的《孙玉石文集》、上海出版博物馆赠送的《金性尧全集》,鲁迅博物馆赠送的《回望鲁迅》丛书和《回望周作人》丛书以及辽宁人民出版社赠送的《苦雨斋文丛》等。

我手头还有很多关于鲁迅研究与周作人研究的学术著作签名本,都是全国各地尤其是大学的同行们的研究成果,当然还有一些是港台和国外的,每册书的扉页上都有他们的珍贵题签。每每查阅翻检诵读,心中总是充满了温情和研究的动力。

这就是我的有关"周作人"的书刊搜藏。

读书偶得

读《中国现代文学先驱者论集》

《中国现代文学先驱者论集》(刘家鸣著，南开大学出版社2011年1月第1版)是一本厚重的书,该书是刘家鸣教授重要研究论文的精选,其中既有经典的鲁迅研究、有精当的冰心研究、有独特的李何林研究,又有郁达夫、曹禺和鲁藜研究。这些充满扎实理论功底和细致文学分析的文章,是论者数十年特别是改革开放以来的重要研究成果,现在经过精选编辑成了这本有分量的书。细读各辑中的具体篇章,我想起了李何林曾经对刘家鸣先生的评价,李何林曾说:对于鲁迅小说的艺术性分析"颇能显示家鸣同志做学问的特点:扎实细致"。"还可以看出他治学的勤奋、认真和严谨"。

通读这本书是一个深入学习、丰富知识、提升学养的过程。读刘家鸣先生的书这就仿佛走进了他的课堂,如果说能够写一篇书评的话,我以为是很不容易的,难就难在这本书的扎实、浓缩与厚重。揣摩再三,细心修改,历时数周我才有如下的感想与体会:

第一,高屋建瓴、丰富厚重的鲁迅研究

如果从李何林、王瑶、唐弢算起,刘家鸣应该属于中国第二代的鲁迅研究者。他是李何林培养的第一批现代文学的研究生,长期在南开大学任教授,特别是自李何林调往北京出任鲁迅研究室主任和鲁迅博物馆馆长以后,刘家鸣就成了南开鲁迅研究的领军人物,多年来专心致志进行以鲁迅研究为主的现当代文学研究,写出了一些专著和许多高质量的论文。本书的理论素养主要表现在鲁迅研究中。上个世纪90年代初期他曾有《鲁迅小说的艺术》一书出版,特别应该指出刘先生的鲁迅小说研究方式是很独特的, 他不是那种简单的作品研究,而是将鲁迅小说作为一个整体进行宏观与微观相结合的立体研究。他常常把鲁迅小说中的各种人物进行分类,然后进行比较,从而找出带有规律性的东西。这正是鲁迅所提倡的治学方式,鲁迅曾说:"分类有助于揣摩文章,编年有利于明白时事。"这就要求对鲁迅小说艺术研究应是细致入微的。比如《鲁迅小说"闲人"形象的深沉意蕴》就是非常重要的文章。在这篇文章中作者把鲁迅全部现代小说中的各种"闲人"集中起来,分解其中群像和个像、具体形象和朦胧形象,将此进行综合分析,从而找出了与主人公密切相关的闲人具象和闲人看客两种类型,有说服力地证实了鲁迅的"什么都要从新做过"的改造国民性论断。刘先生是一个理论思维很强的学者,他曾经讲授过文学理论课程,多年来仔细读过相当多的东西方文艺理论著作。有了这样扎实的根底,再加上他对于鲁迅小说阅读之细致,写出来的文章既有理论深度又生动感人。正是这些理论素养支撑着他的研究,所以写出的文章总是能够令人常读常新,感叹高屋建瓴。比如《鲁迅小说艺术形象的文化批判内涵》一文,从民主革命的时代精神出发,去寻找鲁迅

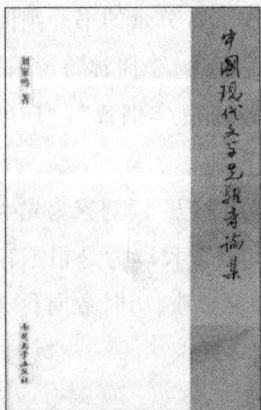

小说对于当时社会生活实际、普通民众具体言行表现等方面的文化反思痕迹。通过对具体作品的细微解读,指出从辛亥革命前到五四运动后的 20 年代中期,鲁迅小说的文化批判内涵是:长期生活在封建皇朝统治下,普通民众的守旧、盲从、迷信、麻木、冷漠的文化心理积淀;鲁迅对封建传统文化的批判既体现在劳动者形象身上又体现在知识分子形象的塑造上,批判的实质是一样的,而采取的批判视角则各不相同。刘先生还更进一步指出鲁迅小说的深刻性在于:鲁迅不但写出了封建传统文化对觉醒了的知识分子的摧残挤压,而且还深入揭示了这些

《中国现代文学前驱者论集》书影

叛逆者灵魂深处隐藏的传统文化因素,这是一种二律背反的双重矛盾。以这个理论分析来解读魏连殳、分析狂人、走近吕纬甫以及多次出现的"我",就可以找出那种在鲜明的自我剖析、自我反思的批判性质下的深刻思考,同时还可以看出鲁迅在文化批判中所包含着的对于民族振兴的文化理想和追求。我以为这就是那种典型的"知人论世",了解作家分析作品需要丰富的积累、读书的悟性和明了精当的表达。

进入新时期以来,刘家鸣先生把鲁迅研究的重点从小说转移到了杂文。收在本书中这方面的文章基本都是对于鲁迅杂文的解读。细读各篇我总是感觉到作者仿佛在寻找着什么,这里有一个总体的思路在引领研究。这就是鲁迅思想的精髓:"立人"和"不甘为奴"。刘先生非常注意鲁迅作品的时代针对性和鲁迅

生活的一贯性;注意鲁迅的一句话、一篇文章和一套全集之间关系的潜在精神联系,这样刘先生的研究就抓住了精髓。《"收纳新潮,脱离旧套"——鲁迅在五四时期的文艺观》是一篇重要的论文。研究鲁迅文艺观的文章很多,但是本文却能够独辟蹊径,既注意到鲁迅独特的"为人生而且要改良这人生"的自身创作宗旨,同时又注意到当时鲁迅同新文化运动先驱者一起的阵线意识。不少论者把鲁迅对传统文化的批判误解为是简单的抛弃和全盘否定,刘先生认为这是对于鲁迅的一种表面化的认识和误解。他举出《青年必读书》一文,认为对此要从历史的语境中进行分析,他从鲁迅早期的《文化偏至论》中对本国文化的肯定,联系到五四时期对于《嵇康集》的校勘和《中国小说史略》的写作,令人信服地指出鲁迅对传统文化的批判是集中在"吃人"和有害的那一部分,鲁迅号召青年要脱离这部分"旧套",并没有否定我国丰富的古典文学的精华和传统,并且还赞赏古代文学传统中的艺术构思与文学语言表现方式。一般人的论述至此可谓交代清楚,便会戛然而止。但是本文却毫不满足至此的论述,论者笔锋一转联系到鲁迅关于小说创作借鉴和摆脱外国作家影响的历史过程,以此和中国传统文学的评论相对照,引用鲁迅自己的话说,他的小说《狂人日记》比果戈理的"忧愤深广",也没有尼采那样的"超人渺茫",看来鲁迅就是鲁迅,五四时期是一个融化中西文化艺术的自由时期,对西方文化有借鉴当然也有扬弃,本文清晰地解析了鲁迅创作经验的创新过程。

《鲁迅杂文创作两次高峰期试探》一文,根据鲁迅的创作实际,认真分析了从 1917 至 1935 年底 18 年间杂文创作的两次高峰的形成经过,以具体篇章为例展示了鲁迅杂文从攻击时弊到解剖自己,从现实给予他的写作动力到对于"中间物"的论述,既发掘了鲁迅杂文的现实战斗性,又论及了鲁迅杂文的历史穿透力。《关于鲁迅杂文研究的思考》和《〈不废江河万古流——评"鲁迅过时了"〉是两篇综合研究论文,前者分析出鲁迅杂文研究"之"字形的曲折路程,后者以鲁迅的"立人"思想为宗旨,指出终结"人的奴隶制时代"是鲁迅锲而不舍的抗争目标。此外还有一些解读具体篇章的研究文章,也都是闪烁着论者的智慧之光。在重读《论睁了眼看》的研究文章中,作者把鲁迅的这篇文章分成三个部分,指出鲁迅在文章中揭示了两种文艺观和两种创作方法的对立,指出鲁迅的文章"在章法结构上并非平板直线地展开说理,而是首尾相应,同时附有穿插变化,生动活泼,摇曳多姿"。在《文艺的大众化》重读感言中他特别强调:"鲁迅语重心长地告诫:文艺的大众化,必须于大众有益,不应该降低思想和艺术水平去俯就和迎合大众,媚悦大众。"他还深刻地指出:当今某些号称大众化的文艺作品,在文学语言上完全重复鲁迅所批评的弊病,大肆滥用某个特定地域的方言土语,故意迎合一些民众的不健康心理,满纸流氓腔,通篇痞子话,把文艺大众化推向邪门歪道。重读鲁迅的这篇文章之时,他呼吁有远见卓识的作家,奋起倡导文学作品的语言的"三化":净化、优化和美化。作者特意把这篇文章的标题命名为《远见卓识的真切告诫》。《变戏法·看客·国民性——重读<现代史>》是一篇最能代表作者鲁迅观的文章,他在分析了全文的创作背景以后这样写道:"如果说这篇杂文就是把批判的笔锋指向剥夺人民的军阀政客们,那还不能说完全通晓了全文的旨意。这篇杂文还有另外一面的用意,在于通过续写围观变戏法的观众的麻木与健忘的表现,来批判国民劣根性。这恰恰是本文的又一层深刻意蕴。"他认为这是一篇体现双向批判的杂文杰作,既有对统治人民的新旧军阀与政客的批判,也有对于麻木健忘的看客的批判,批判了民众身上存留的国民劣根性,重读这篇文章的现实警示作用是很强的。

　　刘先生的鲁迅论有着他的一以贯之的宗旨,那就是他读着鲁迅杂文想着它的时代性和针对性,同时更注重鲁迅生活和性格的一贯性,所以他能够在学理和事理两个方面进行综合解读,许多篇章中常常注意到既是矛盾的又是统一的。在这些研究文章中,他特别着重指出鲁迅所反对的到底是什么,聪明的读者会常常注意到论者不断强调的鲁迅"要当主人,不当奴隶"的独特个性,这可谓抓住了鲁迅杂文的神韵。为什么说阿Q当政也不行,为什么要反对"奴隶总管",为什么注重"立人"思想等等,他的这些深度思考,是建立在辩证唯物主义的文艺理论基础上的,所以他总是能够从鲁迅那里找出"防被欺",注意历史的天空,注意矛盾的同一性与特殊性,同时又是建筑在对文本的严肃把握上的。他的研究始终以作品说话,特别注意文本的艺术性,将艺术特色放在中国文化的大背景下进行分类研究,因为他强调小说和散文毕竟永远也不是宣传。

　　第二,精当细致、勇开新路的冰心研究

　　家鸣先生的冰心研究也有数十年的功底了。冰心是他的乡贤,我觉得作为同是福建长乐人,他在精神上对冰心的作品有一种天然的接受能力。福建的秀丽山水影响到冰心的创作风格,家乡人的性格特征、长乐山水的抚育和对于福建籍作家的精神理解,应该使家鸣先生的冰心研究有得天独厚的条件,当然最主要的还是他多年以来的文艺理论积淀。

《中国历史新时期的正气歌——冰心晚年的散文创作》是一篇很有分量的论文,许多冰心研究大都停留在早期冰心散文研究的层面,而这篇文章别开生面从冰心的"生命从八十岁开始"入手,挖掘这位世纪作家的晚年人生体验和艺术魅力。论者说:"她的笔锋,伸进逝去的历史深处尽意描述,指向现实的社会现象进行评议,以明确的是非、热烈的爱憎,表达着自己的见解。"晚年冰心散文创作千姿百态、品类多样,既有传记性散文又有议论性散文,还有随笔以及艺术性或称作心境散文,当然也还有许多难以归类的书信序跋及文艺随笔创作谈等不一而足。在这诸多的散文创作中,刘先生首先发现的是冰心对于五四传统的坚持和发扬,这些作品集中在执著求真"说真话,抒真情、写真相"的同时,"表明了老人对文学的执著与坚定,对真理的崇敬与坚持,对理想和事业的确信和恪守。"在艺术上,刘先生发现冰心晚年散文中"富有震慑人心的艺术魅力"。众所周知,晚年冰心愈老弥坚,更加关注祖国和人民的命运,以她的大爱支持"希望工程",在关键时刻代表了知识界的良心。但从现有的冰心散文研究论文中,笔者发现均对此涉及不多分析甚少。家鸣先生细致入微,在冰心晚年诸多的散文作品中分时划类,精当总结,既讲出了冰心那种热爱祖国、向往未来、关怀少年的"大爱",也分析了晚年冰心不惧狂风暴雨,"坚如金石"的伟大性格。同时还对晚年散文的艺术总结出新的看法,指出"她晚年的散文,笔墨依然清纯流畅,情调依然亲切温暖,然而柔中有刚,绵里存针,于清词佳句中行有尖锐的批评、耿直的谏诤。在她晚年散文整体上,激荡着一股刚直不阿、率真豁达的凛然正气。这就是她那强烈而坚定的爱国主义精神和憎恨一切腐败与邪恶、勇往直前的战斗意气。"他准确地指出,晚年冰心的散文艺术在中西古今文化水乳交融中,更深刻地保持了本民族文化的传统与特性,使民族文化更加发展、丰富与繁荣起来,"于简洁质朴之中饱含着深沉的文化底蕴"。论者注意到晚年冰心特别喜爱林则徐的爱国诗句:"苟利国家生死以,岂因祸福避趋之",多次书写送给青年的作家和众多的后学,这是一种由福建精神扩而展之的中国精神。作者认为:晚年"冰心的辉煌人格和丰富作品,已经成为我们伟大祖国的非常宝贵的精神财富"。

研究冰心当然最主要的就是那种独特的艺术欣赏,郁达夫早就说过:读冰心的作品"能够了解中国一切历史上的才女的心情;意在言外,文必已出,哀而不伤,动中法度,是女士的生平,亦即是女士的文章之极致。"《论冰心散文的历史发展与审美特性》一文,把冰心各个时期散文的创作思路进行了梳理,作者认为冰心散文创作历程可以分为三个阶段,而每个阶段都是一种艺术的升华,又折射和反映出 20 世纪中国社会的历史风霜,中国人民历经苦难、争取自由解放和民族振兴的沧桑巨变。从审美特性来看,冰心散文之美是"柔美",是一种"温柔的喜悦",让人感到是一种柔和的力浸入心灵,是由作家的主体情感与客观物象的和谐统一,从而产生一种宁静温婉,那是"恬淡优雅的愉悦"。作者认为从 20 世纪中国社会和人民苦难的沧桑中,更能够读出冰心的作品里"心泉流过的痕迹",因为那是她心灵史的艺术记录。

《情绪的珍珠 思想的火花——论《繁星》与《春水》的诗歌意象》,是一篇用新观念研究旧作品的论文,《繁星》和《春水》是读者熟悉得不能再熟悉的作品,论者主要分析几种常见的艺术表达方式。此文分析冰心的诗歌意象真可谓细致入微。作者以主观情志、排比词语、对话劝说、格言警句等几个常见的艺术表现方式,来说明冰心诗歌意象的"清新灵动"和"委婉含蓄"。再深入下去分析产生这些意象的时代因缘、个人经历以及文学渊源的传承关系,更直接地解释这些不朽诗歌,是怎样"或多或少或浓或淡地散发出这一种时代音调"的。此文还解释了"有了爱就有了一切"的冰心信念,那是一条贯穿在她的全部文学作品中的思想红线,那是一种不懈探索、积极进取的"大爱",就是在"不被重视,还因此受到批判和否定"的时期,也掩盖不住冰心那纯真优美的艺术的光辉。

《冰心:胸怀大爱、品德高洁的现代文学伟大先驱》和《现代散文的优美风范》是两篇冰心散文选和代表作的前言。这两篇重量级论文都是全面分析冰心一生创作经历和艺术风格的提纲挈领性的导读文章,显示出非凡的功力。最能引起我注意的是,作者总是不间断地提及作品的艺术风格,他要求读者注意冰心作品的抒情基调,感知冰心艺术的抒情节奏。读了这些前言序文,在一种独特美的指导中,在一位资深教授的引领下,再读冰心的作品,相信细心的读者定会有很大的收获。

第三,实事求是、观点鲜明的李何林研究

本书中我以为最为精彩者是关于李何林研究。李何林病危前夕在为自己亲制的讣告中说:"六十多年来,为党为祖国培养了一大批中国现代文学和鲁迅研究人才,坚持五四以后新文学的战斗传统,发扬鲁迅精神,驳斥了鲁迅生前和死后一些人对鲁迅的歪曲和污蔑,保卫了鲁迅思想。"这应该是李何林研究的总纲。

大家知道李何林在文坛上从一出现就是和研究鲁迅、"保卫鲁迅"联系在一起的。《为保卫和宣传鲁迅奋斗终生》是一篇纪念李何林百年诞辰的文章,家鸣先生是李何林的第一批研究生,对于导师的理解高于常人,李何林的鲁迅研究相当的一部分刘先生也是亲历者,尤其是对新中国建立以来的那些往事叙述得心应手。他清醒地指出:"新中国建立后,由于指导思想不断地向'左'升级,文坛上根深蒂固的宗派主义又有了新的表现。在'反胡风'、'反右派'等政治运动中,从前受过鲁迅批评而又当权的作家趁机报复,狠手整治曾经拥护和支持鲁迅观点的作家,借以攻击鲁迅"。"打倒'四人帮'以后,又有人借批判'四人帮'的罪恶在拐弯抹角地攻难和指责鲁迅,文坛上传着所谓神话鲁迅,鲁迅受胡风冯雪峰蒙蔽,无知人之明等谬论"。这一段非常清晰地把那个时代的政治文化背景展示出来,就是在这样的历史背景下,李何林勇敢地站出来,批驳种种违背事实中伤鲁迅的言论,为鲁迅辩护。作者列举了李何林的一系列文章,如《鲁迅研究中也有'两个凡是'吗?》反驳茅盾等人所谓"不要神化鲁迅","鲁迅研究中也有'两个凡是'问题"的错误言谈。特别是对于夏衍所写的《一些早该忘记却而未能忘却的往事》一文和《懒寻旧梦录》书中,"在唠叨'左联'往事中曲意维护自己,暗存锋镝",用李何林的话说这就是"直接搞冯雪峰、胡风,间接地搞鲁迅"。文中介绍了李何林在患有白内障、目力不佳的情况下,奋力撰写《为鲁迅冯雪峰答辩》的长文,指出夏衍的书所辩护的不只是自己,而是代表了"小集团主义"中的一部分人,就是要翻30年代的案,算鲁迅的账。表现出不畏权贵坚持历史唯物主义的思想和态度。为什么李何林有如此的硬骨头精神?作者分析说,李何林的一生主要工作岗位是教师,"数十年如一日地宣扬和普及鲁迅的作品,使鲁迅思想和精神薪火相传,有助于改造国民劣根性和振兴民族精神"。文中介绍了李何林向来强调的研究和宣传鲁迅"首先要学习鲁迅的原著"、"原著才是第一位的",这是一种"回归文本"的研究之路，是进行学术研究的第一步。文中特别提出晚年李何林关于"向广大群众宣传鲁迅和普及鲁迅作品"的主张，强调李何林关于"普及鲁迅作品要多加注解"的主张，以及在生命最后阶段为中青年学者的研究著作写序作跋，普及鲁迅研究的独特贡献。刘先生认为李何林和他的鲁迅研究思想，虽然"具有鲜明的时代色彩"，在不同时期还不同程度地存留着以往时代的泛政治化倾向，那是历史和时代造成的，"都已经进入历史，属于历史"，我们不应该苛求于前辈。但是"他以赤诚耿直的心，怀着革命理想和坚毅意志，为着变革旧社会、彻底解放人民群众，为着社会主义精神文明建设、振兴中华民族精神，数十年里孜孜不倦地献身于鲁迅研究工作"的伟大精神，我们是应当永远记取的。

《李何林先生的学术贡献和治学品格》是一篇专题研究，在介绍了李何林的学术道路以后指出：李何林"不是一个只顾闭门读书、苦钻书堆的学问家，而是一位富有政治自觉性的革命家型的学者。他的治学品性极富个性特色，充分体现出他的人格精神。"接着分析李何林治学品格中的时代性、严谨性和原则性。总结李何林数十年学术研究的历程，家鸣先生认为有两点最为突出最为重要的表现：首先是在学术研究中始终不渝地坚持马克思主义的精神；其次是刚正不阿、坚持真理的治学品格。这正是他继承和发扬鲁迅硬骨头精神的深刻表现，"是他作为开拓现代文学学科研究的真正学者的伟大风骨，是他成为一个革命者型的文学理论家和文学史家所持有的高风亮节和崇高品性"。《李何林：开拓现代文学研究的先驱者》一文，是读《李何林文选》和《李何林选集》的感想文章。我知道家鸣先生也是这两本书的编者，他对于李何林著作的熟悉程度无人可比。在介绍了李何林从 20 年代末期未名社的文学活动至新时期以后，作者全面总结李何林对于建立中国现代文学学科的独特贡献。他说，李何林的学术论著中富有鲜明的时代色彩和思想倾向，"总是注意抓住现代文学发展中的两个重要问题展开论述，即马克思主义文艺思想(或称无产阶级文艺思想)和现实主义在不同历史时期的发展问题。这确实是现代文学史上两个关键的问题、两条中心的线索"。他说 1951 年夏天，李何林编辑的《中国新文学史研究》一书，是新中国建立以后的第一本现代文学史的学术著作。1957 年夏天出版的《关于中国现代文学》学术著作又充实和加深了现代文学的研究，联系到解放前的《近二十年文艺思潮论》，形成了李何林的完整的现代文学理论。我们应该完整地、历史地从整个指导思想和学术气氛中，来认识和理解李何林那种从善如流的学术品德和不断检讨自己学术思想的衷情，而不应苛求这位现代文学前驱者的开拓精神。家鸣先生引述黑格尔关于"没有人能够真正超出他的时代"的观点，在论述中一点儿也不避讳李何林的各种存有争议的观点，他认为"何林先生自己不可能超越时代和社会，所以他的学术论著也难以避免地留存着时代的烙印"。从鲁迅研究中的文本解读，到五四新文学的理论论述，再到对于鲁迅的普及，李何林始终如一地坚持着他的学术精神，"鲜明地表现了他那种严谨扎实的治学风范和个人的独立的学术创见"。我觉得刘家鸣先生的李何林研究，是目前我国李何林研究中的精品，因为他在学术精神上是最接近李何林的，那种耳濡目染的师承关系，那种与导师相同的喜怒哀乐和将近60年的南开历练，他的一些精彩评论都成为或正在成为李何林研究绕不过去的定评。

第四，功底扎实、风格独特的其他研究

《中国现代文学先驱者论集》一书中，还有三篇是关于郁达夫和创造社的研究，以及曹禺和鲁藜研究的论文。

《郁达夫在二十年代文学理论述评——为纪念郁达夫百年诞辰而作》是一篇专门从理论视野总结分析郁达夫文学理论的论文。作者注意到郁达夫是文学领域中活跃的多面手，既创作诗歌、小说和散文，还从事文学理论批评，写学术论文，又进行翻译工作，译介外国的文学论作或作品。文学创作、理论批评和翻译活动相互配合，推动着新文学运动的发展。本文总结出郁达夫一系列文学理论著作内容和写法上的特点是：译介和评述国外各种文学思想或理论，密切联系实际评述中国古代文学理论，采用中西文学相比较的方法综合分析，运用散文笔调写作使学术性和可读性相结合等。郁达夫的文学理论当然不能脱离它所处的那个年代，本文在总结大量文章的基础上，证明郁氏的文学理论和创作主张具有很强的时代色彩，更接近当时主流文学所倡导的无产阶级文学，虽然也强调作家的主体性和创造性，总体上对于中国革命文学的认识依然是激进的、充满信心的。但是郁达夫毕竟是郁达夫，家鸣先生当然十分注意到作家独特的个体，发现"这一个"与"那一群"的明显不同，他细致地指出郁达夫的学术眼光是开放的，"既概括地评述了外国文学理论和文学思潮的历史发展进程，也分析了现代西方流行的各种各色的文学流派创作,并且对不同的创作方法和艺术表现方式加以评议和分析,客观公允,兼容并蓄,完全表现了他在学术思想上的开放和意识和自由宽容的精神。但是,郁达夫并非只做纯客观的介绍和描述,也并不拘泥于固守和肯定一种创作方法,而是有着自己的主观爱好和选择,在论述中显露出他那独到的精辟的学术见解。"谈到历史的局限时,本文认为由于当时的白色恐怖高压,郁达夫当然不可能在创作中体现自己的激进的文艺理论主张;再加之作家自身的思想局限,"使他的一些作品中难免涂抹着忧郁灰暗的色彩,难免流露出伤感颓唐的消沉情绪"。本文的独特之处在于作者通过大量的理论文章对比,指出郁达夫是一位"既具有独立主见又富于开放意识的文学理论家"。这是一篇高屋建瓴的论文,它是以郁达夫的文学理论来分析郁氏的文学创作,再三强调郁氏文学创作的主导倾向,仍然是体现着五四时代的反封建精神。

《郁达夫:才华超绝、抗日殉国的现代文学先驱——〈郁达夫代表作前言〉》是全面评价作家作品的导读文章,此文的精华之处在于对所选小说的经典性介绍说明,特别值得关注的是将《迟桂花》和《东梓关》放在一个段落统一解读,文中说《东梓关》"以恋慕的心情描写徐竹园那超脱俗尘、悠然自得、行医自立的名士派生活情趣。尽管穿插着东指关的传说,透露出作家对社会黑暗与战乱的愤懑,但笼罩全篇的却是退隐避世的情调"。作者认为郁氏的《东梓关》和《迟桂花》一样,都表现了作家向往那种悠闲自在、返璞归真的生活情境。除了大部分名篇以外,我格外关注的是一般不大被重视的小说的解读,而家鸣先生对这些更是论述得十分认真,比如对于《在寒风里》、《唯命论者》和《出奔》都有细致入微的评介,这些往往不被一般论者所重视的小说,也能如此认真地对待,正可以体现他的做学问方式:扎实严谨、一丝不苟。除此之外,本文的最大特色与其他文章一样:将郁氏小说艺术的贡献和散文题材内容的艺术特色,分门别类地进行认真的解读,既给读者一个完整的印象,又使人进入理论的思索。

《创造社前期小说的创作特征》,主要是对以郭沫若、郁达夫为代表的抒情浪漫小说创作特征的概括研究。文中将这一流派的风格总结为:抒写个性、体验经历;刻画心灵、表现情绪;淡化情节、强化情调;讲求唯美、袒露真诚等,并进行了详细的文学理论阐述。同时还从中外文学的渊源展开深度挖掘,比如分析他们对我国古典文学中的《诗经》、《楚辞》和20世纪初叶苏曼殊写的《断鸿零雁记》等,在求"情"造"景"和创造"意境"方面的自觉继承。此外欧洲浪漫主义、现代主义文学思潮的影响,也是一种催化剂,刘先生认为:"这两方面是不可偏废的"。此文对于前期创造社小说的缺点没有论及,我以为这是一个小的遗憾,尤其是郭沫若小说中那种对西方小说形态的简单模仿,再就是郁达夫个别小说中冗长恣肆的大段自我抒情,似都有加以理论批评的必要。

《曹禺剧作与"五四"新文学传统》和《论鲁藜的哲理诗章》都是相当有分量的学术论文。前者主要论述了曹禺戏剧艺术的民族化的表现,指出这"是他那丰富深厚的中国文学艺术素养所造就的,是这位戏剧天才的富有个性的艺术创造的结出硕果",还从鲁迅和郭沫若那里追寻曹禺所继承的新文学传统,当大家都在注意奥尼尔的时候,作者告诉我们本民族的宝贵文化遗产更是不容忽视的;后者则是从鲁藜的诗歌中,寻找哲理的意象群体,比如多次出现的泥土、贝壳、蝉鸣、蜜蜂、小草和煤块等,诗人的对比手法、警句箴言式的表达和艺术表现上的丰富多样,都被研究者清晰地列举出来。这是一次漫长的诗歌艺术之旅,在细致入微的分析中,刘先生从《诗经》、《楚辞》到魏晋的嵇康、陶渊明再到唐朝的张若虚、王维、白居易、李商隐等,至宋朝的苏轼、王安石、朱熹等诗人,一直延伸到五四时代的郭沫若、冰心等诗人。这也是一个中国诗歌的历史之旅,在这样的大背景下,我们可以在作者的带领下从更深层次中了解鲁藜诗歌丰富的意象渊源。

家鸣先生不是那种文章满天飞的人,他的著文正如他的为人,不成熟的或是一时拿不准的、甚至写好以后尚未在语言上反复推敲过的文章,也是从不寄出更不愿意示人,这来源于他对待学问的认真态度。50多年来始终如一、扎扎实实、一步一个脚印地默默耕耘,这是一种以李何林为代表的南开学派的治学精神。他在《中国现代文学先驱者论集》后记中,谦虚地写道:"高山不弃石砾,大海不拒细流。我的这些学术论文,也许是几颗石砾或几朵浪花,可以算是对现代文学研究的一点微薄的贡献吧。"

说句真心话,评价刘家鸣先生的这本书其实是很难的,难就难在他的扎实与厚重,如果你不下真的笨功夫的话绝对无法把握它,这样的学术著作中没有新奇、没有热点,也不会有轰动效应,当然就更没有一点儿的水分,在浮躁的今天这本书似乎是不大适合时宜的。正是因为如此,我可以负责任地告诉读者:购读并珍存这样的书,你是绝对不会后悔的。

《鲁迅小说史学研究》读后

天津社会科学院出版社出版了鲍国华博士的新著《鲁迅小说史学研究》,这是一本具有开创性的研究著作。据我所知,关于鲁迅《中国小说史略》的研究专著,到目前为止仅出版过三部。该书的出版无疑强化了鲁迅研究的薄弱环节,是丰富 21 世纪鲁迅研究的一项新成果。

众所周知,关于鲁迅小说史学的研究的专门论著历来较少。原因是多方面的:首先是研究者历来关注作家鲁迅,而对于学者鲁迅重视不够,大家一味地重史实、重作品;其次是一般鲁迅研究者的专业是中国现代文学,对于中国古代文学知识欠缺,鲁迅与中国古代文学关系的研究涉及方方面面太多,许多人力不从心。鲍国华从选题开始,无疑就选择了一条艰辛的研究道路。但是他迎难而上、矢志不移,以"咬定青山不放松"的坚韧治学精神,十年磨一剑,终于获得了今天的成功。

首先,本书的主要特色是扎实的资料功夫

鲁迅曾经说撰写文学史要"先从做长编入手",他根据自己的知识积累,很早就对 36 种唐前小说佚文进行过收集整理,辑录了《古小说钩沉》一书,为五四时期的《中国小说史略》写作打下了坚实的基础。将鲁迅这些具体细节从资料中钩沉出来,厘清捋顺是非常细致繁杂的工作。国华迎难而上,做了大量的学术准备。他先是从鲁迅的小说史研究入手,进而找出鲁迅写作该书的学术准备,再考察版本流变。值得赞扬的是他在查找资料的同时,意外发现了《中国小说史略》1925 年 2 月北大新潮社的再版本,这个版本在迄今的各种研究成果中均未被提及。经过比照他发现再版本除订正旧版的错字以外,在具体的小说史论述和材料征引上也存在若干修订。于是乎国华以此本为主对初版本进行了汇校。这是非常吃功夫的工作,据我的浅见,在《中国小说史略》研究的过程中,还从来没有人这么做。经过国华的细致而卓有成效的工作,我们今天才得以看到鲁迅的严谨和细心,看到鲁迅将一部讲义变为学术著作所付出的苦心孤诣的努力。所有这些在本书的附录中都有全面的展示，读者可以以此来了解作者的苦心和研究的聪慧。

其次，是对于鲁迅"史识"的科学定位

众所周知，小说在中国旧文学中历来是被视为不入流的，长期被排斥在国学视野之外，是五四新文化运动才使得小说由边缘进入文学的主流，成为现代意义上的四大文体之一。鲁迅在北大的课堂上讲授中国小说史本身，就是非常具有挑战性的除旧革新之举，同时也使具有西学背景的学者型作家有了用武之地。鲁迅说："中国之小说自来无史；有之，则先见于外国人所作之中国文学史中，而后中国人所作者中亦有之，然其量皆不及全书之什一，故于小说仍不详。"鲁迅写小说史开中国人治小说史之先河，表现了五四学人将新的文学理念贯穿到学术中去的实践。鲁迅登北大讲台，是因为他在中国小说史研究领域中有非凡的造诣。他在讲授这门课以前已经研究了许多年。鲍国华在书中说，鲁迅的小说史讲义最突出的贡献在于，有丰富的史料和独特的学术"史识"眼光。比如鲁迅根据中国小说的特点创造了"谴责小

《鲁迅小说史学研究》书影

说"这一学术概念，他还根据文学作品现象提出了"拟"和"末流"的小说史论断："拟"就是中断后又盛行的小说创作现象，和缺乏独创精神的模拟前人趋向；"末流"就是模仿他人作品，并因袭其创作态度，且失去原来之精神优长者。这些都成为小说史研究理论的重要支柱。指出这些仅仅还是初期的工作，国华还有他的精读感悟。比如在这本书中，国华就向我们揭示了鲁迅在小说分类定位上的转换过程。最初鲁迅是将《儒林外史》定位为"谴责小说"，而将《孽海花》归类为"狭邪小说"的；后来他将《儒林外史》从"谴责小说"中分离，作为"讽刺小说"独立成编，而将《孽海花》归入了"谴责小说"。这些表面上看来是概念的界定，而实际上则表现出鲁迅小说史学研究的概括力和科学性。从国华的论述中，我们也可以清晰地看出概念的流变过程。这就是所谓"史识"，从中我们可以更好地体会出鲁迅对于那种"恃孤本秘籍，为惊人之具"的不屑。国华总结说鲁迅研究中国小说，有他的价值判断和历史判断，我以为"史识"就是鲁迅这方面最为精华

独特的小说史观。

第三,全方位多角度的研究视野

要研究鲁迅的小说史观,必须将其关于小说史的全部资料掌握完整。在这方面国华做了大量的艰苦的工作,也就是走乾嘉学派的苦路,扎扎实实地收集整理第一手资料。他认真撰写了鲁迅中国小说史研究的系年,考察了鲁迅清末民初的小说观,此外还重点分析了鲁迅的《魏晋风度及文章与药及酒之关系》一文的学术史意义。进而全面研究了鲁迅的《中国小说史略》与中国小说史学的发生。值得注意的是国华的研究视野是全方位的,他在研究鲁迅小说史观的时候,同时还注意到鲁迅本人就是当时新文学的著名小说家,鲁迅的创作经验和其对中国古代小说的自家真实感悟体会,在当时大概是无人能够望其项背的。这个提示,对于我们研究鲁迅的这部特定作品,无疑有着非常重要的作用。

因此我们顺着国华的分析,可以理解为什么《中国小说史略》从最初计划发给学生的油印本讲义,后来经过鲁迅的反复修改,一跃成为重要的学术著作;并由此奠定了中国小说史研究的基本格局,同时也奠定了他在中国文学和中国小说史研究领域中的崇高地位。这样的一个过程是意味深长的。

《中国小说史略》是学者鲁迅的最初形态的著作,也是具有开创性的国学名著。因而研究鲁迅的小说史观,需要具备中国古典文学的深厚基础和对鲁迅的宏观了解,二者缺一不可。作为学院派的年轻学者鲍国华博士用了十年的努力,用他的耐心和韧性,进行着与鲁迅小说史学的不断对话,终于成就了这本具有重要价值的研究著作。

《中国小说史略》书影

纵观鲍国华的学术道路,我深感他这一代学者是幸运的。他的硕士研究生导师是谨严的王国缓,博士研究生导师是深刻的王富仁,博士后的指导教师是开阔的陈平原,其间还得到京中鲁迅研究专家王德厚(得后)先生的教诲。扎实的积累、宽广的眼光,再加上自己不懈的努力,成就了国华的学术道路。在评论这部研究著作的时候,我由衷地向国华祝贺,希望他不断精进,将来有更多的好研究成果问世。

《鲁迅著作考辨》读后

刘运峰先生是鲁迅研究的有心人，多年来一直致力于搜集整理鲁迅佚文，成绩显著；他孜孜以求、千辛万苦，终于有《鲁迅佚文全集》和《鲁迅全集补遗》的出版。这是一项填补空白的工作，我以为颇值得大书特书。此外，关于鲁迅的书他已编辑出版了《鲁迅序跋集》、《鲁迅先生纪念集》、《鲁迅自选集》、《鲁迅书衣百影》等，并写出了《鲁海夜航》专著。他还在《中华读书报》、《鲁迅研究月刊》等报刊上，发表了诸多研究论文。现在摆在读者面前的这本《鲁迅著作考辨》，就是他在搜集、研究鲁迅佚文和鲁迅著作过程中的副产品。

这本《鲁迅著作考辨》由天津人民出版社出版，是作者近十年来的有关鲁迅研究的论文集。全书共分为四辑：即《鲁迅全集》评说、鲁迅佚文钩沉、鲁迅著作考订、鲁迅史实探寻等。我以为，本书的独特之处有二：

首先是扎实的功底和认真的精神。

第一至三辑中的主要文章，是刘运峰对于《鲁迅全集》编辑出版工作的独特贡献。早在2001年，他就针对1981年版《鲁迅全集》的校勘、注释等错讹问题，搜集了一百余万字的补正资料，编辑了将近60万字的鲁迅佚文，毫无保留地提供给人民文学出版社，为1981年版《鲁迅全集》的修订做了最为坚实的工作。为此，他得到中宣部、新闻出版总署的特别邀请，出席了2001年6月中宣部培训中心召开的"《鲁迅全集》修订座谈会"和2005年11月在人民大会堂召开的"《鲁迅全集》出版座谈会"。收在本书中的有关鲁迅著作评说、钩沉和考订的文章，显示了他扎实的学术功底。这与他所进行的资料准备有着直接的关系。他从多年前就广为搜集鲁迅著作的各种版本，直至非常昂贵的《鲁迅手稿全集》。

说他是有心人绝非一般的评说，他经常对照鲁迅

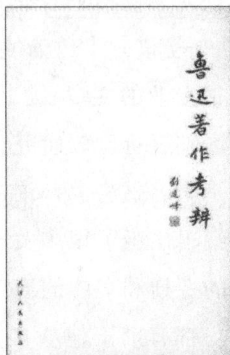

《鲁迅著作考辨》书影

著作的各种版本进行比较阅读,当 2005 年版《鲁迅全集》出版以后,作为一个成熟的研究者的他认真比勘,不放过任何细节。功夫不负有心人,世界上的事情怕就怕认真,刘运峰在这个新版本里发现了不少问题。收在本书中的《2005 年版〈鲁迅全集〉编校刍议》一文,就是他的新成果。他提出了"文本比注释更重要"的观点,指出 2005 年版《鲁迅全集》的文本校勘水平,在提高的同时又存在着缺憾和不足。《新版〈鲁迅全集〉的"得"与"失"——2005 年版〈鲁迅全集〉出版研究》一文,是对 2005 年版《鲁迅全集》中编辑体例、注释、校勘、排版等方面所进行的专题研究。在这方面他用力最专,这种锲而不舍的较真儿精神,来源于他既是大学教授同时又做过编辑的双重身份。由此可以印证,就是经典文本的校勘也应该是长期的工作,特别是在当前,要想保证一个版本的权威性,还是有许许多多的工作要做。

其次是注重资料和敢于创新的研究视野。

刘运峰是专家的同时也是杂家,他具有多方面的知识储备。熟悉他的人从其买书的种类就可以推想出来,他曾到过英国研修,同时也曾在香港的大学访问,多方面的知识修养和国际的宽广视野,检验了他的杂学,同时也成就了他的研究。收在本书第三、四辑中的文章都涉及了广泛的知识。如《"青皮"考》、《释"颖"字》二文,既属于社会史和民俗史的范畴,同时又要有文字学的知识,当然主要还离不开对于鲁迅文本特殊体式的准确理解。《鲁迅和陈任中》一文则是读书的互见,他从读曹聚仁的《听涛室人物谭》对陈任中的介绍,想到鲁迅书信和日记对该人的论述,行文自然流畅,引用恰到好处,这是对于鲁迅著作注释的有益补充。《鲁迅是"书法名家"而非"书法大家"——与江平先生商榷》、《鲁迅与〈北平笺谱〉〈十竹斋笺谱〉的出版》、《〈北平笺谱〉和〈北京笺谱〉区别何在》等,都是很专业的文章,尤其是后两文,细致入微地将《北平笺谱》和《北京笺谱》的种种区别进行比较研究,表现了作者对笺纸、书画和编辑出版业的深刻理解。刘运峰是著名书法家孙伯翔先生的弟子,在书法理论和创作方面有着很深的造诣,他编辑出版了很多关于书法的论著和碑帖。他研习书法用力甚勤,因此对于文字的变迁和书体的演变,均有着独到的理解,并对书法理论有着精深的研究。这些,都有助于他从多方面接近和理解鲁迅。刘运峰还曾出版过一册《文房清玩——笺纸》,他对笺纸的研究是非常专业的。在鲁迅研究界以中文系出身的学院派为主的一统天下的主流里,刘运峰的知识积累就显得格外突出而独特。他在校读和文字辨析上独具慧眼,纠正了许多似是而非的问题。在其他研究上他也做了许多填补空白的工作,在别人认为差不多中找到了问题之所在,收在这本书中的文章或是解决一个问题、或是纠正一种误传,但针对性是非常强的,文章是实实在在的,当然也是可以长久流传下去的。

刘运峰的这些成果,都是在注重资料的基础上的深入研究,我可以冒昧地说,从初期的研究开始,刘运峰就是属于注重史实的资料派,这是和他的注重史料的研究方法和曾经的编辑身份分不开的;然而,他也写出过不少洋洋洒洒的大块头的论文,如《关于<鲁迅全集>的版本》就是很有说服力的好文章。

刘运峰对鲁迅研究界的贡献在于追求文本的全面、资料的准确和注释的精当。如果我的臆断不错的话,他正是时刻朝着这个方向前进的,因此他的贡献是相当独特的。

(此文曾发表在《今晚报》上,原文被编辑删掉的文字太多,殊觉可惜;现将存稿整理出来,以表对于运峰兄之全面评价。)

《籍海探珍》读后

听说《籍海探珍》一书在日本发行的消息,我感到很高兴。这是纪念鲁迅诞辰 110 周年以来,中国出版的一部力著,它填补了中国鲁迅研究界的一项空白。

众所周知,鲁迅从日本留学归国到参加新文化运动,有将近 10 年的"回到古代"的"消磨"时期,历来的研究者们都说,这是他思想消极彷徨的时期,而他很快就克服了彷徨而前进了……云云。读了赵英(又名赵淑英)先生的书,我们知道了一些惊人的数字:此时的鲁迅辑录、校勘了整册的古籍 22 部;编制、校订各种目录近 20 种;抄录各种古籍 40 余种;抄录碑文近千种……这些被埋没了 70 多年的重要情况,经过赵英先生十数年的孜孜矻矻认真研究,首次在鲁迅研究界公布,并传到世界各地。通过这本书我们可以更清楚地知道,鲁迅的学问何以如此博大精深。一般人都知道,鲁迅是中国传统文化的批判者,他参加新文学阵营后的创作"实绩"便是最好的证明;但是赵英先生的著作又一次有力地证明了,鲁迅还是中国文化的整理者和重建者,他用自己扎扎实实的切实工作,完成了对大量古籍的收集整理、比较和编校。这对于后来的去北京大学讲授《中国小说史》进行了非常重要的资料准备,也是学者鲁迅的重要文化积淀。赵英先生是《鲁迅研究资料》的资深编辑,她在做好编辑的同时,进入研究的深海之中探底

《籍海探珍》书影

撷珠,从大量的鲁迅手稿中,清理出许许多多的被埋没了半个多世纪的宝贵资料,并用文字把这方面的信息公布于世。《籍海探珍》中的第 10 节"关于近年来发表和尚未发表的其他古籍",是一个新的亮点,相信一定会引起研究者的关注和极大兴趣。

研究的大弊是知其然而不知其所以然。人们都知道鲁迅曾经研究过佛经,但是他研读的是何种佛经,他是怎样研读的?另外就是他抄校过古碑,但他抄的是哪些碑?过程和结果是怎样的?所有这些在"叩击佛门"和

"涉足金石"两章中,都有较为详尽的介绍和令人信服的说明。特别是那些经过精确认真的统计数字,更是反应出研究者的严谨与细心。"辑录杂俎"一章中的论文有些近 10 年来单独发表过,此次重读更感严谨厚实,而且放在一起亦给人自然贴切浑然一体的感觉。"整理古籍与兄弟之谊"一节,可能会引起众多周作人研究者的兴趣。这是一个严肃的课题,正是因为周氏兄弟的从"兄弟怡怡"到"互不往来",那么他们在失和前的种种资料对于研究者来说,都是不应忽视的。

再有,此书附有鲁迅整理古籍的编年资料,这对于研究者无疑带来不少的方便,这是很有用的检索资料。尤其是对于与此有兴趣的读者来说,就显得更为方便和重要。

通读此书后,我们对于"叩击佛门"和"涉足金石"两章有意犹未尽之感,作者似乎还应向我们多讲一些的,有些地方似乎还应更为展开。因为鲁迅本人在这两方面的研究与整理古籍比较起来,后者更为突出也说不定。

赵英老师为鲁迅研究打开了另外一扇新的大门,她带领我们走进了一个为我们以前所知之不多的世界。这对于更全面地认识鲁迅的伟大成就,了解鲁迅在整理文化遗产方面的贡献,实在是意义非凡。

(这是当年在日本写的一篇文章,发表在《光明日报》主编的《博览群书》上。赵英老师已经逝世多年了,现在重新检出算是对她的一种怀念吧。)

《书边语丝》读后

陈益民先生的新书出版了,书名是《书边语丝》,典雅而又意味深长。

要想破题的话,可能因为他是编辑,又是总编辑,这本书是他在漫长的近二十年工作中的心得,也是平时研究与思考的积累。通读全书,细心的读者就会发现,这是一册含金量很高的书,同时也是一本明志的书,许多地方闪现出思想的火花。

人们都说编辑应是杂家,这话一点儿都不错。这本书中单就文体而论,就有资料性很强的研究论文,还有耐人寻味的散文,有针对性很强的专业评论,更有介绍各种书籍的序跋文。

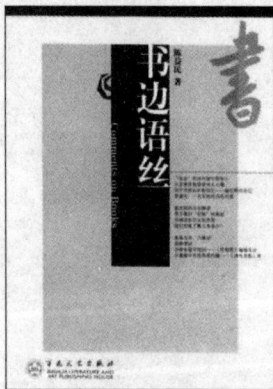
《书边语丝》书影

比如他的《"忠舍"佚诗与狱中周作人》一文,就是他在编辑《老新闻》时,发现了曾经载于"上海某报"的周作人狱中佚诗,系载于 1946 年 11 月 3 日的上海《文汇报》。他在《鲁迅研究月刊》上发表了研究文章,介绍这首佚诗并进行了研究。不久他看到陈子善先生在《文人事》一书中早已提及此诗,就立即写文章在《文汇读书周报》上对自己的"发现"进行纠正,虽然"上海某报"是经益民兄确认的,但他还是指出"此后再不能把它作为新发现了",这就是一种坦荡学者严肃做学问的精神。

从专业的眼光,我最喜欢的是他的"文坛旧人旧事"一组文章。这里有研究艾青的诗人心境、陈白尘《升官图》写作之后、徐志摩的编辑生涯、浩然那些鲜为人知的生平细节,以及被淹没的胡政之、一百年前的黄遵宪等等。不仅一般读者,就是专业研究者读来,我想都是会感到新鲜而有味道的。

益民兄是南开大学历史学研究生出身,想不到文笔是那么犀利刚健、细腻活泼、生动自如,因而他对于历史很有独到见解。"雪夜掩卷随想"这一组 11 篇文章都是他的拿手好戏。比如宋代的吏治整顿、墓志铭的文化解读，以及明宫的御医、符瑞的奥秘等，向读者介绍了许多新鲜扎实的历史知识。特别是他的《秦汉陵邑考》一文，很见其学术功力。

当然本书中他涉及最多的是图书生产，这些文章里有出版人的眼光、大市场中的文化人的担当。有关出版社改制问题、卖书号带来的出版社"空壳"危机，以及图书发行中的庙会现象等，均切中时弊。特别引起我注意的是他对于今日书界"六大俗"的痛斥，读来令人感到痛快淋漓。这六大俗就是：光速跟风、卖弄隐私、枪打出头鸟、胡乱翻案、追逐明星、打托造假。文中亦庄亦谐，在义正辞严的反讽中对此表示出轻蔑与不屑，凸显出现代出版人高雅庄重的品格。他在这一部分的辑页中满怀深情地写道："书剑恩仇，素为武林习语，有文人侠客风尚。我辈挥剑书边，不敢自诩豪气干云，慕古时文死谏武死战故事，亦指点一下江山，以示忧国忧民，即使不能改天换地，终不后悔。"字里行间既是道德的庄严宣示，又自然而然地流露出一种特有的书生意气。益民兄纵论天下，慷慨激昂中流露出一种实实在在的大众视角，我以为这是很不容易的，身在总编之位而心系一般百姓读者，这方面他有许多的贴心话语。给我印象最深的是，"要努力创作留得住、传得远的作品"，这是一句朴实的话，但是我深知这绝不是每个总编辑都能够说得出来的话，更不是每个出版家常常记在心头的话。

在这一部分文章中，使我印象最深的是他对于青年读者的一种期待和引导。首先他为80后的作者和读者"把脉"，并且对青年人喜欢的《龙游》、《紫川》、《孤独行走》等都有专门的评论。其次他从自我剖析开始，努力克服自己和一部分中年人的衰老心态。这和益民兄经常上网有着密切的关系，用他自己的话说就是："常爱到网上热门论坛上转悠。"记得我喜欢天涯论坛和文学网"榕树下"就是受了他的影响。因为他知道青年人在想什么，知道青年人需要什么样的读物，了解世界流行的出版物，有开放的大视野。这些年他所在的天津人民出版社出版了一系列适合青年读者的畅销书，与他的极力倡导是分不开的。他在文章中为青年人呼吁，立足青年人的角度想问题，向陈腐的老态保守观念宣战，这是我读他的书最为钦佩的一点。这是面向未来的编辑眼光，同时也是与时俱进的历史眼光。

"编书絮语"是他的一组专门为书而写的出版说明、序言、赘语等。这一部分的文字最见功力。其中我最喜欢的是他为西西的《浮光流年》所写的序言,这篇序言一扫那种冬烘学究之气,文章轻松有度、文采斐然。其中不乏调侃的语言,在看似闲适幽默中对西西的作品进行了恰到好处的介绍,读过这篇序言,我想大家一定会想方设法找西西的书来读一读的。

"要努力创作留得住、传得远的作品。"这是益民兄写给作者的话,我以为也是他编书的出发点和立脚点,他就是按照这个最朴素最基本的宗旨看稿和写作的吧。

赞誉完了,该说说不足了吧。如果一定要挑出一些不足,我想那就是"杂"的好处的另一面——"专"方面的欠缺。假如多年来益民兄坚持专攻于某一领域的话,无论是文学研究还是史学论述,抑或是写作抒情散文、犀利杂文,我相信他的成绩会更集中更厚实的,而现在多少有些涉猎过宽之嫌。当然,这又重回到对"杂家"优劣成败的评判问题了。

看来,一个人学养之"杂"的结果,终究会带给我们成也萧何败也萧何的感触。总之这是一本好书,我以为学历史的人和文学是相通的。

(本文曾发表于《天津日报》2008 年 11 月 16 日第 9 版。)

《周作人平议》增订本序言

我的周作人研究开始于上世纪 80 年代，那时刘家鸣先生找到我们说有一个任务，就是要研究周作人。由张菊香先生和我参与，后来才知道这就是国家第六个五年计划在哲学社会科学方面的重点规划项目。于是我们跑遍全国各大图书馆找资料，开始合作编写了《周作人研究资料》，后来在此基础上又出版了《周作人年谱》。此后我又出版了《周作人平议》。其实写大的长篇论文的愿望不是没有，但多年以来养成的有话则长无话则短、不尚空谈之习惯，常常认为过于冗长的文章是无人问津的。于是对于此类文章就不敢多写。

自《周作人平议》出版以后，在现代文学研究界和研究生、博士生中间反响尚可，天津人民出版社 10 年来印刷了两个版本。就是这样也常常接到年轻的朋友们的来信或邮件，说是现今市场难以购得，很希望能够买到该书，以便为写论文参阅。每每看到这样的一些来函，我总是产生某种危机之感，生怕因为自己的失误与不足而耽误走入这一行的青年学子，因此总是小心翼翼、认真读书、仔细思索，希望能够给他们一些东西。

在现代中国文学史上，周作人是一个绕不过去的存在，同时他又是一个有污点儿的人，他的人生可以说是失败的。对于这样一个历史人物的评价是困难的，我想借用鲁迅评价刘半农的一句话"以愤火照出他的战绩"来研究他，实事求是，还历史以本来面目。

首先，他在中国现代文学史上最大的散文家的地位，就是不可撼动，这是他的哥哥鲁迅在和他绝交多年以后，于 1936 年对来访的美国记者埃德加·斯诺说的，周作人一生散文创作历经 47 年出版了 30 册散文集这样的数量无人企及。

其次，他还是中国新文学的重要理论家，以《人的文学》、《平民的文学》、《思想革命》和《文学研究会宣言》等重要文章，可以证明，这些文章以他中国文学的功底和世界文学的视野，再加上革新的思想，使他在当时闻名天下，现代文学理论史的精神主线还应追溯到他那里去。

第三，他还是著名的文艺评论家，例如对于郁达夫小说《沉沦》的评论、对于汪静之诗歌《惠的风》的评论都是证明，这些重要的评论嘉惠于当时影响于后来，以无以辩驳的论证和宽阔的视野，为新文学初期的小说和诗歌创作开路，在当时无人可以匹敌。

再有，他也是著名的翻译家，从早期与鲁迅合作的《域外小说集》、《现代小说译丛》到后来的希腊文学、日本文学的翻译简直是无人能望其项背，从介绍弱小民族的翻译理念到翻译名著的转换，从坚持"直译"到注重特质的丰富翻译技巧，周氏兄弟在中国译

《周作人平议》书影

学史上，可以说是承前启后继往开来的人物。

就是这样一位作家，在我们民族到了最危险的时候，为什么说变就变了呢？这是很值得人们深长思之的问题。所以郑振铎先生在抗战胜利后写的《惜周作人》一文中说："在抗战的整整十四个年头里，中国文艺界最大损失是周作人附逆。"他还说："鲁迅先生和他（周作人）是两个颠扑不破的巨石重镇；没有了他们，新文学史上便要黯然失光……我们对他的附逆，觉得格外痛心，比见了任何人的堕落还要痛心！我们觉得，即在今日，我们不但悼惜他，还应该爱惜他！"郑先生的这个 60 多年前的论断，一直是我研究周作人的动力。因为这是一种心态，一种以民族为本位的大气健全的心态；而一路骂开去则是简单的，骂过之后还要有所反思、有所作为才对。我想研究一个在历史上做过贡献又有过污点的现代作家，抱着这种心态一定会大有所得。

于是本着这个宗旨，我就在对鲁迅著作的研读中，逐渐走近周作人。读他的作品，研究他林林总总的人和事，写一点文章，指导这方面的学生的学位论文，还在课堂上讲述自己的观点。为的是对以后的将要从事文学研究或要成为作家的人，提供一些历史资源，让他们发扬多读书、敢思考、早成名的优势；同时注意人生的大节，警惕自己不要像他那样走向人生的失败主义道路。所以我常常想，虽然主要研究方向是周作人，但是我的精神世界里还是鲁迅的成分要多得多，因为我们这一代人毕竟是喝着鲁迅的"乳汁"长大的。

现在呈现在诸位面前的这个版本，是在原来的基础上重新整合编辑的。新

加了《周作人与天津中日学院》、《周氏兄弟与五四新文化运动》、《完善书店与内山书店》以及《〈鲁迅与周作人〉读后》等4篇文章。第一篇《周作人与天津中日学院》是天津《今晚报》的王振良兄几次相邀写成的。振良兄对于周作人与天津中日学院的研究甚感兴趣，他是古典文学出身的藏书大家，数年来对于天津地方文化的研究成果卓著，我这个土生土长的天津人也比不过他，比如张爱玲在天津的旧居，就是他通过照片核对得以证实后告诉我的，我们每每对他的惊人之举总是赞叹不已；《完善书店与内山书店》一文，是《天津日报》的罗文华兄和我谈话时抓住的一个题目，我总是在资深编辑的关照里得到启示和教益，他鼓励我写出来，于是就成了现在的这个样子；《周氏兄弟与五四新文化运动》一文，是南开大学刘家鸣教授去年给我布置的作业，记得刘先生那时说："明年是五四运动90周年，你应该有所准备，写一写鲁迅和周作人在五四新文化运动中的作用也是可以的。"当时我就答应了，于是就找书来读，于是就苦思冥想，直到开始写作的时候，我才知道自己与这个题目之间相差得是如此遥远，于是就从小的题目做起，一个一个地攻坚，历经半个暑假终于得以完成。由于是分别发表，所以说不定会有些重复和罗嗦。《〈鲁迅与周作人〉读后》是一篇对于孙郁著作的评论文章，最初发表在《光明日报》上，全是由于林凯兄的好意，这是不应该忘记的。现在读来，我对于这几篇新文章还是比较满意的。它可以说是我献给师友们的见面礼，也是我对自己大脑思考过程的一个检验。

上海远东出版社的黄政一主任来天津组稿，经《天津日报》主任编辑罗文华兄的介绍，得以和政一先生相识相交。政一先生是一位事业心很强的人，他办事深入务实，雷厉风行，业精于勤，宅心仁厚。提出在这本书的基础上可以增加内容，丰富提高，再出一个新的版本。对此我当然是非常愿意的，因此就早早列出一个提纲寄往上海。不久，政一先生来信了，说"选题集团批复已下，您就开工吧！"同时还寄来了出版合同。这真是令我喜出望外，于是在9月出席了厦门大学的"中日视野下的鲁迅国际学术研讨会"之后，利用国庆60周年连休的假期，就认真"开工"编书。

此次的小书为了增加可读性，给读者一些直观的感受，我还经政一先生同意，有选择地找出了一些周作人各个不同时期的照片，穿插于不同的各组论述之中，盼诸位识查。

在此书出版之时,我难以忘记它的前两版责编,天津人民出版社的陈益民总编,正是益民先生的慧眼和关照才有此书的基础。

南开大学文学院的宋声泉博士生帮助我复印了有关资料,文学院文学实验教学中心的刘俊岭老师帮助扫描了周作人的部分照片,使本书的进度加快许多,这些都是应该特别说明和感谢的。

是为序。

2009 年 10 月于南开园

《三闲辑语》序

通过老同学尹世荣兄的介绍,我得以结识王中文先生。

世荣兄说王中文先生是化工专家、天津化工研究院的教授级副总工程师,该院是我国化学工业的四大科研基地之一。40多年来他一直在科研工作的第一线工作,涉及过化肥、涂料、颜料、无机盐、助剂、环保、硝酸及盐酸等多个领域,在基本化工和精细化工方面的科研、设计、施工、生产及情报方面工作成绩卓著。他曾参与了我国化工方面的"五五"、"六五"两个五年计划草案的全部工作,获得过多项国家和省部级科研生产奖项;他撰写和参加过多部(篇)学术著作和论文,其用日文撰写的技术论文曾在日本著名的《色材》杂志上发表,并曾以日语在大阪举行的国际会议上作过报告;《中国化工报》曾用三分之二的版面发表过介绍他事迹的报告文学,化工部在其成立40周年的纪念文集《中国化工风云录》一书中,从全国的十多个化工科研院所中选出四名典型人物介绍,王中文便是其中之一。

他是一位亦师亦友的老上级和亲切的长者,人们都尊称他为"王总"。

当然最使我感兴趣的,是中文先生酷爱古典诗词,是一位写了几十年诗词的作家,却因种种原因秘不示人,不仅同事们不知道,甚至连他的夫人都曾惊讶地说:"这么多的诗!你都是什么时候写成的?都放在哪儿了?"王中文先生的笔名为"铁生"。根据他本人的解释,"铁生"其实是他的小名,大凡须用化名的时候,他均使用这个名字,其真实目的是为了告慰父母的在天之灵。

我的专业是中国现代文学,大半生以鲁迅研究为业;教书写文章,也多是与此相关。从鲁迅那里我知道科学之重要,又因为五四新文学是以呼唤"民主"和"科学"起始,而我辈最缺乏者即是对自然科学之理解。所以我格外注意科学方面知识的补充,并时常告诫自己:学文学的人要多了解一点科学。当然能结识理工科方面的专家一直是我的梦想。

不久,世荣兄就陪同中文先生到南开大学来了。初次见面,中文先生带来了他的诗稿,那是一本打印装订好的白皮诗集,名曰《三闲辑语》。他谦和地说自己是以"闲云野鹤之身",有"闲暇存诚之念",表"闲情逸趣之心"。此"三闲"来为诗集命名的。再三强调此"三闲"绝非是李白的"孤云独去闲"之高傲,亦非陶潜的"闲情赋"之风流,更非《诗经》中的"桑者闲闲兮"之心境等那三种意味;当然也绝不是鲁迅所反讽的那种"三闲"之意。仅是这本诗集的命名,当时就立即吸引了我。

依稀记得当时的中文先生简约说过自己的经历,但主要是专业和性格方面的,至于工作成就则绝口不提,他在专业方面的贡献都是我后来才知道的。当时他只是谈了对于诗词的看法、自己诗词创作中的观点,以及在写作过程中遣词炼句、冥思苦想时的一些旧闻趣事等。

他给我的印象是很深、很好的:一个饱经历练、坦诚待人的长者,一个意切情真、谈吐不凡的诗人,一个知识丰富、反映机敏的化工专家。这么有成就的一位科学家,智商情商并驾齐驱,科学文学相得益彰,工作之余浸淫诗词,光阴荏苒志业多年,真是非常难能可贵。

他们离去以后,我就从晚间开始展卷,读中文先生的诗集直到天明。读他的诗如同读他的人,真的仿佛继续着我们的谈话,我的思路跟随着他的生活轨迹、感受着他的澎湃诗情,跳跃性地游走了好几个十年。

首先是早期的诗作

中文先生对诗词的爱好从上世纪 50 年代初期就开始了。说来好笑,1955 年正读初二的他特别讨厌作文,因为他几次瞎编捡钱包之类的故事,不仅没有骗过老师还挨了批评。有一次他足足憋了两节课竟无计可施,下课之前他陡生歹念,竟然草草写了 40 个字的一首所谓"五律"交卷,算是发泄不满和戏弄老师的作业。没有想到的是竟然得到了一位酷爱唐诗的老师的表扬,还破例得了不低的分数。中文先生谈话中总是强调他"顽劣"的一面,其实这正好说明了他的有思想,我以为这正是他后来诗词中不拘束缚敢于突破的原因之所在。此后他便留心名诗名句,对文学也产生了兴趣。1960 年步入大学时,他深感阶级斗争的恐惧和思想改造的无聊,特别是连续三年的大饥荒发生后,他就以当时的人、事、场景为题来写诗记录,不仅可以加强诗词的训练,而且还能够暂时缓解对于饥饿的痛苦。幸亏他是学化工的,周围的人都不知道他写诗,不然的话在政治上应该是很危险的。我非常惊叹于一个化工系的大学生的文学天赋,细读诗词才知道他从中学到大学多次组织指挥过大合唱，曾当过学生剧团的编剧兼导演，他演奏的二胡曲曾在大连工学院和沈阳人民广播电台播放过，给他人带来了愉悦与感动，同时也收获了文学的果实。他在本专业之外又钻研了另外一门学问，因为写诗词度过了许多有意义的艰难岁月，同时诗词也成为了他一发而不可收的终生爱好。据说中文先生在读大学期间就写过古今长短各体诗歌一二百首，从现在收录在《三闲辑语》中的十数首来看，其中虽有些是稚嫩的，但青春的记录却是真实的；那些泪与笑、苦与乐、茫然与警醒、疑问与无奈、激情与期盼等至今都已在诗中凝固而成为了历史。

其次是国内外记游之诗作

国内部分，从北戴河到山西，从滇黔到湘西，从九寨沟到海南，从甘肃敦煌、新疆到巴蜀、港澳，都留下了他的脚步。国外部分，从日本到韩国，从泰国到巴黎，从美国到加拿大等欧亚大陆，都留下过他的身影。屐痕处处、雪泥鸿爪，因为有诗在所以梦还在。细读这部分诗，我以为第一个特点是，国内部分给人一种古典美，发思古之幽情，展今日之抱负，更有科学家的对于自然之赞叹；国外记游诗分明感觉的是他的中国情和世界谊，那是一种大爱无疆的人文关怀，又是对于大自然鬼斧神工赞颂的学者情思。这些诗第二个特点是，许多诗中都有一个大写的"我"在，这个"我"就是诗人自己。比如在《滇黔拾杂》中有游云南石林的记录，在这一组诗里有对于大款、游僧、老妪、文士、情侣等不同身份人的不同描写，人间真情溢于诗中纸上。由此我想到国学大师王国维的经典著作《人间词话》，他把艺术境界分为"有我之境"与"无我之境"两种，在论述无我之境时他说，"以我观物，故物皆著我之色彩"，这是诗歌艺术的高境界。中文先生的诗中也时常反映出这种境界，尤其是那首《情侣》描写得极为精妙，诗云："爱侣绸缪魂梦牵，人生五彩正斑斓。痴儿莫忘程程锦，世事常常受苦煎。"这里就分明有个我在述说在评论，由此还令我想到那种少年不知愁滋味，和老年的"却道天凉好个秋"之意境。当然更有一种对于青年人的忠告和期许，一种人生的况味隐匿在字里行间，读来真是有说不尽的感慨。

第三是纪实感怀类诗作

纪实感怀类的诗作是诗词的主旨，当然也是中文先生创作的重头篇章，我们从这些诗中可以读出他的性格来。《尚书》云："诗言志，歌永言"，概括地说明了诗歌之表现作家思想影响的特点。中文先生曾经谦虚地说他"平生无志,何须诗言",对此我们千万不要相信,如果读者真的这么以为的话,那就是受了他善意的欺骗。诗人之"志"一般是社会历史条件的产物,当然会受到各种各样的条件制约。读者通过言"志"之诗,方可不同程度地认识自己所处的社会。言志诗最能反映出中文先生的个性,他虽然是写诗,但我们不要忘记他的科学家身份与一般诗人之不同,他看待社会人生,秉持实事求是、嫉恶如仇的科学态度;抨击时弊、感时忧国有一种言简意赅的学者真情。这部分作品大都收在他的《五音乱弹》组诗里,诗中既有生活琐忆、读书联想,又有世俗评判、偶得杂感以及友朋唱和等等。他的犀利目光蕴含着火一样的情感,针砭时弊时发出振聋发聩的吼声,表现出的是一个科学知识分子的良知。比如《愤世谑语》和《管窥私语》两组小诗就是最好的代表。前者他根据报载:国人用避孕药饲养甲鱼百日可长到三斤,食用后会导致体内雌性激素激增的消息,他作了《王八有功》一首,中文先生在诗中写道:"贪官恶贾全疲软,可赐团鱼靖国公。"这对于大众未必不是解气的好事,当然给甲鱼喂食避孕药总是不好的,然而诗中所宣泄出来的那种愤怒则又是十分可贵的。再就是他在古刹观赏拜佛者众生相时,对于混迹其中大腹便便的官员颇有微词,写了《可惜好檀香》一首。诗中写道:"弄权枉

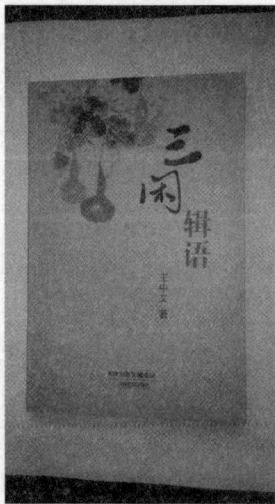

《三闲辑语》书影

法食人狼,掌秤亏心赛盗强,何必天天佛前跪,空耗炷炷好檀香。假如尔等得三福,必定菩萨也贪赃。我劝罪翁离殿去,先行良善孝爹娘。"这本是他眼中的一幕,这是他的真挚之言、肺腑之声,因为他爱憎分明,常怀嫉恶如仇、怜人爱物的温柔敦厚之心。他把看到的一切记在心中后,回到宾馆又写在纸上,将瞬间变成了永恒。以上只是我随意举例信手拈来,诗集中的这类作品是很多的。中文先生是个襟怀坦荡的人,尤其他又是理科出身,人文知识分子的劣势就少得多。从诗中我读出他不喜欢跳交谊舞,每当外出有这样的活动,他不是外出散步便是独坐在房间读书写诗;对于电视里面多家频道天天的歌舞升平他也颇有微词,生活琐事各种磨砺总是不能平息他高远的志向。因此在旅游间隙、更深夜静、苦不能寐之

时，他就坐下来以诗遣怀，言己之志。这部分的诗应是不少，据我的粗略统计总会在全诗的三分之二左右。在这些诗中我们分明感觉到的是，他心中流淌的依然是注重民族国家意识的近代以来我国传统知识分子的血液，那是一种以修身、齐家起步，达到治国与平天下的抱负和理想。

通读了他的这些诗作，夜不能寐的反而是我了。自己虽是专攻文学出身，但在前面说过，我研究的是现代文学，虽然早年也曾抄读过王力的《汉语诗律学》，还购入了几册诗韵的书，曾试写过一些歪诗，但没有多久就被郭沫若的以《女神》为代表的新诗所痴迷，进而走入他途，对于词章之学渐行渐远起来。因此当中文先生征求意见之时，我真的顿生一种诚惶诚恐、束手无策的感觉。

然而对这样一位我所敬重的科学家出身的诗人，总是不应敷衍了事的。于是乎我就请了两位友人，一位是津门诗词名家周大成先生，他是著名词学大师寇梦碧先生的入室弟子，可谓诗词作家中创作实践派的代表；另一位是叶嘉莹先生的高足李东斌君，他是学院派的博士；再加上尹世荣兄等为中文先生在南开举行了一次小型的研讨会。大家的意见与我基本相似，都很钦佩中文先生诗作的内容，同时对于形式上大胆突破框架之处表达了各自看法。

不久我把中文先生的诗词转给叶嘉莹先生，叶先生很认真地通读了全诗，并给中文先生写了一封回信，信中说："拜读大作，性情真率，随机兴感，颇富诗情。"时间不长，通过嘉莹先生秘书可延涛兄的安排，中文先生得以到府上专访叶先生，终得以与词学大师迦陵先生见面。记得那次的谈话双方是敞开心扉的，中文先生的谦虚大度与叶先生的亲切坦诚，都给我留下了深刻的印象。由于事先没有准备，加之谈话太投入，竟忘记了拍照。后来中文先生来南开谈诗，正巧叶先生有讲座，我才为他们补拍了一帧合影，我想这应该是很珍贵的纪念吧。

中文先生一向有科学家的务实求真精神，他根据叶先生和周、李等各位专家的意见，对原来的诗词进行了技术上的修改；其实他对于诗律、平仄等都是很知晓的，因为他的个性总是敢于革新、突破束缚，正如他自己再三强调的那种"不逊"的个性，也就是叶先生所说的"性情真率，随机兴感"，故而偶有出律在所难免。所以他利用出国的机会，将诗词进行了艺术的整合与回归。那是一次艰难的炼狱过程，作者要自觉地重新戴上古老的镣铐，跳起现代的舞蹈。这些古今文豪都曾经说过，也就是从杜甫的"语不惊人死不休"的推敲，到闻一多"三美"的新格律理论之追求。我们可以想见在漫漫大海边的加利福尼亚，一个伏案倾听太平洋涛声的诗人，是怎样地进行着从现代到古典、从内容到形式转换的心理煎熬与升华。

一年多以后中文先生带着他的诗词回来了，这次的诗集有了彩色的封面，印刷也颇精美，诗词更是中规中矩，唯独不改的是他的风格与精神。我们自然是很兴奋，我索性多要了几册，为的是送给更多的友人。

中文先生为了方便大家阅读，又用了半年时间，在北京专门为诗集写了"注释及辨析"。光是这个注、辨，他就给我们列出了长达81页481条的表格，其中一丝不苟的认真精神可见一斑。

记得在周大成先生诗词集《疏轩吟草》新书发布庆贺的酒会上，聚集了我身边的一批专家教授，大家都劝中文先生也将他的诗词重新出版，先生答应了，但是有一个条件，就是希望由我写一篇序言。当时明知自己不够格，但是为了促成此事我答应了。不想中文先生竟是十分认真的，诗集重新编辑完成后，他亲自打电话询问，还托世荣兄来电话催促过。我知道这是中文先生对我的信任，因为我是他诗集编辑过程中的第一批读者，他就是要听听我这个在诗词圈子以外人的真实意见，他珍惜我们之间的这份友情。

此次出书在插页中增添了中文先生夫人姜俊华老师的数帧中国画，使得诗作大放异彩。姜老师的画以前我们都是欣赏过的，大家气象、典雅不凡，令人十分钦佩。我想诸位在读此书的时候，一定会有一种走进中文先生厅堂的感觉，体会别样的一种高雅。

我斗胆试笔写了上面的话，把这本诗词集的成书、出版过程记在这里。一是祝贺这本诗词集的出版；二是我要向中文先生交上我的一份作业，主要还是读他诗词的体会。最后是以此纪念我们的相识、相知。

2013 年 7 月 7 日　于南开园

《教育　教学　教研》序

张家新先生是天津著名的语文教师和鲁迅研究专家,他的这本新书是从教40年的论文精选。

当张家新先生来到我的研究室,说起本书并让我写序言的时候,我的心情是十分忐忑的,为他的勤奋、同时也为他的谦虚精神而感动。

说句心里话,家新先生是属于我老师一辈的人,他长年工作在天津市的重点中学,以普通教师的身份,为教育事业培养了诸多的教师和数不清的学生。高等教育和基础教育不同,虽说是各有专攻,但是我对于从事基础教育的先生们历来是非常敬佩的。首先他们知识全面,单说教语文课就包括古代汉语、现代汉语、古今中外的文学名篇作品,分析解读、举一反三;其次是他们甘为人梯,用自己的聪明才智和辛勤汗水,以蜡烛的精神为学生们批改作业、讲授方法,直到把学生们送进高等院校。就是这样年复一年,求真求实、兢兢业业、默默奉献。因此我知道任何人对于他们的中学老师,都有一种纯真的感情,维系一生一世。我也是这样的。

我和家新先生相识虽然是近20年的事情,但是神交确实是很久的了。记得他出版《中学语文鲁迅作品注解》一书之前,我就从这本书清样的阅读者王国绶教授那里知道了家新先生,看着他那厚厚的书稿,就知道作者的辛苦和毅力。听着国绶兄的介绍,我对这位作者立即肃然起敬。特别是读到了李何林先生为他写的充满深情的序言,我对于他更是钦佩不已。在那个年代,能够得到中国最著名的鲁迅研究专家的肯定,我想这本书的作者一定是非常了不起的人物。

后来交往多了,彼此熟悉起来,对于张家新先生了解得就更加全面了。家新先生做事认真、谦和大度、记忆力惊人,文笔流畅、思路敏捷等都给我留下了深刻的印象。再后来,我才知道他的接触李何林先生,比我们中的许多人都早了许多。因为他是李先生二公子李云的同学,李何林先生在南开大学工作时,家新先生是李先生家里的常客,经常出入于李先生家中,当年的李先生有了什么事情

《教育 教学 教研》书影

也愿意找家新先生。当他给我讲起这些的时候，仿佛就发生在昨天。

因此我知道了一个学问家是怎样养成的。他是个有心人，时常守在大师身边，勤学多问、耳濡目染，终成大器。李何林先生到北京工作以后，家新先生只要有进京的机会，就顺便前去请教；遇到疑难问题他还专门写信求教于李先生。在《李何林全集》第5卷中，就保留着李先生给家新先生的3封书信，信中记录着关于鲁迅作品的教学问题，保留着一位将心献给语文教学的老师和鲁迅研究专家的讨论记录，凡读过这些书信的人都会为他们的严谨治学精神而感动。

《中学语文鲁迅作品注解》就是在这样的背景下写成的。李何林先生在这本书的序言中说："把中学语文课本中的鲁迅作品加以详注，这是普及鲁迅作品最好、最实惠的工作。""张家新同志任教中学语文多年，讲解鲁迅作品颇有经验，并深知每篇作品的难点和疑点所在；又兼多年来搜集、阅读有关鲁迅研究及其注释的书刊，现在写成了《中学语文鲁迅作品注释》一书。"李先生认为家新先生的书，是一本"对中学语文老师和学习这些篇作品的读者都可提供参考的书，是一本普及鲁迅作品的辅导书"。

李先生对家新先生的高度评价，我们很早就读了就知道了，因此从那个时候起就对家新先生产生了敬佩之情。因为李先生有他做人的标准，他从来都是实事求是，要求严格，一丝不苟。凡是读过《中学语文鲁迅作品注解》的人，都会对于一词一句的仔细注释和清晰解读而肃然起敬，并由此产生对于家新先生严谨治学精神的感动，他通过自己的默默工作而有益于读者，因为字字句句总关情。

张家新先生是名副其实的语文教育专家，同时他的兴趣非常广泛，他在基础教育、高等教育、艺术教育方面都有很多的朋友，他的家里也是琴棋书画，满室书香，所有这些更提升了他的艺术水准及欣赏能力，难怪他写的作品欣赏是那样的周到细致、意味深长。在繁忙的教学之余，家新先生一直笔耕不辍。除了研究鲁迅作品以外，他还对教育理论、教学、阅读、写作与欣赏等都有高明的论述和见解，积累了丰富的经验，撰写了不少的专著、出版了许多的书籍，特别是对于写作、阅读方面的指导读物。2004 年，家新先生就和刘军老师一起主编了《学生常见文体写作指导手册》一书，书出版后受到了初、高中教师的欢迎和同行专家的好评。

家新先生所躬行的是鲁迅精神，是那种"总是做"的永不停歇精神。李何林先生是家新先生的导师，更是他研究鲁迅的引路人；扩大一点说，是鲁迅与李何林陪伴他走过坎坷的半生研究旅程，在家新先生的文字里，我们能够探寻出这种精神的脉络。现在摆在各位面前的《教育、教学、教研——张家新从教四十年论著精选》，就是他在工作之余的心血的展示。家新先生是勤奋的，凡知道他的经历的人都能够想到，他的课都是学校的精品课，有时他还被请到校外去讲授示范课，讲课之余他还要承担着指导青年教师的任务，此外据我所知他还经常参加全国的各种会议，在如此繁重一般常人无法适应的工作之余，家新先生的脑海中总是能够产生问题意识，他勤于思考、灯下漫笔，终于写出了如此之多的精品。收在这本书中的文章，都是他夜读之后静思走笔的记录。

我作为他的读者，深深感到家新先生的书是他的教学经验的总结，也是他人生智慧的结晶。读这本书就如同走进家新先生的精神世界，在漫漫学海中与家新先生进行精神的学术对话，在对话中享受知识的滋养和智慧的启迪。这是一位教育、教学专家的书，也是一位鲁迅研究专家的书，这种书不仅是写给某些特殊专业人士人看的，而且也是写给所有的喜爱鲁迅、忠诚教育、热爱生活的人们看的。

读了家新先生的书，我们会知道一个好的教师是怎样成为教育家的；也会更深切地体会出，鲁迅精神是怎样把一个普通的人逐步引向崇高的。

是为序。

2009 年 4 月 6 日于南开园

《旧文旧史旧版本》序

晚清至民国通俗小说的研究，在现代中国文学史中应该说是比较薄弱的。记得严家炎教授曾经说过，现代文学史不讲通俗武侠小说是"文学生态不平衡"的表现。其实在"五四"以前，通俗小说早就以白话的形式，风靡于市井书肆，读者群更是蔚为壮观。这个无可掩盖的现实我们不能忽略，所以不能因为提倡主流的精英文化，就埋没或轻视非主流的通俗文化，况且所谓"主流"也是个一时说不清道不明的存在。所以，从这个角度也可以证明"没有晚清何来五四"论点的正确。

近年来情况有了一些改观，2010年上海远东出版社出版了《旧人旧事旧小说》，一时间反响巨大，好评如潮。呈现在诸位面前的这本书可以说是《旧人旧事旧小说》的续集，它的作者是致力于民国通俗小说研究20余年的倪斯霆先生。

我很早就听说过他的大名，此前看文章一直以为他是从民国过来的老先生，后来才知道他是一位年富力强的研究者，同时还是业务、行政双肩挑的部门领导。

斯霆先生任职于天津市新闻出版局，担任《书报文摘》的总编辑。为了追求自己喜爱的这门学问，他在工作之余，日积月累、夜以继日，许多文章都是在业余写成的。他的成绩足令我们这些专门从事文学研究的人感到敬佩。

《旧文旧史旧版本》书影

他有家学渊源，令尊是我国著名的曲艺理论家倪钟之先生，有《中国曲艺史》、《表演艺术民俗志》、《曲艺民俗与民俗曲艺》、《倪钟之曲艺文选》和《倪钟之曲艺二论》等多种著作。所以斯霆兄的文学功底从最初就起步于坚实大地上，他没有像我们那样的虚无缥缈和书呆子气。他为学认真，为人正直，文如其人。我曾听过他介绍关于自己旅行的经历，就仿佛走进一个大漠荒原或者是龙门客栈，那种淡定自若、客观分析形成一个很强大的气场，就连细微的枝节也会使你神往不已。由于数十年来致力于新武侠小说的搜集和研究，使他的身上不意间流露着一股侠肝义胆。

在民国通俗小说研究上，斯霆先生是当然的专家，同时民国武侠小说又分南北两派，北派的研究专家非斯霆先生莫属；为了汲取南派研究的长处和北派的流变过程，使自己迷一样的兴趣得到满足，他甚至建议儿子倪坦报考了苏州大学中文系，因为那里有此项研究的另一位专家范伯群先生。当然此前他就与范教授有着多年的通讯联系，后来为看儿子便可以直接和范先生当面切磋，这是我们天津为数不多的他的朋友们所熟知的。

为了兴趣和研究他数十年来持之以恒、痴心不改，这就是我所知道的生活中的斯霆先生。

这本书与上一册稍有不同的是，本书更偏重于事迹考证、作品考辨和历史寻根的研究。蒙斯霆先生不弃，使我有了先读此书的机会，我以为此书有这样两个特色。

首先，是选题新颖厚重、内容吸引人

收在这本书中的文章基本都是精品，从内容和标题上看就对读者有很大的吸引力。比如《〈采菲录〉：姚灵犀的"变态"之作——60余年前"中国妇女缠足史料"出版引发的牢狱风波》、《天津通俗小说作家抢滩海上文坛——以天津"励力"与上海"正气"接力出版还珠楼主作品为例》、《宫白羽被张恨水招聘后的创作转型——〈世界日报〉成就了两位通俗小说大师的缘分》、《报道施剑翘出狱真相的宫竹心——武侠小说大师白羽成名前的记者生涯》、《二贤里甩出的"金钱镖"——对武侠小说大师白羽故居的寻觅》、《白羽武侠小说知多少》、《刘云若讥评"性博士"——兼说〈性史〉风波中的张竞生》、《吴秋尘缘何在〈北洋画报〉上与刘云若"抬杠"——1928：两位"名记"笔下的天津墙子河》、《李燃犀小说〈津门艳迹〉里的"混混儿"》等。只要看目录一般的读者大约不会轻易放下书的，有兴趣的读者一定是要先睹为快。这就是史料知识和论述技巧的力量，没有大量的史料积累，没有多方面的综合知识，没有几十年的研究功力是写不出这等文章来的。斯霆先生以他得天独厚的综合能力，把我们带入了那个充满爱恨情仇、刀光剑影、奋笔直书、心潮汹涌的历史现场。

《〈采菲录〉：姚灵犀的"变态"之作——60 余年前"中国妇女缠足史料"出版引发的牢狱风波》，是一篇很有学术含量的文章，它对于补充民国性学研究和缠足研究有着极大的参考价值。在文化学术界，从弗洛伊德到霭理斯的理论，至今我们耳熟能详；但是对于中国的相关理论家从张竞生到姚灵犀，我们却不予重视，甚至往往从很猥亵的角度来揣度他们。难怪连《中国缠足史》这样的著作都要出自日本人之手。斯霆先生高屋建瓴，既分析了文本由来又解释了事件余续，还对作者进行了客观的评判。

《二贤里甩出的"金钱镖"——对武侠小说大师白羽故居的寻觅》，我以为是最有武侠气概的通俗小说作家研究。坐落在天津市河北区中山路的二贤里，是武侠小说圣手宫白羽的故居。那神秘的胡同小院和青砖瓦房，其实距"觉悟社"旧址很近。在那个窗明几净的平房里，宫白羽给鲁迅、周作人等一批新文化的名人写过不少的信，著名的《十二金钱镖》就是在此诞生的。我们读了倪先生的此文再看宫白羽的小说，我想读者一定会有不一样的感受。

关于张竞生的《性史》风波大家都知道些，但是主流作家之外的通俗小说家刘云若讥评"性博士"并不是谁都知道的。经斯霆先生的史料介绍和细致分析，我们又可以回到那个争论的民国时代，在开放与保守、有度与无序之间，亦看出通俗小说家的风骨。

《中国武侠小说源头与流变考——从"侠"到"武侠"再到"武侠小说"》，是很有分量的断代小说理论史研究。为了厘清中国武侠小说的源头和流变，斯霆先生查阅了许多第一手的资料，这是在做实实在在的"学问"。通读此文我们可以看到作者所下功夫之大：从诸子到《史记》；从明清笔记到近现代相关史著；其他的研究著作等非常庞杂的阅读，都是此文的重要理论支撑。作者通过对大量作品的对比分析，得出我国武侠小说的繁荣期始于民国的 1923 年，而武侠小说精品出现期则在上世纪 30 年代以后的重要结论。难怪此文一经发表即被《新华文摘》全文转载，随后又被《人民日报》、《文汇报》、《文学报》、《文摘报》等多家报刊摘发。同时此文还在同年北京大学召开的"纪念北京大学《歌谣》周刊创刊 70 周年暨俗文学学术研讨会"上宣读，后被北京大学出版社收入此次学术会议论文集中。

果然斯霆先生在他的这本书里，也给我们指出了通俗文学作品改编成戏曲和电视剧存在的舞台布景等问题。

此外,"书页里的天津"也是很有趣味的一组文章。作者给我们介绍了刘云若笔下的天津大杂院、讲述了李燃犀小说中的天津"混混",读来妙趣横生,地方色彩浓厚。

读这本书我们犹如跟着斯霆先生游走于民国市井的各个角落,事态民生、大小事件、国魂民情等伴随着通俗小说作家的笔墨,在作者的娓娓解读中,一股中国气派扑面而来。有许多的事情看似是旧的,但是在潜心阅读之后,聪明的读者会发现许多文章深处隐喻着无限的新意。这也就是那些佚事遗韵,为什么会在今天文艺创作与鉴赏中,仍被人们常常提及的原因之所在。

因此我们也可以说,本书既是对于民国通俗小说的微观历史研究,同时也是对当今一些文化现象的宏观历史解读。

其次,是注重天津地域文化特色

天津是斯霆先生生于斯长于斯的地方,其兴趣所在秉性所及,自青年时代就搜集、积累北派通俗小说作品及资料,多次拜访京津诸多健在的文坛长辈与报界耆宿,并结识了许多通俗小说作家和他们的亲属、友朋,经过数十载披阅与采访,得出了天津是北派通俗小说创作与出版的中心与大本营的结论。

近年来一直进行着关于"天津精神"的大讨论,究竟什么是天津精神,成了这个城市市民争论的焦点问题。天津是我国近现代以来一座非常奇特的城市,外界对它的评价林林总总、观点众多、不一而足。它的历史地位是不容质疑的,除了商业重镇、戏剧曲艺之乡、华北工业的摇篮之外,在地域文化上的总结我总以为还是十分不够的。

因此这就决定着什么是真正的天津精神的问题。单从文学创作来看,天津近代以来一直就是众所周知的通俗小说重镇,它前后集中了董濯缨、董荫狐、赵焕亭、潘岛公、戴愚庵、刘云若、还珠楼主、宫白羽、郑证因、徐春羽、朱贞木、李山野、李燃犀、望树楼主等一批重要的作家。以天津为中心的北派作家虽起步较晚,但他们在经受了"五四"新文化运动的洗礼后,无论从思想境界或艺术手法上,均呈现出勃勃生机与无限新意,也理所当然地为民初武侠小说输入了新鲜血液,使得中华通俗文学的传统得以传承延袭。这批作家支撑了通俗小说的整个文坛。

斯霆先生令人信服地分析道:天津的通俗小说虽然起步稍晚,但是北派通俗小说由北入南以后,迅速风靡海上文坛,并以其质量高出一筹的水准,而使南派作品相形逊色,终将民国通俗小说创作推上了高峰。他认为通俗小说的绝大部分作者与天津有着密不可分的关系,他们或从天津开始写作、或在天津发表作品、或于天津创办报刊、甚至有些人本身就是地地道道的天津人。因此,称天津为北方通俗小说创作与出版的中心并不为过。

在这本书里,作者向我们介绍和展示了民国时代的天津印刷业、书局报馆、戏剧舞台,并由此生发出许许多多的名人轶事,在他细致入微的史料钩沉中,那些从二贤里到大杂院的种种历史记录,便栩栩如生地在读者的面前鲜活起来。

在天津主持过《大公报》文艺副刊的沈从文先生曾经说:"天津是个出人才的地方,许多作家、学者都曾在天津生活、工作过。他们的写作也大多是从天津起步,但作品却总是由外地出版,比如曹禺的《雷雨》。解放前天津的文化出版业很不发达。"这个观点一直影响很大,事实果真如此吗?倪斯霆先生用事实对沈老的这个说法进行了善意的纠正,他列举出当时天津的多种报纸副刊,这些副刊都连载过通俗小说,一时间蔚为壮观、令读者眼花缭乱。报馆出版通俗小说更是民国时期天津出版业的一大特征,因此对于通俗小说创作与出版的梳理与评判,要将目光投向当时的新闻业,这种特色正是沈从文先生所没有注意到的,因为他毕竟是外地人。斯霆先生对此进行了认真的思考与研究,他认为:一方面是民国时期天津在新文学创作与出版上"不发达",但另一方面此时期天津的通俗小说(与新文学相对而言)创作与出版却又是相当繁荣。这是一个很有意思的吊诡现象。

通俗文学不仅出现了一批天津籍的名家与名作,而且还吸引了许多外地作者在天津发表作品。彼时青年周恩来(1914 年)在天津南开中学求学期间,也曾受到时尚影响,在《敬业学报》上用"飞飞"笔名,连载了侠义小说《巾帼英雄》,对"举国昏沉"的腐朽政府进行深刻抨击。之所以出现这种现象,毫无疑问与近代天津城市的崛起和当时的社会状况紧密相关。

此时天津报刊业纷纷推出通俗小说连载,出现了报纸与小说互动的状况,大量的通俗小说都是由各报连载后,再由该报馆出版单行本,这种状况成为民国时期天津通俗小说创作与出版的一个特征。斯霆先生雄辩地指出:"这种特殊的出版方式带有很大的射利性与市场性。往往是报上连载的小说读者踊跃,报馆便解囊出书;而一些思想性较强、较严肃的'文以载道'式的作品则因读者寥寥而遭湮没甚至在连载当中便被夭折。这或许也是有人所言民国时期天津'纯文学'创作不发达,反而出现一批可观的通俗小说作家与作品的一个原因吧。"

他认为,民国时期通俗小说作家大多都与天津发生过或多或少的联系。因此他告诉读者:"了解了民国时期天津的通俗小说创作与出版,就等于知道了民国时期北派通俗小说的概况。"他的研究在有意无意间丰富了天津地域文化研究。斯霆先生用近代以来的小说史料,雄辩地证明了天津这座城市的精神:也就是常常被人们提起的,那种海纳百川、正气凛然、侠肝义胆、踏实勤恳、质朴善良、爱乡乐群、苟利家国和坚韧卓绝的中国精神。

本书同时又是对当今一些文化、文学与艺术现象的历史解读。我以为它的读者应该是各种层次,诸多方面的,尤其是文科大学的研究生和教师,对这种书更是不能忽视。在阅读中我们可以知道通俗文学的机理,了解精英和学院派以外的近现代中国文学的全貌,补充我们现代中国文学史阅读中的不足。特别是对于治新文学的人来说,读这样的书可以发现和克服新文学中容易出现的极端主义倾向;当然,读这样深层次的研究著作,还可以提示我们注意俗文学中容易出现的媚世庸俗心态。

我虽然是从事现代文学教学和研究的,但是对于清末民初的通俗文学实在是重视不够,因此也就常有好奇的学习渴望,长期以来为补不足,自己也偏重多读一些这方面的作品。对于此项研究当然是关注的,对于研究的专家更充满了尊敬,我是怀着这样的心情读斯霆先生的这本书的。

他的文风简洁、论述清楚,毫无拖泥带水之处,这是与作者长期担任着《书报文摘》的总编辑不无关系;且本书还附有一百多幅书影和图片,翻检起来弥足珍贵,很快就会把读者带进历史现场,激发人们的想象空间。

我是这么简单想的,于是就说出来并求教于斯霆先生。

是为序。

2012 年 2 月 16 日
于南开大学范孙楼 412 研究室

读《周作人与鲍耀明通信集》

　　《周作人与鲍耀明通信集》(1960—1966)，2004 年 4 月由河南大学出版社出版。这是公开出版的周作人致鲍耀明书信的第三个版本。此前还有两个版本，那就是：《周作人晚年手札一百封》，1972 年 5 月由香港太平洋图书公司出版，《周作人晚年书信》，1997 年 11 月由香港真文化出版公司出版。周作人致鲍耀明的书信很多，最初鲍先生只想选择最有意义和内容的，所以有一百封的出版。为了体现真实性，该书全是影印原信，在保存和细读周氏手稿上很有价值；后来随着宽松的文化环境和周作人研究的深入，才有晚年书信的印行。晚年书信的编辑体例很特别，就是在年月后面先是列出周作人当日日记，然后是周氏来信，最后是鲍先生的去信。使读者对于事情的来龙去脉一目了然，也给研究者提供了很大的方便。目前出版的这一册，在第二个版本的基础上增补了 6 封遗信，经王世家兄校读改正了不少原著的错讹，还增加了周氏的数张照片，可以说这是目前最好的一个版本。

　　书信和日记应该是最不掩饰最真实的文章，因为它是留给自己和写给第二个人看的。周作人也曾经说过，日记和书信比别的文章更能够表达出作者的个性，不但没有做作的痕迹，而且还有趣味。周作人的书信是研究他生平经历和文学活动的重要部分，特别是晚年书信就更为重要和珍贵。读着这些书信犹如听周氏的谈话，信如其人，鲍先生说这些书信"光芒内敛，还真返璞，中有含蓄，耐人咀嚼。苦茶一杯，颇堪回味。难怪他的文章风格，被许多小品文作家奉为圭臬了"(见鲍耀明《周作人晚年手札一百封·序》1972 年 3 月 29 日)。在这些书信中周作人无所不谈，细分析起来大致有：读书情况、生活剪影、文坛回忆、往昔情思、写作翻译、焦点说明等等。基本比较全面地反映了周作人的晚年心态。

　　首先，我以为周鲍通信最重要的部分就是他的焦点说明和文坛回忆部分，这一部分的史料价值也极高。比如他对于与鲁迅失和的原因、对于出任督办的解释、交友情况和文坛掌故等等都是宝贵的第一手资料。关于兄弟失和他说的最少,只是强调自己的那封绝交信,让人看了还是一团雾水;但正是因为如此,我们可能会更加确认此事为羽太信子的挑唆以及经济上的家事了。在解释出任伪职一事上,他强调"既非胁迫,亦非自动,当然是有日方发动,经过考虑就答应了。因为自己相信比较可靠,对于教育可以比别个人出来,少一点反动的行为也"。此后他还在信中强调了"官俸"和"津贴",也就是收入问题。就是再有人为他辩护也会在此信面前无话可说。这一部分的书信还有对自己笔名的解说,对胡适、蒋梦麟、俞平伯等人的评价,对现代文学一些作品的理解,及对北大学生《语丝》杂志旧人的说明,此外还有介绍北大研究教授办法以及学校管理教学生活等方面面。他自己说明的这部分材料不管我们同意与否,都是在研究中所不可忽视的。

其次,这些书信还透露出周作人晚年生活的各个方面。从中我们知道了他的读书和写作情况。到了 60 年代自从认识了鲍耀明以后,他通过鲍在日本和香港购买了不少当时出版的中日文书籍和杂志。他依然是那样关心妇女儿童读物,看风土民俗和寓言、宗教、神话、歌谣方面的书,甚至还读了日本战前的禁书川柳《末摘花》,并请托购买新版《定本川柳末摘花》,因为该书有详细的注释,还特别强调此书"不堪为女士们见耳",由此可知周作人的蔼理斯情结是贯穿一生的。至于日本作家的研究,日本近现代文学的发展情况都是他的阅读兴趣所在;此外,通过香港的杂志和书籍他了解了当时对五四文学的研究状况,知道了研究者对他的一些评论以及对他同时代作家的看法。比如他对于胡兰成对自己的评论并不感兴趣,他对于陈寅恪的家事十分清楚,此类资料甚多,此处不多举例。由此我们可以知道,就是在极端左倾的 60 年代,周作人的头脑里依然是很丰富的,他真可谓秀才不出门便知天下事。不管他写文章与否,他的眼光应该说是和当时的世界同步的。除了这些"精神食粮"以外,在物质生活上他也是收益颇多。众所周知,60 年代中国人的生活是贫困艰苦的,特别是在 60 年代初的三年经济困难时期,国内大部分人根本没有解决温饱问题,甚至有的人还在挨饿。从周作人的书信中我们可以知道买粮油、肉、糕点以及一切生活用品都是定量发票证的,全国人民都是如此。而周作人此时的生活还是相当不错的,他通过鲍耀明可以从日本邮寄来各种食品,比如:沙丁鱼罐头、日本味增、蒲烧、板栗馒头、炼乳、盐煎饼、咸鱼、腊肠、腊肉、味之素、咖喱粉等;从香港寄砂糖、月饼、朱古力糖、威夫饼干、面粉、糯米、食用油、虾米、梅干、猪油、水蜜桃、澳洲奶粉、松茸等等,举不胜举。生活用品有:放大镜、词典、象牙烟嘴、荷兰烟丝、电池、邮票以及药品等种类繁多。在邮寄过程中有些是当时邮局每月限量的物品,周作人就让鲍耀明换周家其他人的名字再寄。他以寄旧书、写条幅、答疑解惑和海外稿费的方式支付这些奢侈品的费用。因此我不能同意周作人晚年生活陷入窘境的说法,在鲍耀明和其他海外朋友的帮助下,他及他一家的物质生活还是相当不错的。

第三,周鲍通信集的最新版本还首次发表了不少珍贵的照片。《周作人晚年手札一百封》虽然都是影印手稿,但是没有一张周氏的照片;《周作人晚年书信》除了一张砖拓、两封书信影印件以外,只刊载了两张照片。而这次新版的《周作人与鲍耀明通信集》除了发表两封书信的影印件以外,还发表了原来的那幅砖拓的反正面(前书仅仅发表了有鱼纹的正面),此外共发表了7张照片,弥足珍贵。其中最有意思的照片当数第一张,这是周作人1965年在北京大华照相馆照的一张个人照,背面书有"一九六五年六月廿二日,知堂年八十一",并盖有周作人的印章。只见照片中的周作人身穿白色便装,戴着眼镜,嘴唇上下都留着胡须,神情安详。读了这一年7月29日致鲍耀明的书信,我们才得知他是学胡志明的样子拍的此照片。在该信中他这样写道:"近来留下一点胡志明式的胡须,照了一相,似还有意思,附呈一枚,祈赐惠存。"从中可以想到他的《五十自寿诗》中的句子,体会周作人的心态、他的活泼性格以及对当时形势的认同。其他的几张照片也都是很好的资料。

最后,还要说说这本书的不足之处。最大的不足就是缺少注释。周鲍通信中有许多的日语、英语单词,还有不少只有周鲍二人可以意会的日文汉字,不懂日语的人很可能会产生误解。比如经常出现的"注文",这是鲍耀明请周作人写下所需物品的特殊文字,在日语中是要求和希望的意思;再比如烟嘴、淡氯酸和不少药品名称,都是分别用日语和英语表达的,此外还有不少表示外来语的片假名等,如果有了注释读者会读来很方便。再有一个缺失就是,据鲍先生回忆,他与周作人的通信自1960年3月始,但是现在我们看到的第一封信却是1960年6月3日。可见当时鲍先生并没有想将书信出版的意思,或者是因为生活辗转物品丢失的缘故也说不定。总之我们没能看到最初的通信,对于起始就缺乏了解,这不能不说是一个遗憾。

　　周作人的晚年书信和日记应该与他晚年散文一起进行研究,我曾在一篇文章中说,这是周作人文学活动的最后一座高峰,是一个不可忽视的重要存在,可惜的是这方面的研究目前还是太少了。

《周作人鲍耀明通信集》书影

周大成诗词再读记

　　大成兄的诗词一直是我的最爱,我喜爱那种古朴不乏现代性的豪迈,一有时间就拿出来诵读,且百读不厌。每当有机会就介绍给身边的朋友们,让他们也分享我的愉悦,这已成了我的一件幸事。因此我和他都拥有并增加了许多的朋友。

　　他的诗我真的是常常诵读的,读后还将感想相告,因此就了解甚多。从十数年前的《覆琴馆诗稿》到近年的《疏轩吟草》,真是蔚为大观,读后颇为感佩。关键在于他的创作激情与勤奋,吟诵不止,笔耕不辍。光是咏南开的诗歌就有十首之多,曾有数首发表在《南开大学报》上,为广大师生所传诵;今年又和文学院李剑国教授有多首唱和,这些都是我所喜欢的。

　　他的诗词最主要的特色便是豪放,每每读来给人以一唱三叹之感,也就是说读过之后还想再读。从去年以来他才开始收弟子,对此我称之为招收研究生。他本是不想招的,但经不住朋友们的一再劝诱与说和,此中我知道以赵键兄为最,他只有屈服给面子,因为赵键兄不但是我们俩人共同的朋友,而且还是社会活动家兼他的诗友,彼此唱和甚多。于是乎严中选优录取了几位,当然他的所谓学生也都是青年才俊,在这方面自然均是小有成绩。

　　多年来我一直是大成兄诗的忠实读者,他写出来一般也总是寄给我这个不太会作诗的人看,也许是心有灵犀的缘故吧。说来话长,我们虽是从小一起长大,但在学诗的路程上,应该还是从上个世纪 60 年代中期真正开始。那时我们一起抄录王力的《汉语诗律学》,后来便各自远走他乡,大成兄孜孜不倦,正如做事也是咬定青山不放松,写诗就一直坚持下来了。他离津后活跃于内蒙古生产建设兵团,从驻扎在大青山脚下的巴彦淖尔盟乌拉特前旗开始,进入了诗词创作的第二个时期。彼此交流的诗词中,他的那部分流露着浓厚的古体灵气。从那时起他的诗就是我的最爱,我也预想他将来必定会是一个了不起的大诗人。

　　后来大成兄选调回津,在诗词创作上依旧是孜孜以求、不断精进、锐意进取、业精于勤。不久即拜我国现代诗词名家天津的寇梦碧先生为师,成为寇先生的入室弟子。这时他苦读唐诗宋词,唐诗中他惟喜欢李杜,宋词尤其偏爱辛弃疾。稼轩词他反复研读,深得其中之精粹。据说每次出差,随身携带的就是一册《稼轩长短句》,可见其痴迷程度之深。至于其他诗人诗作亦多方涉猎,如对于陆游诗词的喜爱与研究几乎到了手不释卷的程度,故能深得其中三昧。另外,涉猎古代诗歌理论和韵律章法,各种有关诗词格律的理论书籍他也珍藏甚多。如诗经、楚辞、汉魏六朝辞赋、全唐诗、全宋词、全元散曲以及明清山歌时调等,版本颇多,几近完备。据我所知光是《艺文类聚》、《佩文韵府》、《渊鉴类涵》、《钦定词谱》等书他都常备枕边案头,以备查考。除此之外,他对于各种诗话、词话、联话等书也时常翻检,使用起来犹如轻车熟路。刻苦的研读成就了他的诗词创作,此后他的诗便更加精炼深厚、志向高远、如虎添翼、韵味醇厚、炉火纯青。

　　"天津诗词社"(即天津中华诗词学会前身)是国内数得着的颇有名气和影响的著名诗词团体,由寇梦碧先生亲自主社,继承国粹,发扬传统,尤其对学习诗词小有成就的年轻人提携有加。海南曾有朋友不无揶揄地说,这个诗社"太重视格律了"。我想,这不仅是天津诗词社的集体风格,而且也正是大成兄的个人风格的体现。他们时常以诗会友,相聚于海河之滨与各大公园,特别是人民公园的海棠花下,赏花踏青之际,也缅怀着文物收藏家、同时也是著名词人的张伯驹先生。他每年春天都要自北京来天津同寇先生等人有李园看海棠的雅事,吟诗赋词其乐融融。寇派诗词的突出特点就是格律严谨,在

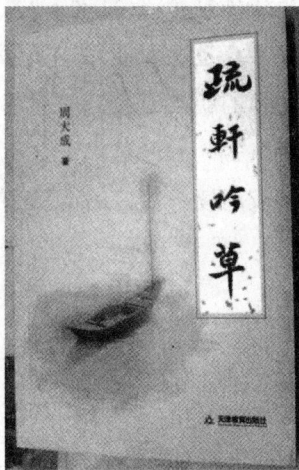

《疏轩吟草》书影

框架的束缚中,极尽展示诗才的灵活与自由之气。与大成兄交往密切的多有诗词高手,他们一再称许:"诗词技法之于大成兄早已随心所欲。"驾驭格律技法到了随心所欲的地步,别人看来是一种限制手脚的束缚,在大成兄手里也就成了一种施展才华的手段。他和这些人用自己的实践,体现着寇梦碧先生所主张的"情真、意新、辞美、律严"的创作精神。

　　他的诗正如他的人,中规中矩、大气磅礴、才情四溢、严谨不苟。在方正中追

求变化,在有限中展示遥远。因此他的诗造诣颇深、独树一帜。由于他的创作成绩,他成为中华诗词学会早期会员、中国楹联学会首批会员,多种辞书各种诗集都向其征稿,其中中华诗词研究院编纂的《二十世纪诗词文献汇编》中的《诗卷》、《词卷》就收录了他的诗词作品 69 首;在国家级的《中华诗词文库·天津卷》中,也收进了他的不少诗词作品。

大成兄最喜好的词牌当属《鹧鸪天》,在业界有"周鹧鸪"的美誉。根据我的记忆,大成兄从 1972 年始就尝试《鹧鸪天》的写作。他的第一首《鹧鸪天》,我记得还是一组观影之作。那个时候,浓重的政治氛围也掩盖不住他对美的追求和本真的抒情。后来他的诗词则越写越好,《鹧鸪天》也成为利用得最为得心应手的歌咏形式。引人注目的是《西北内蒙兵团生活散忆》组词 50 首。其中记载了从离津到兵团、从采石到种地、从师部汽车修配厂再到兵团文艺宣传队等一系列生活场景;篇篇打动人心,首首读来上口。有回忆,有反思,有醒悟,有观照,吟诵起来真是感到佳句连连,豪迈感人。曾有同在西北的甘肃生产建设兵团农垦十一师的朋友说,这一组《鹧鸪天》词不仅写出了个人经历,也足以为知青代言。这也从另一方面道出了这组词的价值和意义。其中第 13 首是写难得的闲暇游历和夜间读书抄诗的情景,在形式和内容上都达到了很高的境界。此诗如下:

乘兴无时作漫游,悠然哪复管春秋。挟风每到鲜葡壁,踏露长循野枣沟。

花照眼,月当头。琴声轻惹少年愁。为抄诗卷灯偷点,深惜韶光似水流。

翻检他的旧书信,其中有写那段日子兵团生活的话,他说自己过的是"每天粗粮,上个月连食油也断了,每日里白水煮菜"的生活记录。但是就是此时,在诗人的心中依然充满着画意与诗情,他真心拥抱大自然、莫让韶光似水流。后来,大成兄常把自己称为"西北归人",可见那段生活在他的心中影响之深。以致回津上学、分配金融系统工作的日子,他的这种情怀始终不改。他在一首题为"郊游"的《鹧鸪天》词中写道:"……无名细草随心赏,有味闲诗信口呼。微雨惬,阵风舒,香花啼鸟是吾徒。怡然快我寻常景,胜水奇山总不如。"他珍惜生活中的每时每刻,热爱身边的一草一木。他享受着生活,创造着美好,也感染着读者。

当然以后他稍不注意，就写上一首《鹧鸪天》，真是将这个词牌用到了得心应手的程度。请看 2008 年元旦前写的《岁末游古文化街》一首云：

> 凛凛西风未觉寒，酒边笑语送流年。无心鳞甲调深鼎，随意香辛入小盘。
>
> 书肆访，艺街旋，情关文化便拳拳。此生不忝名人列，青石空将姓字镌。

这虽是即兴的随意之作，但当时的意境、心态等，完完全全溢于纸上，将瞬间变成了永久；尤其是这种舒展的兴致，豪迈的精神境界，表达得是如此自然、洒脱。仅以《鹧鸪天》论，我以为目前尚无人可望其项背。南开大学刘运峰教授读了他的数十首《鹧鸪天》词后认为："苍凉壮美、大气磅礴、远绍五代、直逼苏辛。"确实道出了大成兄诗词成绩的一个方面。

大成兄诗词最大的特点就是豪放、大气。人们常说悔于少作，但是我想从最初的诗可以看出诗人的修养和积累。我的手头有许多遥远年代与朋友们的通信，检出大成兄的书信，竟能发现不少的诗词。现在我举出一首《沁园春·雨》，这是他 1969 年 8 月 9 日的作品：

> 大河浑放，长岭帘外，一派茫茫。
> 听疾风飒飒，欲卷重帷；依稀透露，水色山光。
> 马乱蹄杂，匆匆来去，败将八公草木慌。
> 展图卷，但挥晴四顾，雨漫边乡。
> 青峰阵送秋凉。感清气深拂赤子肠。
> 今涓滴投海，翻波涌浪；前程艰远，索作胆尝。
> 群壑云蒸，升腾紫雾，送翠层峦胜仙妆。
> 思众友，愿此情共赏，天涯四方。

词中所反映出来的大雨的磅礴气势，以及雨中观赏的细致，恰到好处地杂糅在审美的词章里。大成兄在寄这首词时的信上说："文艺我们是不能放下了，经验是从实践中得到的，让我们多写吧！"

《沁园春》词他果然越作越好,一写又是几十年,佳作连连。下面一首是大成兄于我赴韩国讲学的那一年夏天中伏到南开访我时所作,为我之最爱。运峰兄读后亦称佳篇,特意用毛笔书成一条幅,装裱后,佳词好字,俱为上品,可谓珠联璧合。词云:

> 烈日当头,爽气随身,不似伏中。
>
> 过莺声树底,晴光泻绿;马蹄湖畔,秀影摇红。
>
> 五载东瀛,十年南海,历练文章继雅风。
>
> 相对饮,看大杯共尽,依旧豪雄。
>
> 丈夫进退从容。感绛帐芬芳桃李丛。
>
> 正园林景色,云蒸霞蔚;襟怀境界,海阔天空。
>
> 静处研书,闲时唤友,一盏清茶兴味浓。
>
> 消四季,对风花雪月,其乐融融。

这反映了一种生活态度,是他的顺应自然、平淡中有追求;也是我的珍惜生活、奋发中有小憩。他是有诗情且接地气的作家,他时刻关注现实,体恤民心社情。比如 2009 年的春天刚刚从工作岗位上退下来的时候,照样早早起床,不同的是,他不再汇入匆匆行进在上班途中的人流。其时,雨正飘洒,他伫立窗前,忽有所感,便即兴写道:

> 今早无须行路上,
>
> 当年那许立窗前。

这是一首题为《春雨》七律诗中的两句,我读过之后久久不忘,因为这是一种普世情怀,有这种根基,诗句才有如此的深意。叶嘉莹先生的弟子李东宾博士对大成兄十分钦佩,常说"每与兄处,往往有得"。在交往中我们谈过许多诗词的创作过程,从学院派谈到创作实践的诗词鉴赏,双方常有妙语连珠,我在其中总是受益良多。我们还一起讨论过王中文先生的诗词集,他们二人都是时有高论,东宾兄离开南开时还把毕业论文送给我和大成兄。我以为他看重的是一个诗人的人品与诗品。东宾兄在内蒙古大学任教,工作繁忙,每因事重返南开,总会邀大成兄同聚,杯酒盘飧,谈诗论词,相与甚欢。

七律为大成兄的最爱,律诗他写了成百上千首。每一首都是对仗工整、格律严谨,佳句连连、警句迭出。大成兄的许多诗是唱和诗,也有寄情与人和写景抒怀的诗,其中有不少诗是直接写给我的。比如我在日本和韩国任教时,就收到过不少他的诗,这些诗我都视如珍宝、藏之书笈,作为我们友谊的永久纪念。

大成兄的诗作极多,我和朋友们多次劝他出版诗集,但他总是不以为意。他常说"这是自己年中零碎写下的东西","写时只为打发无聊,今寄兄一阅,一笑之余,也盼指教"。但是他终于经不住我们几位喜欢他诗词的读者的劝诱,这其中我是劝其出版最勤的一个,为了促成出版我曾写过一篇文章全面介绍他的诗歌创作过程的文章,题为《天地孤篷任迩遐》,后来发表在《天津日报》上,大成兄还把这篇文章作为他的诗词集的序言,终于一册高水准的诗词集《疏轩吟草》,得以通过天津教育出版社问世。其实我的那篇文章并没有写好,也就是个急就章,所以自己总是有意犹未尽之感。于是乎工作之余就常常读他的诗,看他的词,日月流逝,斗转星移,时间长了便看出一些门道,就想重新写一篇文章,谈谈我遗漏的感觉和新近的体会,以不负大成兄赠诗之盛情。

他从来也没有把自己当成一个诗人,他长期供职于中国工商银行天津市分行,他有自己喜爱的工作和生活。但在这工作和生活中,又常常反映出他的诗人气质。在做人与做诗上有着他的独特个性。比如他从善如流、疾恶如仇;不尚空谈、注重实效。他平实而深沉,并深谙鲁迅关于诗人的一些论述。因此在生活中追求平淡,在诗中追求完美,所以他的诗平中见雅,深沉厚重。一些佳句仿佛浑然天成、恰到好处;实则反复推敲,苦心锤炼。他的佳句是在苦练之后的从天而降,此非数年之功即可成也。他对于古诗的研究也很到位,在这方面读过很多的理论书刊,应该说是造诣匪浅。比如有一次在南开大学聚会后,他写了《鹧鸪天·诸友欢聚南开园》,词中写道:

一霎雨来旋复晴,相呼取次聚南城。欢倾味永深醇酒,畅叙神交久慕情。

新契友,旧声名,相逢快语为诗争。钗头凤好人多误,手便红酥未许轻。

这里还有一个典故,当时桌上大家提及陆游的《钗头凤》一词。顺便说起了

"红酥手,黄縢酒,满城春色宫墙柳"。关于"红酥手,黄縢酒"便众说纷纭,一般也都是通说。当时大成兄语出惊人,他说:"红酥手应该是一种点心,也就是做成样子像佛手似的点心。黄縢酒也不是黄藤酿的酒,縢乃封闭、约束、捆扎之意,縢字版本多误,害人不浅。只有这样的解释,才能够和后面的'满城春色宫墙柳'对得上。"当时真是语惊四座,对此我是深以为然。回到家后,查阅几个不同版本的《陆游集》和《宋词观止》,发现许多注释家在此处均是语焉不详。因此我对于大成兄更是佩服不已。凭此一点,他如果作学院派的研究论文,我想绝对会言之有物,有所建树吧。我一直认为知古典文学者对于研究现代文学会很通,因为那是基础,况现代作家多是读古代经典长大,此话曾与南开慕宁教授谈过多次,他很以为然。因此我以为,写古诗词的人做起现代诗来也未尝不可。大成兄的现代自由体新诗我也是读过的,很有韵味也有很浓的生活气息。他的新诗曾在海光寺书店的展板上展出过。再如发表在滨海新区文联杂志《大潮》上的《临别匆匆那一瞥》等,就很有徐志摩的味道。因为这里主要谈的是旧体诗,对此我只能省略留待下回分解了。

　　大成兄在我和他的花甲之年,分别作了两首《六十初度》,我以为可以相互照应。我们庆幸生在这样的一个大时代,还有幸在天津的文化名邸河北区居住过,他写道:"弘一与邻真是幸,典多为伴岂非缘。"他从来没有懈怠过,总是慷慨高歌不断进取、新作连连,正是:"春色有期从不爽,嫣红又是一轮花。"我仅从这两首诗中各摘取一联佳句,供各位欣赏其中的妙趣。

　　我以为大成兄的诗词是可以传世的,尤其是那些写景寄情的山水诗。比如《春日》、《春晓》、《春行》、《野菊》、《荷花》、《秋山》、《街行》、《春雨》、《听雨》以及数首写海棠咏梅花的诗词。这些作品前人曾无数次写过,但大成兄写来不落窠臼,饶有新意,可谓诗词中之精品。大成兄诗词的主调是豪放,其实在这些诗中也有许多的婉约成分,无论你走到哪里,细细品读都有一种和古人文脉相接之感。我自信此言不孤。作诗不外乎写当下,接传统,表个性,大成兄在这三个方面都做得很好,他从没有刻意的趋时迎合之作,他写的是出于自然的情感流露,他记录的是自己所经历的生活,在他的诗词里我们读到的是一个真正诗人的情怀。清光绪年间任吏部主事诗坛同光体领军人物陈三立后人、现任天津中华诗词学会会长的陈云君先生去年旅居德国时曾发来数首诗词,大成兄即用原韵赓和,陈先生立复:"万里云天,雅音东来,快何如之!"并称"国内诸君大成第一作手"。

不同的人读大成兄的诗,一定会有不同的理解和不同的感受,我想这正是他隐藏在诗词中的艺术魅力,说得雅一点,就是经典的力量。去年华东高中的陆波老师根据新课标的要求,让学生提高语文素养,曾专门备课,讲解自古以来的写雨诗词,名为《雨把世界打捞》。在清代诗词以后的第2例全部诗词中的25个例子,就列举了大成兄的《临江仙·春雨》;早在2005年7月广西沙培铮辑《当代遗才录》中也收录了大成兄的诗词数首,等等,可见其诗词的影响之深广。上个世纪80年代大成兄完成诗词社课作《鹧鸪天·天津天后宫》,当时寇梦碧先生看罢上半阕"说起鬌龄兴味长,娘娘宫外旧家乡。街头问价寻空竹,殿角窥人拾断香",即称许为好词,认为"俗中见雅"。诗词大家、也是大成兄同门师兄的曹长河先生当年在天津东方艺术学院讲授诗词时,亦将这首词作为授课范本,并因此词而托人约见大成兄,从此二人遂成知交。有时名人就在我们身边,我们不知道不理解有隔膜,甚至还把眼光飘向远方,在虚无缥缈中去寻觅,这样的事情自古以来,屡见不鲜。

他曾在诗中说:"安康只在清平界,白水斟来自有香。"这就是一种境界;此外,他在《六十初度》中曾有句云:"诗纯得助身心健,情远无妨岁月加。"这又是一种境界。他的诗词给人以无限的遐想,读后我们感悟到的却是陈年老酒的境界,以上两句也许是品评他的诗词的一把钥匙。

我只是读得多了,对他又了解较深,才敢欣然命笔来探究他诗词里面的深意,我也愿意把这篇小文贡献给他的弟子,和他们一起来研究大成兄的诗词。

《菊艺琐谭》读后

著名京剧脸谱研究专家、南开大学出版社编审李孟明先生的新著《菊艺琐谭——致远楼谈戏随笔》，最近由南开大学出版社出版。读后令人受益良多、爱不释手。

孟明先生此前曾有《脸谱覃思》和《脸谱流变图说》二书问世，在京剧和研究界影响颇大，一时好评如潮。现在的《菊艺琐谭》，应该说是前两书的续集和深度研究。只有通读了此书，才会了解孟明先生脸谱绘画艺术的底蕴与研究功力之所在。

细读《菊艺琐谭》，我以为有如下特色愿与读者共享。

一、高屋建瓴、目光深远

孟明先生的谈戏随笔起点很高，不知者初读此书，大约都会以为是晚清或民国年间人之作品。其实李孟明先生虽生于民国，但确是长在红旗之下。他自幼生长于北京高级知识分子家庭，深得其令尊栽培，从小就受到京剧艺术的熏陶，常看家藏的极多剧本艺术杂志，在其父引领下听过不少的戏。这一点和现代著名剧作家曹禺的成长历程极为相似。最有趣者是某次看戏站在戏台的边缘，一个大花脸在演出中向他瞪眼，吓得年幼的他大哭起来。一个人童年时期的经历往往是其文化生命的源泉，由此造成了孟明先生与脸谱结缘。此后，他又得以结识京中诸多的京剧名家，使得自己的菊艺修养日渐深厚。再者，他任职于南开大学出版社二十余年，一直在著名史学家来新夏先生身边工作，经常请教、受益颇丰。特别是他拜著名京剧研究家刘曾复先生为师，又与著名脸谱制作家程少岩先生为友，加之他兴趣广泛，既当编辑又治篆刻，当然最出名者为京剧脸谱艺术的绘画与研究。所以孟明先生一经进入京剧研究领域，起点就非同一般。

从这部书中我们可以读出，他自幼就在其令尊的带领下，多次近距离地接触京剧名家，如找李少春聊天、与李少春一家聚餐等；再就是与剧学大家刘曾复先生交往甚密，多次出入于刘先生京中老宅新居，从中接受刘先生言传身教，亲点面拨，得益颇多。这些为外人所不知的菊艺真传，孟明先生都记录下来，作为第一手资料在本书中均展示给了读者。这就是写李少春的《要多高有多高》、《鱼跳舞与走泥路》；记刘曾复的《关于朱洪福身段口诀的思索》、《好像掉到台上似的》、《记刘曾复先生的几次谈话》等。当然还有《程少岩先生》以及写杜彦锋的《〈名净十三绝〉成画记》。这些随笔的可读性极强，吸引我们的不只是当时的传神语境、话语中的哲学意蕴和人间真谛，更有一种与智者交谈的别样心情。

如写李少春在东城康乐饭庄请孟明先生一家聚餐后作别时，少春先生在背后嘱咐道："黑天走泥路，白的是道儿，小心点！"李少春先生还说过"要多高有多高"，这是在回答某人的《挑滑车》起霸、演员踢腿的高低不同时说的话，孟明先生后来体会戴头盔就不能踢得太高，这是他画脸谱后之所得。"要多高有多高"，不是不能，而是不为也。

再比如记刘曾复先生曾对他说："我是很有毅力的，我从事科学研究有60年了，实际真正搞研究也就十多年，日本人占领，搞不成研究，文革更搞不成研究，着急也没用，所以我不着急"；"老年人不能订什么五年规划了，我只订一年规划，这一年计划完成了就不错"；"艺术的东西不靠人传授是永远不懂的"；"脸谱也一样，如果不告诉你道理和方法，你画多少脸谱，画得多花哨，也还是不会画"；"舞台上的东西再简单也是真的，案头的东西再复杂也是假的"；另外，有些话可以看作是警世箴言的。如"外朴内秀"和"外秀内俗"、"比不会还不会"等等。

以上这些高妙之语，除了使我们了解诸多的梨园掌故和戏曲知识以外，还有更多的人生哲理与艺术真谛，细细品读定会令人大开眼界，颇有所悟。

二、见解独到、艺深志雅

孟明先生是以脸谱研究专家的身份和京剧结下不解之缘的，所以他的视角理所当然就是专家的眼光。从另一个角度说，他有着自己独特的见解和体会，这里我们试举两例。

首先，他对于京剧《夜奔》有着深入的研究，数次提及该剧的流变。

　　孟明先生认为《夜奔》还有一支即是河北乡间的北方昆弋。北昆是由钱雄传授，相继陶显庭、荣广和王益友诸人，直至侯永奎、侯少奎等。此戏就艺术而言，侯少奎可谓一枝独秀，无人出其右。近说杨小楼向牛松山学了此戏，再传李少春。经过他的考证，认为该剧北昆所习并非来自苏昆，而是来自燕赵文戏武唱之习尚。（当然他还另辟专文论述了河北农村的昆弋剧，即是南昆北渐之盛；细说京昆之别，在此先放下不论。）至1922年杨小楼得牛松山传授方见于京剧舞台，李万春也是从牛松山处学习之。此后杨系一支流传系谱为：杨盛春、茹富兰、李少春、茹元俊、黄元庆、徐元珊诸人薪火相传。这些为京剧界所视而不见者，孟明先生如数家珍，一一道来，清清楚楚。

　　他对有文称牛松山的《夜奔》为江南武生世家所传，再有侯永奎、少奎、裴艳玲所传之该戏，均以牛松山为根底之说，均认为不确。所有这些都是他在诸多的北昆与徽班资料中分析出来的结果。孟明先生有一种聪明的钻研精神，他从林冲的穿戴、去梁山的季节等，找出京昆与南昆中的相似之处，从而猜测出现在的南昆《夜奔》也可能是由京剧演员之传授。他认为看这出戏还是要追求原汁原味，看一人演到底、戴罗帽的那个林冲，因为这样会离古老的昆曲更近一些的。

　　其次，他对京剧唱词和表演艺术以及脸谱等，有着独特的理解。

　　先说唱词，比如《苏三起解》一出，近年来有人将唱词"苏三离了洪洞县"，改成"低头离了洪洞县"了。孟明先生就认为不对，他从人物身份、想法需求、表演过程等仔细分析道来，幽默地指出苏三出身妓女，没有什么见不得人的；来到大街前就是要找人请求给三郎带信，更不必低头；从唱词的下一句看"将身来在大街前"，如果低头也就接不上了。读后真是令人忍俊不禁、拍案叫绝。

　　再说表演，例如《伐子都》中的公孙子都，旧戏表演子都喝庆功酒时从酒杯里见到了考叔的鬼魂，演员表演时有一个动作叫"蟒纵"，也就是演员要端着酒杯像蟒蛇一样纵身越过桌子平戳到地上，表演难度非常之大，但这个动作对于表现子都的忐忑心理十分重要，孟明先生看过三位艺术家的表演，但现在的演员都不用了，他觉得殊为可惜。再如《金刀阵》中，孙悟空听罢南极仙翁诉苦后，对赤眉与大鹏之恶行勃然大怒，过去演员的表演应是：孙悟空端着椅子从桌子上悬空360度砸在台上，整个演出动作过程中孙悟空始终稳坐在椅子上。这一砸镇住了所有的观众，这就是表演艺术之精湛。而孟明先生四十年以后在电视上看到的却是："人是下来了,椅子没下来"。读过之后,除了佩服老演员的高超技艺之外,读者自然也会钦佩作者竟然知道得那么丰富、地道。

最后要说说脸谱,这部分研究是作者的长项,在书中孟明先生最为赞扬的,就是吴钰璋勾的脸谱了。例如《刺王僚》中,专诸一出场那紫三块瓦的勾脸,表现的是令人遐想的庄严肃穆,这种脸谱要表现的意象是"中正之人不乐",只有吴钰璋才能够画得出来,他立即为之所吸引。继而他又讲起该演员的张飞脸谱,他说张飞立柱纹中的十字,恰当地勾在两眉弓之间上下活动的肌肉上,只要演员眉头一低一扬即可表现出

《菊艺琐谈》书影

沉眉怒目之态,这是妙不可言的神来之笔。此事尚有旁证,他还从刘曾复先生的谈话中告诉我们,张飞的鼻窝要勾直的,台上一翘嘴鼻窝就变弯了,眼窝上下缘的弯角要对齐,因为张飞性格喜怒无常,脾气时好时坏,故脸谱不易表现。所以张飞的脸谱勾过上百回,时好时坏。京剧行当生旦净末丑,而脸谱主要反映在净角流派上。孟明先生对此有着自己独特的想法,他认为勾脸谱是要有"范儿"的,大师们的脸谱就好比书法与治印,都应是有章法可循的,不能乱来。在此基础上他体会出脸谱要重相而不重图案,这就要"把无形变为有形",而勾眼窝所勾的不是人的真眼而是眼的神态。脸谱的提升是从类型化到个性化。在《脸谱鳞爪》一文中,孟明先生娓娓道来,给我们讲述了许多基础知识,同时又有许多他自己的创新之处,如项羽之哭与张飞之笑,李逵与李鬼之间鼻窝之区别,司马师脸上的狠纹;鲁智深的脸谱流变,从《打虎》到《山亭》后只留下了智深,从而忘却了鲁达等等,读后真是令人眼界大开。

你不能不钦佩他的思路之开放,知识之渊博,这是一位脸谱研究专家在向我们讲述京剧的其中味。读了这些文章,你再去欣赏京剧,我想读者一定会有别样的理解与体会。

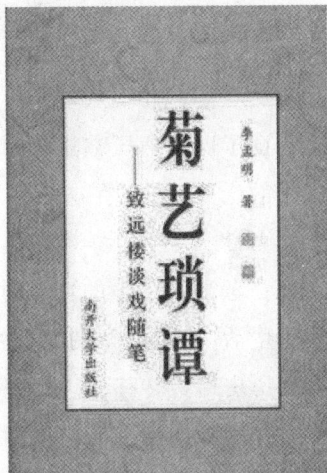

三、学者风范、途径得当

读了这些菊坛掌故梨园风范以后,令人最解渴的我以为还是《脸谱发微》一组中的论文部分。在这部分的研究文章中,孟明先生以己之长,充分展示了他的学术力量。

在考察脸谱中的盲点时,他一反人们脸谱是源于面具的通说,指出脸谱是源于生活。这篇文章的题目就很有看点,名曰《人面不知何处去》。文章涉及到戏剧的历史地域转移,汉字的演进,绘画尤其是壁画的人物表情等等。

作者根据自己的积累和大量的阅读,广征博引,层层深入,给我们以浓重的学术气息,反映的是高雅的专家视角。

再有《清宫戏画是不是"台上的东西"》一文,谈的是脸谱流变中的"时间差"。近年来有多种清宫戏画整理出版,对于清宫戏画上的脸谱,坊间说法不一,名家也初有定论。但孟明先生有着自己独到的解读,他另辟蹊径从时间所造成的误会入手,指出清宫戏画是晚清戏台上的东西,而非现在舞台上的东西。进而他指出这正可以探索此道,下一番考镜之功。这种观点,在脸谱研究领域可谓独树一帜。

论述郝寿臣脸谱的三篇文章,都是很有功力的研究。孟明先生从郝氏的项羽脸谱考源,到鲁智深的脸谱失前留后的探疑,为我们打开了破译脸谱艺术的神秘大门。比如他说我们当今在舞台上看到的项羽脸谱,基本上都是后期《霸王别姬》的那个哭相的脸谱,这是郝寿臣先生多年来用心揣摩而悟出的,那么京剧《鸿门宴》、《取荥阳》时期的项羽当然就完全不一样;再就是鲁智深,这个人物也不是总要保持鲁莽的"难为情"之像。从读郝寿臣那里孟明先生体会出演员的夸张表情,他认为将艺术家的这种无形感应显化于脸谱设计中,就可以创造出变无形为有形的生动形象。他在为我们讲述前辈大师艺术探索的第一手资料时,也反映出他自己的全新学术视野与独特研究方法。可惜的是目前还没有人做这样的工作,我听说孟明先生近期将计划绘制一批这样的脸谱,以补充我国脸谱艺术的不足,并完成剧坛先辈的遗愿。孟明先生的脸谱研究是和脸谱绘画实践紧密联系在一起的,他的脸谱作品多次在京津地区展出,如果读了他那有特色的脸谱系列图谱,再读这些专论菊艺的文字,聪明的读者按图索骥一定会收获满满。所以,他的情思和艺术感悟体验在起点上就比他人技高一筹,并形成了自己的独立特色;这种理论与实践相结合的研究方法,我以为是非常难能可贵的。

在《脸谱与脸谱化》中,作者告诉我们怎样识别脸谱,如何真正了解脸谱。他说脸谱虽是在类型化与模式化的规范制约下创造的艺术,但是它所体现的却是新的独立创造精神。孟明先生从脸谱的行当、形式、肤色、神态、意象分类刻画,总结出"像儿"的创造,这是一个艺术升华的过程。也就是我们在文学理论中经常提及的,那种"带着枷锁的跳舞",在艺术框架中有创造,在规范中展示超人的本领,这种理论经常被使用在诗词界,我想一切艺术都是有同一性的。没有规范何来革新?道理自然是一样的。孟明先生的文章和他的脸谱绘画一样,充斥着浓浓的书画、舞台与古籍的味道,当然更重要的是他将这些都融入了学术与现实生活之中。这一部分的文章中,孟明先生苦心孤诣选择了一些名戏中的名家脸谱剧照,图文对照,读来使人一目了然、妙趣横生,顿生感悟。

这部分图文并茂的论文读后,我总是觉得尚有些不解渴;遗憾之处是照片均为黑白,如果能印成彩色的岂不更妙?这也许是我的苛求了。

记得林语堂先生说过,中国人对历史的了解是从看戏开始的;我虽看过不少戏,但对于京剧的理解是因读孟明先生这本书而加深的。津门著名词人周大成先生读了《菊艺琐谭》后曾有《鹧鸪天》一首,经我转给孟明先生。词中这样写道:"粉墨难能流变谚,从知研索意何耽。春风舞袖梨香雅,秋雨和弦菊梦酣。声渐渺,貌谁瞻,星空曾望斗横南。凭君记取当年事,相聚无时不美谭。"刘曾复先生曾说起孟明先生的学术贡献是:"罗古今于图文,寄褒贬于评语,事事有据,事事有新,美可以表众人之愿,评不违众人之公,诚众人之快事也。"这是评价《脸谱覃思》中的话,我以为用在这本书里也是非常恰当的。

令人尴尬的对外汉语教材

笔者在国外讲学时曾读到一本名为《中国语会话》的教材,它的出版单位是北京语言文化大学出版社,版次为 1999 年版,当时的发行量非常大。这是一本专门介绍中国北京地域文化的口语教材,不读不知道,一读吓一跳。

您若不信试看以下几例会话:

讲北京的历史,竟然出现丢车的对话:"好不容易买了一辆自行车,没过几天就丢了。""这么说,北京的小偷非常厉害是不是?""所以北京人买了新车,晚上都把它搬到房间里去,或者就买一辆老爷车。"

我不知道这是什么年代的事情,但是总的感觉是不大好的。

介绍北京的故宫时,编写者生怕自己知识浅博,竟然从西太后讲到李莲英甚至还说起了明朝的太监:"历史上明朝的太监不但人数多,而且权力很大,最多的时候有十万人,清朝好一点,可是到了慈禧太后当权的时候,太监的权利又大了起来。"不知这样的知识介绍,和故宫有多大的关系?

介绍北京的服务行业时,教材借外国留学生之口这样说:"昨天我和茉莉去商店买东西,那儿的售货员可一点儿也不和气。找钱的时候,不是把钱送到我手里,而是扔过来的。商店的墙上还写着:不可以打骂顾客!吓了我们一跳。"讲到北京的服务谁都知道有些问题,但是不是如此离谱,请读者和编者自己仔细想想。

说北京的公交车挤是事实,但也不一定就经常如此:"北京的公共汽车太挤,上车的时候谁有力气谁就先上,我真不习惯。"

介绍北海公园的时候,有这样绝对的对话:"中国人不是常说:不干不净吃了没病吗?""中国的公园最大的问题就是人太多,简直是人山人海,很难找到清静一点的地方。"大约除了节假日以外,找不到这样的情况吧?

游览北京西山的时候有这样的对话:"不过一路上我看到了不少垃圾,真是让人无法理解。""有的中国人太不注意保护环境。"这样的批评是对的,但是作为教材每节课都给留学生来朗读,教师们怎么想?

在老舍茶馆儿的对话更是令人费解、不着边际："我真不明白，那么精彩的节目，为什么中国人不喜欢看呢？""这你就老外了，其实，中国人并不是不想看，而是没钱看。"估计价格不会是贵得离谱吧？因为茶馆儿文化总是比不了大剧院的。

再就是北京的老百姓，每当见到外国人都说什么话。教材借外国人的口写道："我到了中国，发现大家都特别爱问我一个问题，就是我爸爸一个月挣多少钱。连刚认识不久的人，出租车司机，都问我这个问题，我真觉得难以理解。""这说明现在大家向钱看嘛。"你看，根本不调查现状，还是用改革开放以前的老黄历去演绎与瞎说。

再有就是随心所欲，形容中国人富裕就说："还有的年轻人骑着摩托车，手里拿着大哥大。"形容知识分子工资低就说："现在教书的简直都买不起书了"云云，教材中这样的对话相当多。

先不说近年来中国经济的腾飞和北京的变化，也不谈奥运会以来的重大变化，特别是在中国经济已经飞速发展，跃居世界第二的情况下，这样的教材无论知识性还是信息量都有问题，我以为对于在国外给外国人讲课的中国教师来说，使用这样的教材无疑是个精神和心理的挑战。无论你怎样解释，教材上白纸黑字，外国的学生天真单纯，使一切有自尊心的中国教师，陷入十分尴尬的境地。

我以为一本好的教材，主要是让学生学会使用基本的会话，其次是了解一些外国的历史文化和民族国情、民风习俗。当然我不反对说中国人的缺点，比如我们的老百姓说话声音太大；再比如我们有些人素质确实不高，常常看到在文物古迹上乱写乱画。这就需要教育，借以提高全民素质。把这些写进我们自己的教材里，借此提高国民素质完全可以。但是把我们的所有缺点无限放大，进而让外国的学生们反复朗读，作为教师特别是教材的编写者，真不知道是何居心？谁都知道对外教材就是宣传自己的国家，我们在外当然是要宣传中国，让外国学生了解中国，把一个强大文明的中国介绍给世界。

我觉得编写新的、可以跟得上中国发展的教材，应该是亟待解决的问题。因为时代在发展，所有以往的观念和生活，在今天都发生了日新月异的变化，将今日之中国介绍给当今之世界，是我们教育工作者重要的使命。编写一本好的教材，介绍我们的国家对于今天的中国和世界应是非常重要的。

写在《书林消羊录》前面

这本书是在许多朋友的建议和帮助下完成的,因为我这方面的文字确实写得稍多一些,编辑成书的缘由也纯属偶然。

除了讲课自己的工作就是读书,数十年来读书不可谓不多,但是细读的书除了鲁迅和知堂以外,就不敢说都能够记得牢、说得出,可谓"读书不求甚解"是也。年过花甲,从借到买,林林总总、方方面面的藏书也不算少,自己深知有些书是需要常读的,而有些书虽然必备却是仅供查阅的。也就是书有必读和查阅之别、泛读和精读之分。但是,要搞研究、写书评可就不一样了,无论经典与否必须是要细细品读的,不然的话,你怎么能看得清楚、说得明白。

研究和写书评一样,都是要面对文本,对于作者来说也都是个学习的过程,只不过是游走于不同的对象罢了。感谢馈赠我图书的师友们,是他们使得我细读了许多的研究著作,并且给我以动力,督促我在有限的时间里,写出一些读书感想;当然还有一些友人希望我为他们的新书写序言,盛情难却中我也试笔写了一些,当然这些文章也还应算是读书笔记的。

说到文体,这些文章可以算是杂文。我的指导思想是:内容应实事求是,表达要平平实实。我手写我口,有什么体会就说什么话,话说够了文章就算完成了。我也是本着这样的观点来写自己的序跋文,无非是告诉读者和朋友们,我的这本书是怎么回事。如果说写这类的文章有什么诀窍的话,我的体会是:实事求是、平等平实、切勿卖弄,这三点就是它的秘诀。

写读书笔记应该说是很难,写了也许不一定抓得住重点,人与人之间大都隔着一层厚障壁,真正意义上的沟通本来就难,你又不是他,你怎么会知道对方的想法?研究当然更是如此。记得有几部专门教人写书评的教科书,我也读过,但是很难读得下去;不知其他大学里有没有专门讲写书评的课,反正我所在的大学里不讲,如果真讲的话窃以为也不一定很受欢迎,因为这往往会无的放矢。有几个人是读了教科书才写小说作评论的?所以直到现在,各种的研究文章都还会有商榷、不呆板，人们就是在这样的氛围中思考，学术界才会有进步。以上所说的当然都是个性，文学也有它的普遍性，许多的认知应该是有共同点的。我们强调文学的特殊性，当然是尊重个性，各行各业都应该保留一些与众不同，这就需要有独立的思考。因为人们的生活环境、成长经历和着眼点都是各不相同，当然体会也就不会一样。所以就只能用"萝卜白菜各有所爱"来解释，说得文雅一点就是，"一千个读者就有一千个哈姆雷特"，这话好像是莎士比亚自己说过的。没有个性也就没有了文学作品，我想评论似乎也应该如此，通过文字找到神韵，在字里行间体会作者的心灵，从中找到某种契合点。这也许可以用诗歌中的佳句，小说中的高潮来形容，评论似乎也应有这种东西。

当然书评最重要的是说真话，就是要讲一下作者的不足，这是最难的也是必须要做的。当今这个时代，在经济大潮中的芸芸众生人心浮动，短期效应成了常态，人与人之间真心的交流越来越少，鲁迅所说的"厚障壁"日渐增厚矣。真正稳坐书斋，能保持知识分子良知者寥寥也。在不多的人中间还有这样一些写书的人，真的就应该敬佩，所以说起他们的缺点来也是很不忍心的。

这本书中遗憾的地方也是有的，自以为写得较好的两篇文章找不到了。第一篇就是在日本收到王观泉先生的《一个人和一个时代——瞿秋白传》，我彻夜细读，写了一篇数页纸的文章，准备投给内山书店的杂志。由于当时自己对于刚学的日语没有信心，所以就没来得及翻译，中文稿一直夹在该书的封二中。回国后忙于教学，也忘记主动投寄出去，这本书后来又被学生借过几次，现在怎么找也找不到了；另外的一篇是读王国绶兄的《鲁迅论稿》的书评，为了尊重本人我发表之前拿给他看，竟被国绶兄给暂时扣住，他的意思是我们俩人在鲁研界的关系众所周知，文章发表了会有相互吹捧之嫌，所以执意制止。我也只好尊重这位老兄，所以手稿一直存在他的藏书中，这次再索要编书时，他说存稿太多、年代久远，一时难以找到了。此事以后提起也许是一件佳话，但现在竟成了一种缺憾。我的心态也渐入老境，私下以为文章有藏也许并没有什么不好。但这些都是要向读者说明的。

讲课往往会给我带来一些灵感，除了每年一次的《中国现代文学史》以外，我在南开专门开设过《周作人研究》、《中国现代散文研究》等选修课。通过备课我知道关于散文、杂文、随笔的概念和写法，说白了就是随心所欲。因为在《辞海》和《现代汉语大词典》里,关于这三种文体的词条解释都是差不多的。书评、序跋文应该是它们中的一部分,其中虽有一些规律可循,但毕竟远近高低各不同。记得鲁迅说过,地上本来没有路,走的人多了就成了路。我对此有深切的体会,自己这方面的文章写得多了,也可能会形成一点自己的风格。聪明的读者会从中看出一些苦衷。但是写起来认真、肯下苦功则是问心无愧的。

收在这里的文章大都是分别发表过的,现在集中起来给大家看,就是为了表达我的上述思想。不敢说这都是理论问题,但这实实在在确是我的文学观。

还要特别感谢运峰兄,因为我原来想将这本小书起名为《我的书评序跋集》,后来觉得太平淡,就又改成《学海行旅》的,正巧运峰兄来我这里小坐,我就拿了目录向他请教,运峰兄帮助想出了现在的这个名字:《书林徜徉录》,他认为这样文学性似更强一些,似也有了些许诗意。我觉得甚妙当即表示同意,自己感到有的时候一件事情的成功,往往也是天意。

是为序。

作者
2013 年 12 月 31 日

怀人篇

旧日记中的李霁野先生

时间过得真快,到 2014 年 4 月 6 日,李霁野先生诞辰整整 110 周年了。这位鲁迅的学生、我国著名教育家、翻译家的业绩将永记在我们民族的文化历史里,同时也深深地记在我的心里。我手头有李霁野先生的几封信,记录了那个时代我和他的交往。现在根据我的旧日记摘抄出来,告诉大家在 30 年前一个年轻教师眼中的霁野先生。

李霁野先生

我虽然在南开大学学习后做了教师,但由于所在的不是一个系,我在中文系,先生在外文系,因此与李霁野先生接触是很少的。上世纪 70 年代末,我被安排进京到鲁迅研究室跟随李何林先生进修,从那时起才走进了鲁迅研究界。李霁野先生是鲁迅研究室的顾问,又在南开大学工作,同时还住在天津,因此我与他接触就多一些。有时他去北京参加一些学术会议或是鲁研室的专门会议,我总能见到他;再就是,每次回天津,鲁研室有事我也顺便去麻烦他;还有,那些年春节前张杰、杨艳丽来天津代表鲁研室给霁野先生拜年,我也陪同去过。这样,我和霁野先生慢慢熟悉起来,他坐落在大理道 11 号的家也去过多次。很宽大的书房兼客厅,先生就是在那里写作或接待客人。记得他家书桌旁边的墙上挂着一幅台静农的书画,霁野先生很是珍惜,说是台静农托人从台湾辗转带来的。

1984 年,正值改革开放不久,许多知识分子下海经商。南开的毕业生胡智慧和杨卫军两位从政府部门转到商业行当,他们在南市食品街经营了两家饭店,其中有一家绍兴风味的饭店,为打造文化品牌即想到了鲁迅。他们知道我是研究鲁迅的,于是就来谈想将这个饭店命名"咸亨酒店"。因为在天津,所以就很想请李霁野先生为酒店题写店名。

我受人之托,于当年国庆节后的 12 日到先生家,问候之后将他们的请求告诉给李霁野先生。霁野先生开始并不同意,他说我从来不给人题词写字,况且自己是受五四新文化熏陶成长起来的,从年轻时就认为写毛笔字是复古,自己向来写信、做文章和翻译总是用钢笔和原子笔(即圆珠笔)的,并说自己当年认为这就是"反封建"。我反复和先生解释说,他们也是为了宣传鲁迅,只有您写了影响才会大;另外,写出来大家看了也是个宣传,您不是也希望大家多了解鲁迅吗?先生没有办法,只得同意了。我知道他是赞成宣传鲁迅的。

查旧日记,10月16日收到的霁野先生寄给我的挂号信,信中有用毛笔写出的"咸亨酒店"几个大字,打开一看霁野先生的字确实写得不错,古朴大气、中规中矩,他毕竟是写着毛笔字长大的那一代人。我立即转给胡智慧他们。后不久牌匾就制作出来了,挂在食品街一楼的店铺门上很是显眼。我看了以后于当晚给先生写了一封信,报告这件当时的大事情,并表示过些时候想写一篇访问记,因为我对霁野先生关于不用毛笔的个性记忆很深、也很感兴趣。

我的11月22日日记中记有:"本日收李霁野先生信"的记载。霁野先生在信中写道:"铁荣同志:得信知欲将拙书招牌示众,惶恐惶恐!店老板果真照办,必将后悔,因要吓跑不少顾客也。你若愿写访问记,在我没有不可以之意,只怕没有什么值得记的内容。祝好!李霁野11月19日。"后来,我专门去访问了霁野先生,继续以前的谈话,写了一篇访问记。

南市食品街的"咸亨酒店"是1984年1月2日开张的,当时的绍兴市市长专门来津祝贺;总经理胡智慧当日下午来找我,一起去李霁野先生家,代表主办方专门接霁野先生去参加开业庆典,与大家一起热闹一下。当然最主要的还是想让先生看看他写的那块匾。查1985年1月2日我的日记记有:"下午胡智慧来访,一同去李霁野先生家,本日同赴咸亨酒店招待会。寄《晚报》稿,内容为李霁野先生访问记。"记得当时霁野先生是很高兴的,奇怪的是,先生当时好像并没太注意他题写的匾,对此我一直记忆犹新。

不久我借调到北京鲁迅研究室,帮助编辑《鲁迅研究动态》(《鲁迅研究月刊》的前身)。在策划纪念鲁迅研究室成立10周年的时候,我们想发表全体顾问的小传,让所有的顾问每人写一段题词,并刊登他们的近照。为此,我将以上想法给霁野先生写了一封信。

查1985年8月25日日记,记有"本日寄李霁野、张竞信"的记载。这应该是将上面的意思报告给先生的吧。记得霁野先生曾来信，希望帮助代为复印他的译著《不幸的一群》(1929年北京未名社初版本)的封面，他还想让我们查旧杂志上发表过的一张画，据说是未名社社员王青士的作品。可惜王青士的画作一直也没有找到，我只是给先生复印了其所译陀思妥耶夫斯基小说《不幸的一群》的封面。当时的国产复印机不是太好，加之鲁迅博物馆收藏的50多年前的版本比较陈旧，复印的效果不是很好。同时我写信的时候还受鲁研室之托，希望先生为纪念鲁迅研究室成立10周年，给《鲁迅研究动态》写些文字，因为先生是鲁研室的顾问。

信发出以后过了20天，就接到了霁野先生9月16日的来信。霁野先生写道：

铁荣同志：

承寄《不幸的一群》封面画，已收到，谢谢！一经反照，更不清楚，再制版重印，恐看不出轮廓了。所以要同出版社研究一下是否使用。青士已早在地下长眠，他所赠的一张画也将淹没，悲夫！鲁研室所要传略、照片和题词，现寄上，不知适用否。相是几年前照的，最近未照，好在并非强装年少也。祝好！

李霁野

先生做事是十分认真的，信中除了照片、小传外，还用钢笔写了一段题词，全文是这样的："鲁迅先生集《离骚》句为联：望崦嵫而勿迫，恐鹈鴂之先鸣。请乔大壮书写悬之壁上以自勉。希望鲁迅研究者也本着这个精神工作。李霁野(章)1985年9月。"文字依然是那样整洁干净，收到后我非常感动。我们把他的这段题词手迹和曹靖华先生的题词一起制版，同时发表在1986年第2期的《鲁迅研究动态》上，为那一期的杂志增色不少。

1986年3月8日召开北京鲁迅研究室成立10周年座谈会，历时三天，一直持续到10日。10日日记中有"接顾问，下午鲁研室座谈会"的记载。开过这个会，我就结束了在北京的借调工作回南开了。两年以后应邀赴日本教学，一去就是五年多，这期间因为忙，和霁野先生联系很少。先生是1997年5月4日逝世的，查当年5月10日日记记有"陈漱渝老师来津，下午同去李霁野先生家吊唁"的记载。

时间飞逝，日月如梭。在李霁野先生诞辰110周年的时候，想起这些近30年了的旧事，真是感慨万千。

未名社成员，从左至右分别为韦丛芜、李霁野、韦素园、台静农

怀念海婴先生

听到了海婴先生逝世的消息是 4 月 7 日的下午，《天津日报》主任编辑罗文华兄打来电话，告诉了我这个惊人的消息。当时自己正在给研究生讲课，于是就匆匆放下了电话；下面再讲的内容似乎就有点儿乱了，不久就又有友人来了电话或短信息，也都是有关这件事的，即刻与海婴先生交往的情景不断地浮现在我的眼前……

记得初识海婴先生是在上世纪的 70 年代末期，我正在北京鲁迅研究室跟随李何林先生学习，有一次研究室开会周海婴先生也来了，我才第一次

周海婴先生

看到这个曾经给毛泽东写信的人，就是他促成了北京鲁迅研究室的成立。他和一些与鲁迅有过交往或很有研究的老专家是鲁迅研究室的顾问；我格外注意他的原因是因为他是鲁迅的儿子，当时不断地端详他，觉得他的长相更像许广平许先生（鲁研界的人都是这么称呼）。现在已经记不得他那时的讲话内容了，只是记得他的发音有一些浓重的上海腔，虽然他已经在北京生活了很多年。不久我在颜雄老师的带领下，到过海婴先生的家，他家住在木樨地的部长楼里，房间很整齐，最为突出者是有许多各种版本的鲁迅的书。后来是纪念鲁迅诞辰百年前后的几次学术会议，他都参加了而且是重要的嘉宾，坐在主席台上离我们很远的。

和海婴先生近距离接触还是在 1991 年，当时我正在日本讲学，顺便出席了在仙台举行的纪念鲁迅诞辰 110 周年的国际学术研讨会。海婴先生和夫人也来了，他到了那里自然成了中心人物，中日学者都是争着与他合影留念。我也和他交换名片一起照了相，他也主动地给我们拍照，不久他就把照片给我寄到了日本的大学里，这时我才知道他对于摄影是很感兴趣的，而且水平很高。仔细端详照片构图取景果然非同一般，那时我还主观地认为是他的相机好。后来才知道海婴先生从上个世纪 40 年代就开始拍照片了。为了感谢他的好意和真诚，那年

婴儿时期的周海婴

新年前我给他寄去了一张贺年片，不就海婴先生就给我回寄了贺卡。这也许就是我们交往的开始吧。

回国以后形成了习惯，每年新年我们都是互寄贺卡，互相在小小的硬纸上写些祝贺与鼓励的话，我无非就是祝他和夫人马新云老师身体健康，而他总是挑选一些鲁迅的话或者当年的新话语祝贺新年，长期以来从未中断过。再后来他出版了《鲁迅与我七十年》、《镜匣人间——周海婴 80 摄影集》和《鲁迅回忆录手稿本》都送给了我，扉页上题有他用钢笔写的："铁荣先生惠存"或"铁荣老友惠存"等字样，有的签名是周海婴，有的则直书"海婴"二字，从中可以知道他为人的谦和与礼贤下士。

海婴先生对于鲁迅研究者一般是很尊重的，他从来也不干涉我们的研究观点；有时见了面他总是说："你们都是专家，我是一名小兵。"我想他读鲁迅的书，在感情上与我们肯定是不一样的吧。每当看到他我总是会想起鲁迅的《答客诮》那首充满爱意与深情的诗，想起鲁迅的"俯首甘为孺子牛"的名句。

海婴先生对于我从事周作人研究从来没有表示过反对，记得有一次在北京鲁迅博物馆开会，席间我与国绥兄出来，海婴也出来了。他把自己保存的北京市法院五十年代对于周建人儿子告状的宣判书给我们看，他再三说解放后周建人的子女抚养官司是与周作人有关系的，没有周作人的支持是没有人敢于状告周建人的。他说那时人民政府还是既民主又有眼光，判决书中的一些词句至今还是很有说服力的。他还嘱我对此事要研究一下，并且说他不久就要写这方面的文章。也不知道后来他写了没有，可惜的是我至今还没能看到他的这篇文章。

海婴先生也是一个小有争议的人物。解放以后他在许广平的带领下，把鲁迅著作的版权无偿献给了国家，后来 1981 年版《鲁迅全集》出版的时候，他与人民文学出版社打版权官司，消息传来当然对海婴先生影响不好。后来见面他曾对我们说，许先生的致鲁迅信版权并没有过期，为了维护新颁布的《出版法》他就是要争这个道理。我听了以后觉得海婴先生也并没有什么不对。鲁迅是我们民族的骄傲，他的著作是我们民族的宝贵遗产，但鲁迅同时也是海婴先生的父亲,他的母亲致父亲的书信当然是有版权的,后来听说他的官司果然赢了。他的身体里毕竟流淌着鲁迅的血液。他还与一些著名的鲁迅研究者并不和睦,他虽担任着北京鲁迅博物馆和上海、绍兴、广东等地的鲁迅纪念馆的顾问,听说他对于儿子要搞一些经济开发也并不表示反对,这些都是我所知道的,我以为在当今如果换位思考的话也无可厚非。他写的《鲁迅与我七十年》当中的内容,也是有些争议与不同看法的,比如关于日本医生须藤五百三的事、关于 1957 年毛泽东在上海讲鲁

许广平

迅如果活着的事等等。我觉得他有自己的看法,写出来应该是当事者言或一家之言的。比如他在这本书中就写了为帮助鲁迅夜里写作,幼小的他听到鲁迅半夜扔铁烟盒赶叫春的猫时,惊醒以后竟跑至二楼小平台去,为鲁迅捡拾这些铁烟盒"炮弹",并且摆放整齐以便再做武器。我初次读了以后就不怎么相信。因为他睡觉的时间和鲁迅写文章的时间相隔太久,夜半凌晨时分一个孩子爬到二楼平台,应该是很危险的事,保姆和许先生都不会允许,鲁迅知道以后也会制止的。况且那个时候,海婴也实在是太小了。据《世界日报》1936 年 10 月 25 日登载的新闻,曾记录鲁迅逝世的时候,只有 8 岁的海婴"一点也没有懂得什么叫死,对于他这位长眠地下的爸爸,没有什么感到死的恐怖,他很活泼,他很可怜,穿着一件黄袍子,满身全素"。但是我转念又一想,从各种材料中知道海婴先生小时候是很顽皮的,这样的事情怎么能够以常人的思维来推想呢?

现在海婴先生也走了,我们认识他的人当然是感到很悲痛的。总之他是听了其父鲁迅的话,"万不可去做空头文学家或美术家",他生前有自己热爱的工作,有自己丰富的业余生活,在这期间也为鲁迅研究事业做出了他独特的贡献。他带着聪明的纯真,带着大家对他的怀念,带着光荣与梦想,又回到了他的父母的身边。

纪念海婴先生,要记住他的真实,记住他的友善,记住他所做的许多切实的工作。我想以他的知名度,各方面的友人应该是很多的吧。时间真是过得太快了,我们每个活着的人都要抓紧时间,记住鲁迅的话:"要赶快做!"

2011 年 4 月 7 日夜于灯下

追忆丰一先生

我们的周作人研究,曾得到过周丰一先生的帮助。现在想来还是很清晰的,可惜的是丰一先生去世我知道得很晚,一直也没有什么表示。所以就想把这些写出来,聊补一份迟到的纪念。

1998 年的暑假往访绍兴鲁迅纪念馆的时候,听余慧娟女士说周丰一先生病故了。当时心里一惊,仿佛少了一点什么,总之有一种失落感、一种人间对于岁月无情的沧桑之感涌上了我的心头。

查旧日记,初见丰一先生的时间是 1982 年 4 月 14 日。那时我与张菊香先生正在北京,为了编写《周作人研究资料》和《周作人年谱》而奔忙着查资料。用旧日记中的话说,每日里是"两手灰尘、一身疲劳"。

14 日那天的上午,我们约了李岫先生一起来到北京图书馆总馆去拜访丰一先生,当时的这个总馆就坐落在府右街,它是现在的国家图书馆的前身。那一天我们在北京图书馆见到了周丰一、丁克刚和彭竹三位先生。

岁月匆匆,当时是怎样的一种情况,今天已经完全回忆不起来了。只是记得在一个大屋顶的房间里,丰一先生正在工作。在他的身边摆放着许多的资料卡片盒子,一位身穿中山装两只胳膊上都戴着套袖的老者,正低头忙着什么。经丁先生介绍他站起身来和我们握手,这时简直就是一个活脱脱的周作人站在了我的面前。那时的丰一先生留着一撮小胡子、稍胖的圆脸,只是个子比周作人要高一些的。他面色很红润,声音不高但音色稍宏亮,地地道道的北京话,字正腔圆。我们之间只是非常客气地问候,说明来意是想查一些资料,他告诉我们现代散文的目录在什么地方,总之十分礼貌而友好,我们之间没有展开深入的谈话。记得他当时在图书馆的一个研究机构担任顾问,加之正在忙着,我们不便多打扰他,于是就查阅目录去了。总之,初次见面的的印象不是很深刻的。

那一年为了查阅周作人资料的事,我们以北京鲁迅博物馆为中心,在北京工作了很长时间。第二次的见面是在丰一先生的家里,和我一同去访问他的还有张菊香和李景彬两位老师。那时丰一先生住在北京大学附近的一所居民楼里，由于提前联系过，丰一先生很热情地接待了我们，一进门就看到沙发正面的墙上挂着一个写有"苦雨斋"的镜框，那字是出于沈尹默先生的手笔，这正是周作人的书室之名，估计应该是"文革"后的返还物吧。丰一先生很热情地接待我们，坐在一旁的还有张菼芳老师。具体谈的是什么今天已经记不清晰了，大概主要是围绕周作人的作品吧，因为提到他的历史我们大体也知道，家人又尴尬总是不好的，当时也不便记录，因为记录会被人认为是太正式的举动。只记得丰一先生很高兴也很亲切，留着小胡子的他很友善地笑着，那样子也许和当年的周作人没有差别吧。依然是标准的北京话，不了解他的人绝对不会想到他的身上有着二分之一的日本血统。他向我们介绍了一些了解周作人的老者和研究者，大约提及了俞平伯、江绍原等人。

告别之前我们提出还想再访问周丰三先生时，丰一先生流露出极大的兴致，表示愿意带我们一起去，可见他那时的心情是很好的。我们和他一起乘公交车来到新街口附近，顺便还看了八道湾的房子。他步履矫健，同我们共同在暮霭中走进一个小的四合院，直进一间平房那就是周丰三先生的家。同丰一先生相比丰三先生更像日本人，他的个子比较矮小，脸色清癯，也是穿着一件中山装，扣子不是那么整齐，头发蓬松着。丰三先生大概是一个很有个性的人，他没有多说什么话，只是礼貌地请我们坐下，也没有问大家喝不喝水。不久他的女儿下班回来了，把自行车推到房间里来，我们也就告辞了。

丰一先生和我们一起出来，在路上他说自己也有很长时间没有见丰三了，话语中既有一些苍凉也有许多的愉快。我们送他来到返程的公交汽车站，说了一些客气的话，他还是迈着那样矫健的步子，大步登上公交车的是一个结实的背影。汽车开动了，这个背影慢慢从我们的视线中变得模糊，这是我和他相识中记忆最为深切的场景。

两年之后，记得牧阳一先生在中国留学的时候，我曾经陪他看望过一次丰一先生。那一次也是给他添了很多的麻烦，当时的记忆今天想来已经有些模糊了。只是隐隐记得他说过自己是半个日本人，他已经和在日本的表兄妹联系上了，可能不久就会访问日本云云，也不知道他后来成行了没有。当时他在谈话中用了比较流利的日语，还列举了一些日本著名作家的作品等。在言谈中可以发

周氏家族照片

现，他对日本文学有着很浓厚的兴趣，知之亦深亦丰；相反对于鲁迅和周作人的作品似乎并不是读得很多，好像也并不是那么关心，对此我一直感到很是诧异。后来转念一想，这也许正和他是二周的家属不无关系吧，对于自己身边的长者往往不觉其深奥，再有因为他毕竟不是教师和研究者。那时我还没有去日本，不知道丰一先生的发音怎样，牧阳一先生告诉我，丰一先生说的是地地道道的老东京方言，他对此感到很是亲切。我的感觉是，丰一先生对于中国当时的形势和新潮话语也并不陌生。他很自如地和我们谈话，不时发出朗朗的笑声。

时间又过去了许多年，有一次去绍兴鲁迅纪念馆看望松冈俊裕先生。那一次裘士雄馆长应松冈先生的请求，带我们去拜谒鲁迅的祖父周福清墓。在这位清末翰林的墓前，我看到的墓碑竟然是周丰一先生请人刻制的，上面有他一家人的名字，我立刻感到一种肃然。眼前当即浮现出他微胖的圆脸、小胡子、纯正的北京腔调和老东京的日语发音，回想起他和我们那两次与人为善的交往。在周福清的墓前，我曾天真地想：如果周氏后代能够尽释前嫌，丰一先生和海婴先生多多交往，那该是多么好的事情啊。这种想法在我的脑海里存在了一瞬间，随后就即刻飘逝远去了。

其实拜访丰一先生和丰三先生仅是为了寻找资料，另外还有一个目的就是想为将来写周作人传记找一些感觉。为了不受家属的影响和左右，我在研究周作人的时候极力避免麻烦丰一先生。在我的记忆中丰一先生永远是一位"好老头儿"，是一位永远和善的老人。

他的仙逝信息我和许多人都是后来才知道的，大家都觉得很伤心惋惜。绍兴鲁迅纪念馆的领导和研究者特意到北京悼念他，足见他生前对于鲁迅文物工作的贡献之大。愿他的魂灵在地母的怀抱中永得安息。

我眼中的来新夏先生

2014年3月31日的晚上，接到文华先生的电话，说是来新夏先生于今日下午走了，我的心里顿时一震。我是于一周前知道来先生住院的，本来想过些日子去探望一下，不想先生怎么这么快就走了呢？第二天的上午运峰兄也来电话，说了来先生去世的消息，心中很是怅然。

在南开很早就知道来新夏先生，特别是粉碎四人帮以后，先生在历史系讲课后来担任了校图书馆馆长，再后来又担任南开大学出版社社长兼总编辑。至于先生的学问是大家所知道的，还记得在文革前看过京剧《火烧望海楼》，编剧就是来新夏先生。先生在地方志、文献学、图书馆学等方面造诣非凡，文史领域更是独树一帜、名满天下。

真正与先生交往是在十数年前，那时王国绶兄打来电话要我陪同他拜访来新夏先生。当时国绶兄正在为人民文学出版社修订新版的《鲁迅全集》，为了解决注释中的疑难问题，特意向这位深谙近现代人物史料的专家请教。我的习惯是向来不无故打扰老先生，有事则先打电话预约，能在电话中解决的很少到家里打扰。因为当时来先生已达八十高龄，老当益壮，笔耕不辍，他手头写作任务很重，冒昧打扰多有不便。但我又深知修订《鲁迅全集》非同小可，其中待解决的疑难问题又是非先生莫属，于是便给来先生打了电话。先生听说缘由便慨然应允，于是我们如约来到新夏先生在南开北村的家。

还记得当时来先生刚刚获得了美国华人图书馆员协会授予他的"杰出贡献奖"，全球华人间中国大陆仅有两人获此殊荣；时又欣逢先生八十华诞，南开大学为他隆重举行了"来新夏教授八十寿辰暨来新夏教授学术研讨会"，天津市邮政局还特别制作发行了一枚纪念封。来先生知道我集邮，很亲切地签名将这枚珍贵的纪念封送给我。在谈话中，先生很快帮助国绶兄解决了困扰多日的人物注释问题，我们感到非常满足和欢喜。与来先生交谈时得知，全国各地有不少的专家学者来函来电，向先生询问有关《鲁迅全集》注释中的各种疑难问题，他都

——作了解答。

我们又由此谈到 1981 年版的《鲁迅全集》注释时的往事。来先生说二十余年前，他在上海图书馆查阅资料时与包子衍相遇，当时老包正在为注释《鲁迅日记》忙碌，鲁迅在日记中曾经 4 次提及"来裕恂"这个名字，他查了许多资料而不得其详。既然有幸与来新夏这样的文史专家邂逅，自然不能白白放过，于是就试问之曰："姓来的人不是很多，先生知道来裕恂这个人吗？"，来先生从容一笑答曰："这个人就是我的祖父"。包子衍当时真是喜出望外，因为找对了人得来全不费工夫。原来来新夏先生的祖父曾与鲁迅同时留学日本，后来又一起在教育部供职。于是大家就看到了《鲁迅全集》新版中的注释："来雨生，名裕恂，字雨生。浙江萧山人，与鲁迅同时留学日本，1914 年时在北京教育部任职"。来先生的祖父有多种著作传世，如《萧山县志稿》、《汉文典》、《匏园诗集》等。来先生的祖父来裕恂当年是鲁迅的友人，而今来新夏先生为《鲁迅全集》的注释工作默默做出了很多贡献，来氏祖孙都与鲁迅有着直接或间接的关系，这应该是文坛鲜为人知的逸事吧。

记得那次我还在来先生家中看到了启功先生的墨宝，当时启功先生因为眼疾已经久不动笔墨了，当他知道来先生八秩大寿时欣然命笔，写下了遒劲而又秀丽的晚年难得作品。启功的贺诗是这样写的：

> "难得人生老更忙，新翁八十不寻常。
> 鸿文浙水千秋胜，大著匏园世代长。
> 往事崎岖成一笑，今朝典籍堆满床。
> 拙诗再作如期颐，句里高吟应举觞。"

诗后还有这样的一段话："壬午三春，拈句奉祝来新夏教授八十大庆，启功再拜，时年九十，目疾未瘳，书不成字。"在一派大家气象之中，我看出了他们那一代人情深意长的友谊。"老更忙"，正是来新夏先生勤奋治学精神的真实写照，他越老越精神并取得了"不寻常"的学术成就。后来我把拜访来先生的经过写了一篇小文，名为《难得人生老更忙》发表在当年天津的《今晚报》上。

记得陈福康兄从上海来津时，我也陪同他去拜访过来新夏先生。自己出了新书也给先生送到家里,请求指正过。我的手头有不少来先生的著作,也有数册先生馈赠的大著,其中有:《林则徐年谱新编》《北洋军阀史》《来新夏书话》(台湾学生书局版)、《邃谷书缘》《且去填词》等。特别是先生知道我的专业是研究中国现代文学,他还特别赠送其祖父来裕恂先生所著《中国文学史》的两个版本,以及来裕恂所著《匏园诗集》等。我请先生在书上题字时他再三不肯,说这是祖父所作自己不便写什么,我为了留作纪念再三请求之,先生才在书的扉页上写了这样一句话:"谨以先祖遗作赠铁荣先生雅藏。来新夏,二零零二年七月。"

前面说过,由于怕打扰先生我到北村邃谷书斋的次数并不是太多。但有时也还是免不了去打扰,记得有一次天津民间藏书家孔维建先生曾买到一册来先生文革前的书,寄来嘱我帮助请来先生签名。在无奈中我也硬着头皮找过来先生,帮这位从未谋面的友人完成了心愿,从中可以看出来先生的宅心仁厚。

有时也曾接到过新夏先生打来的电话,约我到他那里去。后来中华书局出版的《友声集——来新夏教授九十初度暨从教 65 周年纪念集》中收了我写的一篇文章,就是来先生接到书打电话约我到他家去取的。

每次和先生交流,都有如沐春风的感觉。我记忆犹新的是盛夏到他北村的家里,来先生亲自开门,那时他只穿着短裤上身着一件无袖的白布短衫敞着怀,手执一把蒲扇,把客人让到前屋他的工作室,满屋是书整齐而又洁净,这就是著名的"邃谷"书斋。先生一边跟我聊天一边挥动着蒲扇,他的座位旁边紧挨墙角处摆放着一台电脑,大部分时间电脑的荧光屏是亮着的。他是比较早使用电脑写作的老先生,先生的诺言是:"有生之年,永不挂笔",一个饱学之士就是过着这样既普通又洒脱的生活,这种书斋生活既是传统的又是现代的。他除了问问我校内教学工作上及最近研究的事情以外,有时也说说社会上的事,谈到有意思的话题时,他还会常常发出智慧的笑声,话语不多用词很严谨,给人以亲切纯真之感。每次从来先生家里出来,我总是觉得收获满满。

来先生退休以后笔耕不辍,手不释卷,耄耋之年,新作迭出,许多的新书都是在退休以后写成出版的。正是"难得人生老更忙"的体现,并取得了"不寻常"的成就。他以自己的行动实现了一个老教授的学术追求,从而也成为南开的标志性人物。

现在来新夏先生就这样匆匆地走了,留下的是后学们无尽的怀念。他的学术思想特别是那些紧接地气的研究成果，将永远留在我们的民族文化的历史里，为后人所颂赞、所纪念。

来新夏先生照片

记我的中学老师们

　　我上过的中学坐落在海河的旁边,原址是清末建筑的李公祠,这是专门为纪念李鸿章而修建的。再往前走就是原北洋总理衙门的所在地。顺着金钢桥向西行,从海河旁边向右拐进去,再向左就进入了我们学校的范围。李公祠是光绪三十一年(1905)袁世凯所建,选址在原淮军驻地窑洼,占地两万多平米,是一座颇具规模的宏伟建筑。祠堂两侧建东、西箭道,正门坐北朝南,红色的大门中式的屋顶,这是一座三进的大庭院,两扇朱漆的红色大门。门前有石级,阶下左右各有硕大的石狮,对面有一面大的青砖影壁墙。正门大墙东端有便门,进正门两侧是门房。入门前院是红柱绿琉璃瓦的游廊。院内各有东西配房及厢房,均有高台阶。北面两侧为腰房,那时这里已经被用做了学校的办公区,中间有过厅通往后院。后院原先有琉璃瓦的六角亭,可惜我们入学前这个亭子已经被移到北宁公园去了。过亭即是连九间的大殿堂——享堂。堂内红色大圆柱矗立,雄伟大气,典雅古朴,这里即是祠堂的正堂。记得我们入学时,大殿除了雨天做开会用外已经成了放置大型体育器材的地方。大殿外有汉白玉的一圈回廊围绕,它的侧面是一个大操场,有单双杠和两三个篮球场。径直走去最后面是一座新建的教学大楼,楼前是一个底座很高的旗杆,每天早晨做操前举行升旗仪式。

　　这就是我们的学校——天津市三十三中学。我是上世纪 60 年代中前期考入这里学习的。现在被人们称为"老三届"。

　　那时候中学的教学单位和现在完全不一样,我们学校是按照学科分办公室的,而现在是按照年级分办公室的,我私下以为还是那个时候要好得多,因为学生压力小,教师

天津李公祠(33 中学)

也是共同语言多，绝不像现在完全是为了考试这么势利和现实。老师们都是一些和蔼可亲的人，也是最令学生难忘的。

算起来其中最有名的人就是温刚老师，他是后来成为国家总理的温家宝同志的父亲。不过那时我们这些孩子谁能意识到这一点呢！温老师正如他的姓，温文尔雅、温厚待人、温良恭俭；好像每天总是提着一个蓝布的书包，笑眯眯的走路来学校。然后就是走进教学楼三楼，坐在史地组一个靠里面的办公桌边。也许是他天性好静性格内向，我从来也没有看到过他除了上课之外到处走动过似的。我的班主任是史地组的组长侯晋武老师，我是地理课的课代表，后期的班长，所以有时间经常进出史地教研组，不是给老师送作业就是找侯老师问事情。所以就经常看到温老师。我见了他也从没有感到过紧张，因为他总是很谦和的样子友善地微笑。温刚老师没有亲自教过我们班，但记得他是那个教学组最老的一位教师。

那时的侯晋武老师可能是刚刚来到学校不久，身体魁梧脸庞宽厚，一副很结实的身体；由于他有络腮胡子，所以我始终也没有觉得他年轻过，这样的老师大概能够压得住茬，所以他能够管得住学生。侯老师讲课声音很洪亮，一口标准的普通话。说句实在的，我虽然是天津人，但那时在学校里从来也没有听到哪位老师说过天津话，就是在课下也从来没听到过，估计那时也许是国家有要求也说不定。侯老师的地理课讲得有声有色，很多时候不是有挂图就是带着地球仪和标本，我们在图表和他那高昂的声音中，想象着雄鸡形状的祖国，跟侯老师的粉笔"游遍"祖国的山川大地。

数学组负责教我们班的是李铎老师，他是个很清瘦的人，既严肃又精神，数学课讲得极好，言简意赅是他的特点。从来不苟言笑，却是幽默有余。记得有一次有位姓梁的同学上课不注意听讲，李老师停下课来慢慢地说："梁君，你干什么了？要抓紧时间学啊！"此言一出立即引起全班同学的哄堂大笑，那位同学的脸马上就红了。此后我们都喊这位同学叫"梁君"，现在许多人也许记不清他的全名了，但是说起"梁君"我想全班同学都会是记忆犹新的吧。据说李铎老师那时是什么"摘帽右派"，但是他不管这些，只是认认真真教我们。粉碎"四人帮"以后，他也落实了政策，据说到另外的中学当校长去了。

教英语的老师叫殷虎，是上海人，他的鼻子稍大一点儿，教英语正合适。他一走进课堂就用英语说："你们好吗，我的孩子！"于是我们就大声整齐地说："老师好!"他一口好听的"上海英语",经常用板擦敲着黑板上的单词领我们大声朗读。一次学校里不知怎么来了一个外国旅游者,于是殷老师派上了用场,他和那个老外叽哩咕噜地说了很多。原来那人是个旅游者,他误把我们学校当成了附近的大悲院,殷老师经过解释终于把那人打发了。于是从来也没有见过外国人的我们,对他真是佩服得五体投地。

语文教研组是一个比较大的办公室,是不是最大的教学组我不知道。因为我从小学起就喜欢语文,因此这里是我很神往的地方。那时的老师有叶理行、张淑敏、钱克文等,他们都是满腹经纶、书生意气、出口成章,自己总是有事没事往这边跑。给我们班上课的是钱克文先生,他是一个年轻的"老夫子",才华横溢,平时说话就常常引经据典。他的最大特点是一课书讲完还有时间就给我们讲故事,因此听到下课铃响起的时侯我们总是不想下课。他的古文课讲得很是生动,要求我们背诵的课文第二天检查起来更是一丝不苟,谁要是背诵不下来只有站着听课的份儿了。记得那时我总是想好好表现自己,以引起他的重视,无奈我天生愚钝,自己感觉总是有所欠缺,远不及班上的刘聚臣、孙炳如两位同学。不过我现在还能完整背诵得下来《孟子·告子上》中的《学弈》篇,还有能够记得下来的一些古文,都是那时晚睡早起强记恶补打下的"基础"。据我所知,语文组的老师们都是能作古诗词的,他们常常相互切磋,彼此唱和。这在当时给我的印象很深,因为我那时以为古诗是只有古人才做得出来的,今人也只有毛泽东才行,因此就对他们充满了神秘和敬佩。

那时的学生和现在的中学生大概差不多,就是总想到老师家里去。侯老师、钱老师的家我都曾去过,记得还在他们那里吃过饭;但是自己从来没有给他们买过任何东西,这是那个年代的风气和经济条件使然。现在想来觉得那时的自己真是不懂事,因此就很想报答他们。

侯老师的妻子当时也是老师,是非常干练的人,对我们很爱护很关切。钱老师的夫人据说她是他同学的妹妹,这里也许有一段天赐良缘的浪漫故事,可惜当时的我根本就不敢去问。在钱老师的家里比较随便,他还是给我们讲故事,有时是古代的有时是外国的,记忆最深的是福尔摩斯的探案故事,听了就还想再听,但是晚上回家的时候路上很害怕,现在想来觉得那时的学生真的很幸福,成长的经历是全方位的,精神是很充实的。

老师们就是这样年复一年,平平凡凡、求真务实、兢兢业业、默默奉献。

后来"文化大革命"爆发了,最早是北京的红卫兵到我们这儿来煽风点火,他们身穿绿色军服,腰扎烟色硬质塑料皮带,很是摩登新潮,满口的京腔普通话还是很吸引人的。只是一些长得很漂亮的女生竟然口出"滚他妈的蛋",我觉得不可理解。当时心想她们可真的是大胆的革命派啊!接着就是大大小小的批斗会,从校长到书记都挨了斗。记不得是怎样开始批斗老师的了,也不知怎的叶理行、李铎、钱克文等一批老师就被关进了放体育器具的一排平房,当时被称为是所谓"牛棚"。对此我们都是很同情的,特别是钱老师,如果有能力我真想把他从那里面救出来,后来我都为自己的这个想法感到害怕。当时真是想为他们做些什么,但实际上却是什么也做不了。

再后来我们就被卷入了所谓"上山下乡"运动中,从 1968 年的年底到 1969 年的年初,我们班的同学先后到了黑龙江生产建设兵团和哈尔滨郊区。后来学校派侯晋武老师等来插队的地方回访我们,见面时的那种激动的心情真是难以言表。他要离开的时候许多人都哭了,那时才感觉到他就像是我们的父亲一样。他走了我们便慢慢地长大了,从此就完全离开老师而独立了。

时间荏苒,日月如梭,一晃就 40 多年过去了,我们也都迈入了老年的行列,值得欣慰的是老师们都很健康,每到春节前后我们几个同学都要邀老师出来聚聚,一起吃一顿团圆饭。许多人都仿佛回到了青少年时代,彼此有说不完的话,我们从老师那里理解人生、分析现实、汲取力量,就像多年游子回家见到久别的家长那样……

附记:

这篇文章写好之后,计划分别寄给远在哈尔滨的聚臣和天津的侯、钱二师。还没有来得及付诸实施,就传来了侯老师于 5 月 25 日去世的噩耗。震惊之余是无尽的怀念,5 月 26 日上午,同学王勇、许文胜、王大强、李天仁、张磊、孙炳如和我七人一起到侯老师家里去吊唁,那时我向杜老师呈上了这篇小文。我们在侯老师的遗像前流下了眼泪,默默地盼望他在去天国的途上一路走好。在花圈的缎带上还恭请钱老师率我们献上了集体的悼念和哀思。后来这篇文章得以发表在《天津日报》上,终于表达了我们对老师的一片心意。

韩国乘车奇遇记

在韩国讲学期间，有许多事情是非常令人感动的；其中去大田市看我的学生之乘车经历，真是终生难忘。

毕业于南开大学中文系的韩国硕士朴赞淑，在大田市的一所大学教书，她同时就读于另一所大学的博士课程。听说我来韩国的消息非常兴奋，出于对南开母校的怀念和对老师的情意，多次邀请我到她所在的那个城市——大田去游览观光。

记得那是 11 月下旬的一个星期六的上午，我和家内从岭南大学所在地的庆山市乘列车去大田市。上午 11 时到达大田市车站，朴赞淑正站在车站出口接我们，彼此相见自然是高兴异常。记得当时正是电视连续剧《大长今》在中国热播的时节，因此她特意邀请我们去位于首尔附近的韩国民俗村游览，于是就乘汽车上高速再出发。在那里我们看了集韩国南北各地历史沿革的民俗建筑，了解韩国的民族文化。此处还是著名的韩国电视连续剧《大长今》的拍摄外景地，看后真是令我们兴奋不已。我说的奇异当然不是指的这些。那天我们下午 5 时许离开民俗村，车子在高速公路上连续开了四个多小时，于晚上 8:41 才到达大田市。因为我们是提前买了晚上 8:30 的返程车票，所以朴赞淑到服务处帮助我们改签了晚上 9:30 的车票，可能还交纳了改签费用，同时还买了面包和饮料，并执意要送我们进站。由于她和朋友开了一天的车十分疲劳，我说什么也不同意她送进站，因为车票上写着时间和站台号。身为在大城市长大，又去过日本多年和美国数次的我们来说，在韩国乘车应该是没有问题的。在这点上我是有些过于自信了。为了让她早些休息，我们就提前进了站。

到这里我的故事才刚刚开始。

话说我们按照车票提示进了 6 站台以后，就坐在椅子上一边聊天一边等快要到来的列车。不想 9:30 的列车改停在了 5 号站台，而车站的韩语广播我们又听不懂，提示旅客的灯光广告除了韩语之外还有英语的，不知那时改动了没有，反正我们进站的时候是没有改动。我们一直等到 9：45 还没有车来，家内用英语问了两位旅客都说列车开走了。于是又问了一位车站的站内服务员，他说就是在 6 号站台等候。后来我们觉得不对头，又反复问这位站内服务员，他也发现列车确实是开走了。没有办法，只好由这位服务员带我们出站换两小时以后的车票。

来到售票处站员让我们补缴 6000 元的改票手续费，想到朴赞淑此前帮助我们改签时已花过一次费用。家内准备付费时我觉得很不合理，于是就让她用英语说明情况据理力争。因为我们进站时灯光提示牌还没有改，当然我们提前了十多分钟进的站，以后的事情就不知道了；其次是列车开走以后，连他们自己的站内服务员也不知改站台的事情，并告诉我们依然在 6 站台等候，因此耽误了我们的乘车时间，如果此时再按规定缴纳改签费用的话，我以为实在是不合理。家内不断地用英语讲述我们的理由，对方那个懂英语的站员不停地点头听着，就连那个送我们出站的站员也帮助我们讲话，但是售票员仍然坚持原则，反复强调说没有先例。

韩国的车站(1)

可能是我们双方用英语的争论声音较大，惊动了车站办公室里面的一位负责人，他听了站员的解释以后，独自拿着两张车票走到办公室后面的房间去了，不一会儿就拿着改签的票和一张打印有说明文字的纸走了过来，据解释说交给我们的是老年优待票，并说凭此票及说明文字就可以在到达的目的地车站平安出站。他还解释说如果换新的票就是应该交费的，所以他就想出了这样的折中解决办法。

还是那位站员又带着我们重新进站，他安排我们在一个透明的候车暖房里休息，那里面有座椅和平板电视机；走的时候强调下一班车的到达时间是23：36，好像还提醒我们届时他会再回来送我们上车。于是我们就放心了，给我的感觉这是一个很负责任的人。

在车站站台休息室我们看了一会儿电视，然后到旁边的小吃店每人吃了一碗热腾腾的乌冬面,时间就这样慢慢过去了。到了 23:30 的时候开过来一列客车,家内立即跑出去问一旅客此车是否去庆山,那老者非常认真地答道去的,得到肯定的答复,她立即催我上车。我说是否再等一下那位站员,家内说人家已经很累了,况且此时说不定已经下班了呢;我说时间还 6 分钟,她说再过 6 分钟车就开走了。见到这趟车也很长,我们的票是 7 号车厢的两个座位,于是我们就即刻上了这趟列车。

我们来到 7 号车厢的时候列车就开动了,在车厢里走到 22 和 23 号座位的时候,见到座位上坐着一位妇女和她的孩子正在睡眠,于是乎我们迅速叫醒了他们,告知车已开动是否忘记了下车?那位妇女拿出了自己的车票解释说了一大堆话,我听出了一个单词是"釜山"。这时车内有人过来问情况,拿过我们的车票看,解释说这是 23:25 的车,而我们所要乘的是 23:36 的下一班车。我和家内情急之中亦有尴尬,但是此时在开动的列车中已经回天乏术、无可奈何。

这时车上走过一位会讲汉语的韩国中年人,他问了我们的情况后说,这趟车在庆山站不停车,是开往釜山去的。但是他又说没有关系让我们安心,告诉我们可以在途中的一个叫"永洞"的车站下车,然后就可以等到后面我们应该坐的车了。这位好心人说他现在在一家和中国有生意的公司上班,为了缓解我们的情绪,他还说起自己学习中文的事情,说他自己是岭南大学毕业的,他的老师是孔庆信先生,正好我此次任教的大学就是岭南大学,孔老师我也是认识的。于是,我的情绪也就轻松下来了。正好车内有一对外出新婚旅行的夫妇,他们正巧在永洞下车,这位会中文的先生拜托他们下车时照顾我们,同时还写了一张韩语的纸条,让我们在永洞站再上车时交给列车员。新婚夫妻十分友好地将他们的座位让给我们坐,并安慰我们不要着急。这时候我们在车里感到非常温暖。不一会儿列车员来了,他居然也知道了我们的事,也拜托那对儿夫妇。说在车上他接到了大田车站要送我们的那位站员的电话,告知有两位中国客人乘错了车,希望找到后提供帮助,现在他终于找到了。

话分两头说,原来韩国研究生朴赞淑离开大田车站前,找那位站内服务员要了手机电话,已知道了我们误车的事情,后来她再次询问上车情况时,又得知我们搭错车的事。我们没有韩国手机,她那里和我们联系不上,自然十分着急。她一直通过那位大田站员,和列车及车站保存着联系。

凌晨以后,列车到达永洞车站了。乘务员送我们和那对夫妇下车,我与在车上帮助我们的会中文的先生和乘务员匆匆握手告别,列车好像刚刚一停就顷刻开走了。凌晨时分,11月末的韩国气温极低,那位新婚女士还穿着短裙,在冷风中瑟瑟发抖。我们实在不好意思让他们陪伴挨冻等车,再三劝他们离开。

他们走后,整个永洞车站就剩下了我和家内两个人。这时永洞的站务员过来询问怎么回事,因这时站台上空空如也,我们出示车票他才明白,告诉我们要再等10分钟;不久站员值班室就有人跑了过来,告知有我们的电话,原来是朴赞淑的电话,她放心不下又将电话打到了这里,询问我们的情况,告知我们不要着急。放下电话3分钟以后列车就来了,站员与该列车通了话,列车一停我们就立即被送上车,那辆车上的列车员大概也知道了我们的事情,正在车厢入口等待着我们,上了车以后我们就出示了车票和那张便条。

列车缓缓的开出,不久就风驰电掣,我们总算安心了。列车乘务员提示我们,还有5站才可以到达庆山。当列车快要抵达时,列车员又过来提醒我们做下车准备。

终于在凌晨1:45我们准时到达了庆山站。出站的时候我们交出了车票,特别提出把那张打印的说明书留作纪念,得到了站员的允许。出了庆山站打出租车回公寓后已经是凌晨2:30了。

洗毕休息的时候,我却久久不能入眠,回想这一天在韩国的经历,真是感觉非常奇特。一路上变化多端、险象迭生,终于有惊无险。我们所见的都是平时

韩国的车站(2)

很少接触的社会一般人,在这些人中我们感受到了一种民风社情,好人和帮助我们的人真是太多。这一天中许多让人感动的场面,在眼前像电影的胶片一样,反复上映总是不停。我们亲身感受到了韩国铁路的严格秩序,同时也感受到了他们那种热情服务的温情。

后 记

　　编完本这书，似乎还有一些话要说。上一本《散帚录》出版后反映较好，尤其是在朋友圈和学生之中，这是我最为看重的。于是乎自己就有了编这一本书的想法，时间飞逝，一晃五年就过去了。这些年来生活依旧是日新月异，自知自己在慢慢地老去，不变的是自己依旧在读书、写东西。这一册《灯下录》的编辑完成，就是我过去生命的文字记录，有书出版也是一件令人欣慰的事情。

　　我在南开已经整整40年了，经历的人和事不可谓不多，春去秋来，日月荏苒，入学新生代替了旧的学子，教师们也是走过了一代又一代，算起来自己也教过了近30届的毕业生，培养了数十名的研究生。昔日教过的学生，今天也已成了我的同事，我深深的感觉到自己是和南开大学一起成长的。

　　我常常想起周恩来的话："我是爱南开的。"这句话之中有许多的深意。记得在日本讲学的后期，在关于"留下还是离开这是一个问题"的选择中，我义无返顾地选择了后者。当时松冈俊裕教授表现出依依不舍的情感，主任教授西冈晴彦先生在送别的酒会上动情地说，别人都是说希望留下来，只有张先生这样快乐地离开，真是舍不得啊。因为我是生于斯长于斯的南开人，周恩来的话对于我来说可能有别样的一种启示。我和中国有着剪不断的情怀，做为南开人我感到很自豪。从1994年到现在又已过了20年的光阴，记得自己当时说过，我回国是为了参加中国的文化建设，这是一个多么宏伟的目标啊。回国就是为了参加中国的文化教育工作，同时在这个大环境中锤炼丰富自己；教师的本职是要把课程讲好，在与学生的接触中发现问题还能写一些东西，这本书的大部分文章都是在课余和备课之中产生的灵感。

　　如今细细总结，我所做的事情并不是很多；人啊就是这样，总觉得自己还没有做出什么，而时光就慢慢地使你变老了。每一个人都是渺小的，在人生的海洋里可能谁都犹如涓涓水滴，正是这水滴汇成了黄河长江，裹挟着我们中国人的精神流向大海、奔向世界。

和学生们在一起，总是很轻松愉快的，年轻人的思想时常洗刷着我的所谓经验，使我倍加注意向他们学习而不敢轻言老去。由于我的尽心竭力、尽职尽责，一直是比较受学生欢迎的教师之一。由于住在校园内的家属宿舍，我觉得自己是和这所大学同呼吸共命运的。因此外面多年的房地产诱惑，我都不为所动，从几百上千元一平米的房子，一直看着它进军到疯狂的数万元一平米，我竟然能够毫不动心，自己傻傻地在这块大学的土地上坚持。利用图书馆、游泳馆，学习生活。每天在校园里读书写作、思考散步，心静如水，自得其乐。

每当新学期一到来我就很兴奋，因为学生们给校园带来了朝气；寒暑假中就很失落，特别是寒假在冷冷清清的马蹄湖散步，觉得真是了无生趣。我常常这样想，校园之中有学生的感觉真好。清晨我散步于校园中，总是能够邂逅晨读的学子；每到节假日连休的时候，我也总是能够在教室中看到许多用功的面孔；夜间我在校园中散步，还能见到路灯下苦读的人们；每当这个时候我就很激动，一种见贤思齐的感觉顿时涌上心头，甚至产生出一种想帮助他们的冲动。许多人都说我是一个很单纯的人，我想这也许就是一种教师的情怀吧。

今年本科生毕业，他们一定要我在留言簿上写些寄语，说是要印出来给每一位学生带到四方。我想了想就写下了下面的话：

同学们：

在你们南开本科毕业的时候，我祝福你们！

要记住南开中文本科是中国最好的本科，她是南开传统的精神文脉。从这里毕业走向全国和世界，无论到哪里你都会有"一览众山小"的感觉，因为南开是我们共同的骄傲。你既要睥睨神州、理直气壮；也要谨小慎微、自强不息。因为你更要让她今后因为有了你而骄傲。

我祝福你们，还要更加充实我们自己。不然的话你们追上我们，老师也会感觉到很没有面子。但是我们从心里希望你们赶快追上和超过我们，因为南开就是要这样日新月异、继往开来。

还有六年多就是南开大学成立一百周年，到那时欢迎你们回来看看。

为了这一天，大家要共同努力啊！

　　我的这段话是写给学生们的，同时也是记给我自己的。我将不断努力，对得起学生，对得起自己的职业，以不负南开"允公允能、日新月异"的校训。

　　在这本书将要出版的时候，我还要特别感谢那些帮助过我的朋友们。尤其是天津出版传媒集团肖占鹏总经理为此书的出版从中斡旋，令我十分感动，友人的善意我只有记在心里。正是因为有了大家，我自己才有今天的进步，我在心里永记着你们每一个人的名字。

　　在文学的这块园地里耕耘，是非常不容易的，它需要有开放的视野、读书的灵感、行路的艰难，此外还应夜以继日、孜孜不倦、苦心经营。自己既然选择了这个工作，就应该像过了河的卒子，只有拼命向前。

　　最后要补充说的是，本书稿得到原天津人民出版社总编辑陈益民的大力帮助，陈益民先生是我当年第一本书的责编。承蒙他又一次在春节期间认真仔细审读了全书，提出了很宝贵的意见，令我非常感动。南开博士天津人民出版社的马晓雪编辑为此书帮了很多忙，并担任本书的责编，在此要郑重地说一声谢谢。同时，还要感谢文学院文学实验教学中心的刘帅老师帮助扫描和转换了书中的部分照片。

张铁荣

2014 年暑假中改定

于南开园范孙楼 412 研究室